KB251633

長江水路寨
장강수로채
Fantasti Oriental Heroes
長江

장강수로채 1

박현 新무협 판타지 소설

초판 1쇄 찍은 날 § 2004년 11월 1일
초판 1쇄 펴낸 날 § 2004년 11월 10일

지은이 § 박현
펴낸이 § 서경석

편집장 § 문혜영
편집 § 장상수 · 서지현 · 한지윤
마케팅 § 정필 · 강양원 · 이선구 · 홍현경

펴낸곳 § 도서출판 청어람
등록번호 § 제1081-1-89호
등록일자 § 1999. 5. 31
어람번호 § 제2-0459호

주소 § 경기도 부천시 원미구 심곡1동 350-1 남성B/D 3F (우) 420-011
전화 § 032-656-4452 팩스 § 032-656-4453
http://www.chungeoram.com
E-mail § eoram99@chollian.net

ⓒ 박현, 2004

ISBN 89-5831-304-8 04810
ISBN 89-5831-303-X (SET)

박현 新무협 판타지 소설

목차

제 작품은 늘 두 가지 화두를 가지고 씁니다.

꿈, 그리고 정.

이번 작품에서는 장강을 그리고 싶었습니다.

한여름 태양에 녹은 빙하가 거대한 물결을 이루어 굽이굽이 만 육천 리를 흐르는 강,

수천 년 세월 동안 온갖 영웅호걸, 미인가기들의 애환을 안고 오늘도 도도히 흐르는 강,

그 강줄기처럼 갖은 질곡을 거치며 살아가는 주인공,

그러면서도 꿈과 정을 잊지 않으려 발버둥 치는 주인공,

마침내 대륙의 물줄기를 통일하고 더 나아가 천하를 호령하는 장강수로채 총채주 곽무한, 바로 그의 이야기입니다.

이제 장을 열면 거대한 장강의 이야기가 펼쳐집니다.

보시는 분들이 어떻게 느끼실지 모르겠습니다만 그저 바라옵기는 이 글에서 조금이나마 거친 사내들의 향기를 맡으셨으면 더없는 기쁨이겠습니다.

늘 부족한 필력에 고뇌합니다.

그러나 과분하게도 늘 많은 분들의 사랑을 받습니다.

짧은 지면을 빌어 늘 마음속 깊은 조언을 주시는 금강 선생님께 감사를 드립니다.

더불어 이번 작품에 저만큼이나 애정을 기울여 준 고무림의 벗 무섭지광과 용접공박

씨, 용블루, 이지에게 특별한 감사를 보냅니다. 그리고 날마다 글 이야기로 함께해 준 동선 아우와 권태용 아우, 더불어 일일이 거명치 못하는 많은 동료 작가님들과 성원을 보내주신 독자님들께 깊은 감사의 념을 보냅니다.

이제 그 무덥던 여름도 어느덧 추억이 되고 성큼 겨울이 다가오는 시간, 독자님들께 알찬 가을이 되길 기원합니다.

2004. 11.

박현(朴晛) 拜上.

引言

콰아아! 쿠쿠쿠쿠!
작열하는 태양과 몰아치는 눈발을 맞으며 흐르는 강이 있다.

굽이굽이 **만** 육천 리 길.
때로는 용틀임으로, 때로는 일렁임으로 철백 개의 지류를 모아 대륙을 관통하는 강이 있다.

장강!
천 년의 세월과 천 년의 애환을 안고 흐르는 강.

넋이 말한다.
장강에서 명멸해 간 수많은 영웅호걸들이 말한다.

그대,
천 년의 웅지를 지녔는가?
그럼 장강을 잡아라!

북경.

당금 명나라의 황도답게 바둑판 같은 대로와 백관공경들의 저택이 드넓게 펼쳐진 곳. 그곳에 도시 전체를 감싸는 성곽 사이로 하늘을 향해 우뚝 치솟은 거대한 궁궐이 있다.

우아한 겹처마에 용이 내려앉은 듯 고운 황색 기와를 얹은 궁궐은 대륙의 절대자인 황제가 머무는 곳, 자금성이었다.

자금성.

침입자를 방비하려고 만든 인공 호수를 거쳐 입구 건물인 오문을 지나 내금수교라 불리는 다리를 건너면 무려 십만 명이 설 수 있는 너른 광장을 볼 수 있다.

그 너른 광장을 지나면 곧바로 거대하고 화려한 궁궐과 맞닥뜨리게 되는데, 그곳이 바로 황제가 권력을 행사하고 전례를 거행하는 곳으로 중화전, 보화전과 더불어 자금성 삼대전(三大殿) 중 정전(正殿)이라 일컬어지는 태화전이다.

햇살이 내리쬐는 오후.
태화전 앞 광장.
칠 척 장신의 사내가 거대한 도를 안은 채 태화전 앞 광장에서 팔짱을 끼고 서 있다.
사내는 짙은 눈썹에 강렬한 눈빛을 가진 삼십대 초반으로 보였다.
오연한 모습으로 햇살을 맞으며 서 있는 사내의 앞에는 금빛 갑주를 걸친 일만 명의 내금위(內禁衛) 병사들이 태화전과 사내 사이를 수십 겹으로 막아서며 창검을 겨누고 있었다.
씰룩!
사내의 입꼬리가 살짝 비틀렸다.
"지금… 나랑 한번 해보자는 것인가?"
사내의 목소리는 굵직한 저음이었다. 그리고 그리 크지도 않았다.
그러나 병사들은 모두 귀가 쩡했던 듯 저마다 인상을 찌푸리며 창검을 한층 굳게 움켜쥐었다.
병사들의 태도에서 물러날 기색이 없음을 읽었을까?
사내의 미간이 꿈틀 움직였다. 그와 동시에 사내의 발이 대전 바닥을 힘차게 찍었다.
콰앙!
우르르!
굉음과 함께 대전 바닥이 일제히 먼지를 피워 올렸다.
출렁!

지축을 울리는 기세에 질렸던지 사내에게 창검을 겨누고 있던 일만 명의 병사들은 일제히 한 걸음 뒤로 물러났다.

피식!

사내의 눈이 반달을 그렸다.

"다시 한 번 경고하는데… 모두 비켜!"

사내의 목소리는 이전보다 조금 더 높았다. 그러나 혼백을 찢고 고막을 터뜨려 버린다는 사자후는 아니었다. 그런데도 사내의 목소리를 들은 병사들은 하나같이 고통스런 표정이었다. 아예 귀를 틀어막으며 몸을 떠는 병사들까지 있었다.

"네, 네 이놈! 가, 감히 여기가 어디라고!"

병사들이 일제히 휘청거리는 모습을 보이자 광장 저 끝 태화전의 입구에 놓인 동사자상 옆에서 떨리는 목소리가 나왔다.

목소리의 주인공은 붉은 수실과 전포를 두른 금빛 갑옷 차림의 장수였다. 보아하니 내금위의 수장 같았다.

"후후, 여기가 어디긴 어디야, 자금성이지."

사내의 눈빛은 어느새 그 장수에게로 향했다.

"이, 이놈, 정말 전쟁을 하자는 것이냐?"

사내의 눈빛을 정면으로 받은 장수는 얼굴을 참혹하게 일그러뜨리며 말을 더듬었다.

피식!

사내의 입술이 다시 햇살을 밀어냈다. 그리고 또다시 굵직한 저음이 새어 나왔다.

"이봐, 황제가 나랑 협상하자고 했다면서? 부를 땐 뭐고 막아서는 건 또 뭐야?"

“이, 이놈, 협상이라니? 이런 무엄한 놈! 폐하께선 네놈에게 성지를 내리시는……!”

사내의 거침없는 말에 장수가 당황한 표정을 지으며 뭐라 호통을 지르려 했다. 그러나,

쾨쾅!

사내는 재차 진각을 밟으며 거대한 도를 뽑아 들었다.

우우웅!

하늘을 떠받들 듯 두 발을 넓게 벌리고 선 사내. 그의 손에 잡힌 거대한 도가 지면과 수평을 만들며 햇살을 내비쳤다.

“비켜! 아님 모두 벤다!”

다시 터져 나온 굵직한 저음.

사내의 도는 저 멀리 있는 장수의 이마를 정면으로 겨누고 있었다.

꽤나 먼 거리였는데도 장수의 안색은 하얗게 변했다.

‘으윽! 이마, 이마가 쪼개지는 것 같다!’

사내의 도가 뿜어낸 거센 기파에 식은땀을 흘리던 장수는 겨우 한마디 쥐어짜 냈다.

“이곳은 폐하께서 계신 곳이오. 제발, 제발 병장기만은 두고 가시오.”

“알았다! 비켜라!”

장수의 애원에 사내는 도를 하늘 높이 치켜들었다. 그리고 ‘비켜라!’ 라는 말이 끝남과 동시에 사내의 팔이 힘차게 아래로 향했다.

쾨쾨쾅!

사내의 도는 귀를 찢을 듯한 벽력음을 내며 단단하기 이를 데 없다는 청석판을 뚫고 지면에 박혀 버렸다. 그와 동시에,

쩌저저저적!

도신(刀身)이 반 넘어 박힌 곳의 청석판이 시작이었다.

도가 박힌 청석판은 사내의 기파를 못 이긴 탓인지 기이한 소리를 내며 쪼개졌다. 그리고 거기서 시작된 균열은 기음을 터뜨리며 계속 앞으로 치달리기 시작했다.

쩌저저저적!

마치 지진이 난 것 같았다.

"으으……."

병사들은 자기 발 밑을 가르고 지나가는 맹렬한 기파에 혼비백산해 분분히 옆으로 물러났다.

사내의 발 앞에서 시작된 균열은 어느새 병사들의 발 밑을 지나 태화전 입구의 청석판까지 다다라 광장을 온통 쩍쩍 갈라놓았다.

저벅저벅.

사내는 굴강한 어깨를 흔들며 태화전으로 향했다.

이미 기세에 질려 버린 내금위 병사들은 바다가 갈라지듯 두 줄로 나뉘며 사내에게 길을 터줄 수밖에 없었다.

"저어… 저……."

울상이 된 장수가 사내를 불렀다.

우뚝.

사내가 걸음을 멈췄다.

"왜?"

휙 돌아오는 부리부리한 눈빛.

"저어… 등 뒤의 대나무는… 폐하를 뵈올 때 병장기는……."

장수는 겨우 한마디 쥐어짜 냈다. 그러나 장수는 곧 힘없이 고개를 떨어뜨릴 수밖에 없었다.

"이거? 이건 내 낚싯대야."

사내는 그 한마디를 남기고는 태화전을 향해 거침없이 걸음을 옮겼다.

사내의 모습이 시야에서 완전히 사라지자 장수는 망연자실한 표정으로 털퍼덕 자리에 주저앉고 말았다.

병사들 역시 일제히 바닥에 주저앉았다.

"맙소사! 저기 저 바닥 좀 봐!"

"으으… 과연 소문대로야. 무시무시하군."

병사들은 태화전 계단 앞까지 갈라져 버린 바닥을 가리키며 소곤거렸다.

"혹시 저 도가 절세신병(絶世神兵)이 아닐까?"

한 병사가 호기심 어린 표정으로 청석판에 박힌 도를 향해 걸어갔다.

"아악! 아, 뜨거!"

몰래 도를 뽑으려고 황금색 손잡이를 움켜쥐던 내금위 병사는 손을 귓가로 가져가며 연신 펄쩍펄쩍 뛰었다.

갓 들어온 신참 내금위는 어안이 벙벙하여 옆에 있던 고참에게 물었다.

"도대체… 일만 명의 병사조차 안중에 두지 않는 저 사내의 정체가 뭡니까?"

"자네, 그것도 모르고 창을 겨눴나?"

고참 병사는 어이가 없다는 듯 고개를 설레설레 흔들며 말했다.

"그는 장강수로연합 총채주라네. 수룡왕(水龍王) 곽무한(郭無恨)이 바로 저자일세."

"헉! 수룡왕 곽무한!"

사내의 이름을 들은 신참 병사는 어찌나 놀랐던지 엉덩방아를 찧으며 뒤로 나동그라졌다.

장강수로연합 총채주, 혹은 장강수로채 총채주.

당금 천하에 그 이름을 모르는 사람은 드물었다. 또한 그 이름을 듣고도 안색이 변하지 않는 이는 더 더욱 드물었다.

수룡왕 곽무한!

그는 장강의 전설이자 신화였다.

태화전 안.

우아한 빛깔의 장지문들 중 가장 크고 화려한 곳.

천장에는 똬리를 튼 한 마리 금빛 용이 조각되어 있었고 바닥엔 화려한 융단이 깔렸다. 천장을 떠받친 여섯 개의 황금 기둥 사이로 용연향이 흐르는 네 개의 옥색 향로가 놓였고, 향로 뒤쪽엔 높고 화려한 보좌가 놓여져 위엄을 과시하고 있었다.

두 마리 용이 조각된 보좌 황금빛 용상에는 사각형 얼굴에 고집이 느껴지는 눈매의 중년인이 잔뜩 권태로운 표정으로 앉아 있었다.

"그가… 나타났다고?"

중년인의 목소리는 표정처럼 권태로웠다. 그러나 그 중년인의 좌우 여섯 개의 황금 기둥 근처에서 허리를 숙이고 있던 사람들은 감히 태만치 못했다.

"그러하옵니다, 폐하!"

대답은 지체없이 나왔다.

그럴 만도 했던 것이, 지금 권태로운 목소리로 말한 중년인이 바로 당금의 황제였기 때문이다.

"그는… 오만무도하기가 이를 데 없는 자라고?"

다섯 개의 발톱을 가진 용 오조룡이 수놓아진 곤룡포가 황제의 몸짓 따라 앞으로 기울었다.

"예, 폐하. 강호의 무뢰배들 자체가 예의를 모르는 후안무치한 자들입니다만 그자는 수적들의 괴수인지라 그들 모두를 합친 것보다 더 오만무례하다고 들었습니다."

매부리코를 가진 신하, 내각의 제일인자인 내각수보가 반 발짝 앞으로 나서며 고개를 조아렸다.

"그런 자를 짐이 직접 만나봐야 한다니 기가 막힐 노릇이로다."

황제는 마뜩찮은 듯 얼굴을 살짝 일그러뜨렸다.

"황공하옵니다, 폐하. 소신들이 불민하여……. 그러나 이이제이(以夷制夷:오랑캐로 오랑캐를 제압)의 묘(妙)이니 부디 통촉하여 주옵소서."

매부리코의 신하는 황송한 표정으로 이마를 찧어댔다.

"그래… 그놈이 짐 앞에서도 그렇게 오만방자한지 어디 두고 보자꾸나."

"폐하, 어이하여 그리 민망한 말씀을……. 이미 소신이 내금위들로 하여금 그자를 제압해 끌고 오라고 했으니 심려치 않으셔도……."

앞으로 나선 매부리코의 신하가 말을 맺기도 전이었다.

쾅당탕!

칠채 무늬의 문이 거칠게 열렸다.

난데없는 소리에 놀라 고개를 돌리던 문무백관과 환관들, 그들은 모두 스스로의 눈을 의심했다.

“헉! 저, 저…….”

“마, 맙소사!”

그들의 상식으로는 도저히 있을 수 없는 일이 벌어지고 있었다.

저벅저벅.

감히 황제가 좌정한 대전에 커다란 발자국 소리를 내며 걸어오는 남루한 옷차림의 칠 척 체구.

대충 일자건(一字巾)으로 동여맨 더리카락을 휘날리며 흙 묻은 신발째로 들어서는 사내의 걸음은 마치 제집인 양 당당했다. 어깨에 걸쳐진 대나무가 그의 걸음걸이를 따라 건들건들 춤을 추고 있었다.

“안녕들 하시오?”

급기야 사내의 입에서 컬컬한 목소리의 인사말까지 나오자 좌중은 모두 벌렁 나자빠졌다.

“이, 이런 육시랄 놈이 있나? 감히 여기가 어디라고!”

이 믿기지 않는 상황에서 가장 먼저 정신을 수습한 사람은 당금 내각의 일인자인 매부리코였다. 그는 ㅎ양게 질린 안색으로 사내를 노려보며 호통을 쳤다. 그러나 사내의 빙글거리는 표정은 변함이 없었다.

사내의 모습에 분기탱천한 매부리코는 대전 안의 금의위를 돌아보며 고함을 질렀다.

“금의위들은 도대체 뭣들 하느냐? 당장 저놈을 꿇리지 못할까!”

그러자 각 대전의 문이 활짝 열리더니 그 속에서 중무장한 병사들이 우르르 뛰어나왔다.

“네 이놈, 시신이나마 온전히 거두고 싶거든 얼른 무릎을 꿇어라!”

촤촤촤악!

금의위들은 사내에게 일제히 쇠뇌를 겨눴다.

"하, 참나, 도대체 사람 불러놓고 뭐 하는 짓이람?"

사내는 병사들은 안중에도 없는지 어깨를 으쓱거렸다.

그 모습을 본 황제는 치미는 노기를 진정치 못해 온 얼굴을 씰룩거렸다.

"으으으, 이, 이놈! 대명제국의 황제께서 계신 자리다! 다, 당장 무릎을 끓지 못할까!"

황제의 표정을 훔쳐본 매부리코는 사색이 되어 재차 호통을 쳤다.

만약 황제가 진노를 터뜨리기라도 하는 날이면 저자는 둘째 치고 우선 이 자리에 있는 자기들까지 치도곤을 면치 못할 판이다.

그러나 매부리코의 호통은 이번에도 별 효과가 없었다.

"왜들 이러시나? 난 황제가 협상하자기에 온 것뿐이오. 자, 불러서 왔으니 용건이나 말씀해 보시오."

사내 곽무한은 도무지 겁도 없는지 대전 바닥에 털퍼덕 주저앉아 황제를 올려다보았다.

그의 무례함을 더 이상 참기 힘들었던지 황제가 입술을 부르르 떨며 말했다.

"이런 무례한 것! 짐이 네놈의 구족을 멸할 행위를 알고도 국사(國事)를 생각해 형을 감면받을 수 있는 기회를 주고자 했거늘, 아무리 나라 일에 필요하다 하나 저런 개망나니는 도저히 용서할 수 없도다! 금의위들은 당장 저자를 참하도록 하라!"

급기야 황제의 명이 떨어졌다.

곽무한의 코앞에 포진해 있던 금의위들은 명이 떨어지자마자 일제히 걸쇠를 당겼다.

쐐쐐쐐쐐액!

시커먼 쇠뇌들이 공기를 찢으며 순식간에 대전을 가득 메웠다.

그 순간 곽무한의 눈이 번쩍 정광을 토해냈다.

그와 동시에,

시이이잇!

곽무한의 몸에서 흰 빛이 번쩍였다.

티티티팅!

뒤이어 귀를 찢는 날카로운 소리와 함께 반짝이는 불똥이 대전을 날아다녔다.

"헉?"

"안 돼애애애애!"

경악 어린 목소리는 뒤늦게 터져 나왔다.

"바, 발사 중지! 중지이이! 금의위들은 손을 멈춰라! 어서!"

호목을 지닌 금빛 갑주의 장수는 아예 창백한 표정으로 양손을 휘저으며 뛰어나왔다.

"이, 이, 이것이⋯⋯!"

"폐, 폐하?"

황제는 두 눈을 부릅뜬 채 손을 벌벌 떨고 있었고, 수십 명의 환관들은 몸을 던지다시피 하여 황제 주변을 에워쌌다.

대소 신료들과 금의위들은 모두 사색이 되어 입을 쩍 벌린 채 곽무한의 손을 떨리는 눈빛으로 주시하고 있었다.

왜냐하면 곽무한의 손, 그 손에 잡힌 대나무, 대나무 끝에 달려 있던 은사가 쇄도하던 쇠뇌들을 튕겨내고, 날 선 보검처럼 팽팽히 당겨진 상태로 황제의 머리 위에 박혀 있었기 때문이다.

이제 곽무한이 손만 까닥하면 황제의 머리가 떨어질 판.

“으으……..”

대신들은 모두 긴장된 표정으로 침을 꿀꺽 삼켰다.

그러나 그 상태는 오래가지 않았다.

사방을 한차례 둘러본 곽무한이 손목을 움직인 때문이었다.

피핏!

곽무한의 손짓에 따라 은사가 출렁거렸고, 은사의 움직임 따라 대신들의 눈빛이 한차례 요동을 쳤다. 그리고 이내 누구의 입에선가 안도의 한숨이 새어 나왔다.

“휴우우~”

숨 막히던 긴장의 시간이 지나자 모든 사람들의 시선이 곽무한에게 쏠렸다.

“이런 분위기, 좋지 않지요? 그러니 나를 핍박하지 마시오. 협상을 하자고 했으면 형식 따위는 집어치우고 대화부터 합시다.”

어느새 대나무를 어깨에 둘러멘 곽무한은 착 가라앉은 눈빛을 황제에게 보냈다.

“이, 이 무엄한 놈, 감히 천하의 주인인 짐에게… 짐에게……..”

황제는 공포와 분노를 주체치 못했다. 곽무한을 노려보는 황제의 눈은 용암처럼 시뻘겠다.

그러나 곽무한은 눈도 꿈쩍하지 않았다.

“당신이 대륙의 황제라면 나는 물길의 황제요!”

오히려 당당한 목소리로 쏘아붙였다.

“뭐, 뭣이라? 당신? 물길의 황제?”

황제는 드디어 폭발하고 말았다.

“이노오오옴! 이 대역무도한 놈! 도저히 용서할 수가 없도다! 돌아가

거라! 가서 짐의 분노를 기다리거라! 백만의 군사를 동원해 네놈의 본거지를 뿌리째 뽑아버리고야 말 것이다!"

황제는 화가 머리끝까지 치밀어 용상을 박찼다.

"백만 대군이라… 후후."

곽무한의 태도는 여전히 변함이 없었다.

오히려 돌아서는 황제의 속을 또 한 번 뒤집어놓았다.

"당신에게는 억지로 끌어 모은 백만 대군이 있겠지만 나에겐 물불 가리지 않고 목숨을 바칠 십만의 수하가 있지요. 어디, 해볼 테면 한번 해봅시다!"

"뭣이라?"

너무나도 광오한 곽무한의 말에 좌중은 일제히 뒤집어졌다.

대전을 나서던 황제조차 경악스런 표정으로 내딛던 걸음을 멈췄다.

"이런 불학무식한 놈이 있나? 한번 해보자고? 짐과 전쟁을 하자고? 허허허."

황제는 어찌나 기가 막혔던지 분노보다는 헛웃음을 터뜨렸다.

곽무한은 여전히 표정의 변화가 없었다.

"모르셨소? 난 수적이오. 수적이라 두려움 따위는 모르오. 붙으려면 붙어봅시다!"

말투는 거칠고 당당했고 자세는 금방이라도 싸울 듯했다.

황제는 한참 멍한 표정으로 곽무한을 쳐다봤다.

"왜 그런 눈으로 보시오?"

곽무한은 뚱한 표정으로 황제의 시선을 받아쳤다.

황제는 기가 막히기도 하고 감탄스럽기도 했다. 감히 황제를 대하고도 도무지 겁이 없다니…….

"대가 찬 놈이군. 아니, 단순 무식한 놈이야. 세상에 이런 놈이 다 있었다니……."

황제는 결국 두 손을 들고 말았다.

도무지 겁이 없는 곽무한. 이 녀석의 단순 무식함이 황제의 마음을 움직였다.

황제가 인정한 사내 곽무한.

그는 녹록치 않았다.

협상은 예상 밖으로 진행됐다.

"그러니까 속옷 바람으로 날뛰는 얍삽한 놈들을 몽땅 때려잡으면 된다 이 말씀이오?"

곽무한이 별것 아니라는 투로 물었다.

"그렇다. 대륙 동남 해안가에 날뛰는 왜구들을 물리쳐 주면 짐의 대(代)에서 장강의 물길은 네 것이다!"

황제는 엄숙한 표정으로 대답했다. 그러나 곽무한은 콧방귀를 뀌었다.

"지금도 장강은 내 것이오. 장강에선 내 말이 곧 법입니다."

"뭐, 뭐, 뭣이라? 이런 발칙한 놈!"

황제는 안색을 일그러뜨렸다. 그러다 이내 고개를 절레절레 내저으며 물었다.

"휴우, 그럼 네놈이 원하는 건 뭐냐?"

"애들을 너무 단속했더니 다들 배고프다고 아우성이오. 바다로 나갈 거요. 무역을 할 거란 말입니다. 해상무역권을 주십시오."

"이, 이놈아, 선대의 유훈에 의해 해상 무역은 그 누구라도 금지다!"

황제는 엄한 표정으로 고개를 저었다.

　그랬다. 이 즈음의 명나라는 주원장이 공포한 해금법(海禁法)으로 인해 바다에는 나무토막 하나라도 띄울 수 없었다. 그 결과, 외국과의 무역은 일시에 마비되었고 수입에 의존하던 명문 귀족들의 사치품 가격은 끝 간 데 없이 폭등하게 되었다. 그런 이유로 누구든 외국의 상인과 거래해 물품을 가져오기만 하면 돈방석에 앉는 건 일도 아니었다.

　그러니 곽무한이 요청한 해상무역권은 곧 나라의 돈방석을 내놓으란 소리나 진배없었다.

　"그럼 협상 결렬이오."

　곽무한이 엉덩이를 털며 일어섰다.

　"이, 이, 이런 발칙한 놈!"

　황제는 안색을 일그러뜨렸다. 정말 일어서서 나갈 놈이었다.

　결국 황제는 한숨을 내쉬며 다짐을 받았다.

　"휴우~ 좋아, 그 대신 공식적으토는 안 돼. 비공식적이다."

　"알겠소. 그럼 약속한 겁니다?"

　"알았다, 이놈아!"

　결국 협상은 곽무한의 뜻대로 흘러가고 말았다.

　해자(垓子)는 황성을 보호하기 위해 성벽 사이에 땅을 파고 호수로 만든 곳이다.

　석양이 물결을 붉게 물들일 무렵,

　파파파팟!

　바람을 가르며 이십 장(60m) 넓이의 해자를 가뿐하게 건너는 신형이 있었다. 평지를 걷듯 강을 건넌다는 등평도수(登萍渡水)의 신법을 펼치며 해자를 단숨에 건너뛴 사람은 햇볕에 잔뜩 그을린 피부를 가진 칠

척 장신의 사내였다.

"아아, 장강이여, 무림이여, 무섭구나!"

망루에서 그 모습을 바라보던 내금위 병사들이 긴 탄식성을 흘렸다.

"이 많은 대내(大內)의 무사들 중에 그 빌어먹을 놈만한 무사가 하나도 없단 말인가? 도대체 그게 말이나 되는가?"

태화전 안에서도 황제의 긴 탄식성이 흘러나왔다.

그날,

대륙 남부 해안을 휩쓸며 마구잡이로 노략질을 하던 왜구들 때문에 골머리를 앓던 황제는 거칠고 배짱 좋은 빌어먹을 수적 한 놈에게 골칫거리를 떠넘겼다.

그 수적은 만 육천 리 장강의 지배자였다.

제1장
소년 곽무한

저 멀리 티베트 고원 북쪽에서 융기하기 시작한 곤륜산맥은 하늘을 찌를 듯한 거봉들을 이끌고 동으로 치달아 수많은 대륙의 산맥들을 잉태했다.

태초부터 그랬던 듯 온통 만년설로 뒤덮인 산맥.

햇살 이글거리는 여름.

쩌저정! 콰르르!

만년설은 타는 듯한 햇살에 녹아 빙하로 변한다.

차가운 한기를 내뿜으며 흐르던 빙하는 또 다른 빙하를 만나면서 계속 동으로 흐르다가 세 개의 물줄기를 만나면서 하나의 큰 물줄기를 이루어 통천하라 불린다.

눈과 얼음이 섞인 통천하는 끝없는 초지를 가로지르며 흐르다가 사천성 서부에서 깊은 협곡을 만나면서 남쪽으로 꺾여 운남성 북부 지역을 둥그렇게 휘돈다. 운남 북부에 들어서면서 크고 넓어진 물길은 때론 세차게, 때론 천천히 흐르며 금사강이란 이름으로 불리게 된다.

유람하듯 운남성을 돌아본 금사강은 다시 동쪽으로 굽이쳐 사천으로 되돌아오는데 이번에는 대설산 자락의 강과 만나 빠르고 힘찬 물살로 변해 사천성의 중남부 끝 자락 의빈(宜賓)까지 이르게 된다.

만년설이 녹은 빙하 통천하에서 금사강이란 이름으로 불리던 물길은 이곳 의빈에서부터 비로소 장강이라 불리게 되어 대륙을 가로지르는 거침없는 질주를 시작한다.

장강!

수많은 영웅호걸과 미인가기들의 전설이 어린 강.

명멸해 간 숱한 왕조들의 고사가 어린 곳.

일만 육천 리에 이르는 장강 중에서도 사천성 남중부 끝 자락의 의빈에서부터 호북성 서쪽의 의창(宜昌)까지의 이백오십 리 구간을 장강의 상류라 일컫는데 장강의 상류 구간은 만장절벽과 험산준령, 좁고 가파른 협곡이 줄줄이 이어진 것으로 유명했다. 그 상류 구간 중 장강 삼협(三峽)이라 불리는 구당협(瞿塘峽), 무협(巫峽), 서릉협(西陵峽)은 무수한 암초들과 용틀임 치는 거센 물살, 천야만야한 낙폭들로 이루어져 노련한 뱃사공들조차 고개를 설레설레 내젓는 곳이다.

만현(萬縣)은 장강 상류의 중간쯤에 위치한 작은 항구다.

이 마을의 남쪽에는 장강이 흐르고 있었는데 하룻길만 노를 저어 가면 물길 험하기로 유명한 장강 삼협 중 제일협인 구당협에 이른다.

점심나절.

밤새 내린 비는 떠오른 태양 빛에 말끔히 사라지고 점점이 괴인 빗

물만을 흔적으로 남겨두었다.

빗물 고인 웅덩이.

한 소년이 쪼그리고 앉아 있었다.

소년은 일곱 살쯤 되어 보였는데 마마를 앓았는지 얼굴이 듬성듬성 얽어 있었다. 그러나 짙은 눈썹에 또렷이 빛나는 눈망울, 위로 살짝 올라간 입매는 자칫 비틀려 보이기 쉬운 소년의 용모를 상쇄시키고 있었다.

'엄마……'

소년은 물 웅덩이에서 떠나 버린 엄마의 얼굴을 찾고 있었다.

찰랑찰랑.

물결은 잔잔한 파동을 일으켜 과거의 영상을 만들어냈다.

"아가야, 네 얼굴은 참 예쁘단다. 삼신할머니가 직접 얘기해 줬어. 스무 살이 지나면 네 얼굴이 누구보다 멋져질 거라는구나. 그러니 아이들이 곰보라고 놀려도 신경 쓰지 마렴."

엄마는 고왔다.

목소리는 더 더욱 고왔다.

은 쟁반에 옥구슬 구르듯 하는 엄마 이야기를 들으면 뭐든지 그렇게 될 것만 같았다. 그런 엄마가 너무 좋아 어린 곽무한은 엄마의 치맛자락을 흔들며 공연히 투정을 부렸다.

"씨이, 난 지금 이 곰보 얼굴이 싫어. 삼신할머니에게 지금 바꿔달라면 안 돼? 응?"

"그 얼굴이 어때서? 엄마가 보기엔 아주 멋진 옥동자님인걸? 귀여운 내 아들. 너, 그거 아니?"

엄마가 방긋 웃었다.

"엄마가 말이야, 널 가졌을 때 아주 멋진 꿈을 꿨단다."

"어떤 꿈?"

어린 곽무한은 어느새 쑥 내밀었던 입술을 집어넣으며 엄마의 이야기에 빨려 들어갔다.

"음… 어떤 꿈이냐 하면 말이지, 햇빛이 찬란한 낮에 엄마가 개울로 피라미를 잡으러 가지 않았겠니? 그런데 유난히도 눈에 띄는 작고 앙증맞은 피라미를 봤단다. 그래서 엄마는 얼른 두 손을 모아 그 피라미를 잡았지. 그런데 어찌 됐는지 아니?"

"어찌 됐어?"

눈을 마주하던 엄마는 갑자기 장난스런 얼굴로 와락 고함을 질렀다.

"펑!"

"까악! 씨이, 갑자기 고함 지르기가 어딨어? 엄마 미워! 히잉!"

곽무한은 울상이 되어 엄마의 가슴을 팡팡 때렸다.

"호호호, 미안미안. 우리 아들의 눈이 너무 예뻐서 그랬단다. 용서해 줘. 응?"

엄마는 웃음을 터뜨리며 곽무한의 손을 가슴에 안았다.

"계속 들어보렴. 엄마는 그 피라미의 작은 눈을 쳐다보며 미소를 지었단다. 그런데 갑자기 '펑' 소리와 함께 오색 연기가 자욱하더니 피라미 대신 금빛 수염을 단 잉어가 나타난 게 아니겠니? 호호호, 넌 크게 될 거야. 아무렴."

엄마가 웃으며 말했다.

"에계? 용도 아니고 고작 잉어야?"

곽무한은 기대가 실망으로 바뀌어 잔뜩 토라져 버렸다.

"호호호, 바보. 고작 잉어가 아냐. 그 금빛 수염을 단 잉어는 황어란
다. 전설 속에 나오는 황어 말이야."

"황어?"

엄마의 입술은 부드러운 향기를 발하며 신비로운 전설을 곽무한에
게 전했다.

"저 먼 북쪽 땅엔 눈과 얼음으로 뒤덮인 아름다운 호수가 있단다.
그리고 그 호수를 아우르는 왕국이 있었지. 그 왕국은 무척 크고 아름
다운 나라였는데 어느 핸가 큰 가뭄이 들었단다. 바로 그때 한 스님이
왕궁에 나타나서서 하늘을 향해 기도를 하셨지. 그러자 하늘에서 거대
한 용신(龍神)이 나타나 신비한 번개를 뿌리셨지. 그러자 땅에는 비가
내렸고 호수엔 금빛 잉어가 떨어져 내렸단다. 가뭄이 해결되고 배고픔
도 해결됐지."

소년은 이야기에 취했다.

엄마는 이야기에 취한 아들에게 취했다.

"가뭄이 지나고 나자 사람들은 그 금빛 잉어를 용신의 후손, 하늘에
서 내려온 물고기라 하여 황어(黃魚)라 부르고 극진히 섬겼단다. 황어
는 다 자라면 용이 되어 다시 하늘로 승천하지. 아들아, 알겠니? 네 태
몽은 황어. 그러니 넌 용신의 후손이란다. 그러니 네가 어찌 크게 되지
않겠니? 그런 네가 어찌 멋지고 아름다운 헌헌장부가 되지 않겠니?"

잔잔한 물결은 그날의 엄마 얼굴을 희미하게 그려주었다.

부드러운 바람은 엄마의 향기로운 목소리를 들려주었다.

"엄마……."

소년의 눈에서 이슬 방울이 굴러내렸다.

엄마의 이름은 당군혜(唐君蕙).

가난한 뱃사공에게 시집온 사천(四川)의 딸.

살랑!

부드러운 바람이 다시 불어왔다.

'아버지…….'

잔잔한 물결이 이번에는 아버지를 만들어냈다.

아버지는 뱃사공이었다.

아버지는 언제나 강물을 물끄러미 쳐다보며 눈물을 지었다.

"아들아, 너는 끝없이 말을 달려도 이르지 못하는 드넓은 땅, 용맹하고 착한 사람들이 사는 땅, 그곳의 후예란 걸 잊지 말아라."

희미했다. 아버지의 영상과 목소리는 너무 희미했다.

곽무한이 너무 어릴 때여서 그랬다.

기억 속의 아버지는 비참하게 돌아가셨다.

"이놈들, 내 내자와 아이에게서 손을 떼지 못할까!"

아버지의 비통한 고함 소리만 아련했다. 그리고 번지는 핏물, 핏물…….

낯선 이국 땅에서 돌아가지 못하는 고국 땅을 그리워하던 아버지는 갑자기 들이닥친 수적들과 싸우다가 비참하게 돌아가셨다. 그러나 돌아가시기 직전, 피 가래 끓는 목소리로 남긴 한마디의 말만은 곽무한의 가슴에 선명히 남아 있었다.

"아들아, 남자는 자기가 옳다고 믿는 일에 최선을 다해야 한다. 그리고 남자가 몸을 떨치면 산천초목이 떨어야 한다."

휘우웅!

바람이 강하게 불어왔다.

물결이 거칠게 흔들렸다.

덜컹덜컹!

기억 속의 그날도 바람이 몹시 거셌다.

달빛조차 없는 캄캄한 밤, 바람이 창문을 거칠게 흔들었다.

콰지끈!

곽무한은 난데없는 소리에 놀라 잠에서 깼다.

"아가씨, 가십시다."

낯선 사내들이 시퍼런 눈길로 엄마를 쳐다봤다.

"아아……."

엄마는 가녀린 한숨을 내쉬었다.

"엄마, 저 사람들 누구야?"

곽무한은 겁에 질려 엄마의 품속만 파고들었다.

"내 아이… 내 아이도… 제발……."

"안 됩니다, 아가씨. 그분의 성격을 아시잖습니까? 아이를 데려갔다가는……."

낯선 사내들의 목소리는 마치 철판을 긁는 듯 거칠었다.

"아들아, 엄마가 잠시 가야 할 곳이 있단다. 우리 무한이, 착하지? 울지 않고 엄마를 기다릴 수 있지?"

엄마의 목소리는 슬펐다.

"어, 엄마, 어디 가? 저 아저씨들 따라가는 거야? 싫어, 싫어!"

곽무한은 겁에 질려 엄마의 허리를 와락 안았다.

“금방 갔다 올 거야. 두 밤만 자고 올 거야. 우리 착한 아들, 용감한 아들, 고작 두 밤이야. 기다릴 수 있지? 혼자 있을 수 있지? 응?”

엄마는 처연한 미소를 지었다.

곽무한은 엄마가 우는 모습을 도저히 볼 수 없었다.

“엄마, 두 밤이야? 정말 두 밤이야?”

“그럼, 두 밤이고말고.”

모자는 사내들이 지켜보는 가운데 새끼손가락을 걸었다.

엄마는 젖은 눈으로 동전 두 닢과 동그란 패를 쥐어주었다.

엄마가 건넨 패에는 금빛 잉어 황어가 그려져 있었다.

“반드시, 반드시 엄마를 기다려야 돼! 반드시!”

엄마는 곽무한의 손을 꽉 쥐어보고는 달빛조차 없는 밤에 낯선 사내들에게 이끌려 배를 타고 떠났다.

휘우웅!

그날처럼 갑자기 바람이 거세졌다.

그 때문일까?

“쳇, 엄마 미워!”

소년의 입에서 갑자기 원망 서린 목소리가 튀어나왔다.

소년은 뿌연 눈빛으로 물 웅덩이를 노려보다 발 밑에 구르고 있던 돌멩이를 집어 들었다.

퐁!

돌멩이가 파문을 일으켰다.

소년이 그렸던 엄마의 영상이 산산이 흩어졌다.

“미워! 밉단 말이야! 두 밤만 자면 온다고 해놓구선! 에익!”

흐린 눈길로 파문을 보던 소년은 또다시 돌멩이를 집어 던졌다.

풍당!

물이 튀어 소년의 입속으로 들어갔다.

"에잇!"

소년은 인상을 잔뜩 찡그리며 입술을 닦다가 휙 고개를 돌려 주먹만한 돌멩이를 찾았다. 소년은 물 웅덩이를 노려보며 힘껏 돌을 집어 던졌다.

풍덩!

이번엔 옷까지 젖어버렸다.

"으아아!"

소년은 괴성을 지르며 건너편의 늙은 소나무로 뛰어갔다.

씩씩거리며 되돌아온 소년의 양손엔 머리통만한 바위가 들려 있었다.

"에잇!"

첨벙!

이번엔 아예 온몸에 흙탕물을 뒤집어쓰고 말았다.

"우와앙! 악 올라!"

소년은 급기야 울음을 터뜨리고 말았다.

그때였다. 소년의 귀에 요란한 웃음소리가 들려왔다.

"와하하! 저 곰보 녀석 봐라!"

"얼라리 꼴라리! 꼼보, 째보, 울고 있더요! 꼼보, 째보!"

연신 손가락을 돌려대며 놀리는 아이들.

곽무한의 눈에서 불똥이 튀었다.

"이 자식들이!"

곽무한은 사방을 두리번거리다 돌멩이를 집어 들었다.

"꺼져! 꺼지라구!"

곽무한의 돌팔매는 포물선을 그리며 날아가 한 녀석의 이마를 깨뜨려 버렸다. 그러자 아이들의 표정이 잔뜩 일그러졌다.

"어? 왕삼이가 맞았다! 야, 저 곰보 녀석을 그냥 둘 거야?"

주걱턱을 지닌 녀석이 곽무한을 가리키며 묻자 아이들은 도리질을 치며 합창했다.

"아아니!"

"좋아, 가서 때려주자!"

"와아아! 곰보를 무찌르자!"

예닐곱 명의 아이가 함성을 지르며 곽무한에게 달려왔다.

곽무한의 눈이 홱 돌아갔다.

"이것들이? 우아아아!"

팔을 둥둥 걷어붙인 곽무한은 괴성을 지르며 아이들에게 맞부딪쳐 갔다. 그 기세에 질렸는지 아이들이 일제히 돌을 던져 대기 시작했다.

휙! 휙! 따닥!

가냘픈 팔뚝으로는 날아드는 돌멩이들을 모두 막을 수 없었다. 그러나 곽무한은 돌멩이세례를 무시한 채 계속 괴성을 지르며 마구잡이로 뛰었다.

"앗? 저 곰보가? 다, 달아나자!"

아이들은 곽무한의 기세에 놀라 급히 몸을 틀었다. 그러나 이미 늦어버렸다.

"이 비겁한 새끼들, 죽어!"

어느새 뛰어와 두 녀석의 턱을 날려 버린 곽무한. 흉흉한 눈빛으로 쉼없이 주먹질을 해댔다.

"으아앙! 잘못했어!"

곽무한에게 얻어맞은 녀석들은 코피를 쏟으며 항복했다.

"씩씩, 한 번만 더 덤비면 아예 곤죽을 만들어놓을 거야!"

아이들에게 주먹을 쥐어 보이며 으름장을 놓은 곽무한은 저 멀리 달아나고 있는 주걱턱을 향해 뛰었다.

"거기 안 서? 장직(張直) 너, 잡히면 죽는다!"

곽무한의 위협에 혼비백산한 주걱턱은 달음박질에 더욱 힘을 줬다.

그러나 당황한 때문인지 오히려 발이 엇갈려 넘어져 버렸다.

"잡았다! 이 자식!"

곽무한은 쾌재를 부르며 녀석의 가슴에 올라앉았다. 그리고는 녀석의 얼굴을 향해 냅다 주먹질을 시작했다.

"이 자식, 난 곰보가 아냐! 곰보가 아니란 말이야!"

퍼퍼퍼퍽!

곽무한은 계속 고함을 지르며 주먹을 휘둘렀다. 그러나 주걱턱의 성깔 역시 만만찮았다.

"으아앙! 그래도 넌 곰보야! 곰보, 째보야!"

녀석은 피 범벅이 되어 울면서도 계속 곰보라고 놀려댔다.

"크아악! 너, 너, 너!"

급기야는 곽무한의 눈빛이 새하얗게 변했다. 눈을 번뜩이던 곽무한은 커다란 돌덩이를 집어 들었다. 그제야 녀석의 눈이 공포로 뒤집어졌다.

"으악! 취, 취소! 취소! 내가 잘못했어!"

녀석은 사색이 되어 취소란 말을 반복했다.

"이 겁쟁이 새끼가!"

녀석이 냉큼 사과를 해오자 곽무한은 오히려 약이 올랐다.

곽무한은 돌멩이를 옆에 내려놓고 와락 녀석의 얼굴에 이빨을 들이댔다.

"끄아아악! 엄마아! 엉엉엉!"

드디어 주걱턱 장직의 입에서 울음소리가 터져 나왔다.

"한 번만 더 곰보라고 놀리면 아예 네 얼굴을 나처럼 만들어 버릴 거야! 또 덤빌 놈 있어?"

장직의 얼굴을 물어뜯은 곽무한은 사방을 돌아보며 피 묻은 입술로 으르렁거렸다.

"으아아! 곰보가 장직의 얼굴을 물어뜯었다! 어른들께 이르자!"

곽무한은 어른들께 이른다는 말에 가슴이 뜨끔해 왔다.

엄마가 떠난 지 어언 일 년.

처음에 동정의 눈길로 바라보던 마을 사람들은 이제 곽무한을 거지 취급 하기 일쑤였다. 그러니 마을 어른들의 귀에 오늘 일이 들어가면 끼니 때우기가 더욱 힘들어질 것이란 생각이 들었다. 거기까지 생각이 미친 곽무한은 다급히 고함을 질렀다.

"거기 서! 안 서면 모두 이놈처럼 만들어 버린다!"

그 위협이 통했던지 마을로 줄행랑 치려던 아이들이 멈칫 걸음을 세웠다.

"모두 이리 와봐!"

기가 질린 아이들이 쭈뼛거리며 다가왔다.

"너희들, 어른들께 이르면 반 죽여 버릴……."

막 아이들에게 위협을 해 나가는데 갑자기 땅이 흔들리는 느낌이 들어 뒤를 돌아봤다.

두두두두두!

지축을 울리는 말발굽 소리가 시작이었다.

"이랴! 이랴!"

말을 탄 여섯 명의 사내가 잔뜩 일그러진 얼굴로 흙먼지를 일으키며 달려오고 있었다.

"앗! 관군이다!"

아이들은 눈앞으로 다가오는 사내들보다 그 뒤에서 호통을 지르며 쫓아오는 관군을 보고 더 놀라 버렸다.

"이놈들, 거기 서라!"

쐐애액! 쐐애액!

관군들이 쏜 화살이 어느새 아이들 곁으로 떨어지고 있었다.

"으아아! 다, 달아나자!"

아이들은 일제히 등을 보이며 달아나기 시작했다. 곽무한 역시 마찬가지였다. 바로 그때,

"꼬마들을 잡아!"

콰두두두두!

천둥 같은 말발굽 소리가 들려오더니 몸이 허공으로 붕 떠올랐다. 그와 동시에 시큼한 땀 냄새가 코를 찔러왔다.

"으아악! 사, 사람 살려!"

공포에 질린 곽무한은 입속으로 흙모래가 들어오는 것도 모르고 마구 비명을 질렀다.

"아이들이 잡혔다! 모두 화살을 멈춰!"

말발굽 소리와 뒤섞인 호통 소리가 뒤에서 들려왔다.

"크하하하! 자신있으면 쏴봐!"

곽무한을 안은 사내는 뒤를 돌아보며 웃음을 터뜨렸다.

시커먼 얼굴에 이리저리 나 있는 검상, 흉흉한 눈빛에 장대한 체구.

사내들은 모두 무척 흉악해 보였다.

"저, 저 녀석들이!"

흉한들의 폭소에 관병들이 곤혹스런 표정으로 활을 들어 올렸다 내렸다 하며 망설였다. 바로 그때, 관병들 속에서 한 장수가 나섰다.

"뭣들 하는가? 명이 지엄하다! 그냥 쏴!"

그는 앞으로 나서자마자 단호하게 명을 내렸다.

"자, 장군, 아이들이 있습니다요."

장수의 호령에 늙은 관군이 애원하는 표정을 지었다. 그러나 장수는 무슨 소리냐는 듯 오히려 눈알을 부라렸다.

"저놈들은 흉악하기 짝이 없는 수적들이다! 다섯 현에서 수배를 내린 극악무도한 자들이란 말이다! 지금 놓치면 언제 잡을 수 있을지 기약이 없다! 그냥 쏴! 명령이다!"

결국 관병들은 다시 활을 쏘기 시작했다.

쐐애액!

공기를 찢으며 빗발치듯 날아오는 화살들.

쏟아지는 화살비는 눈이 없었다.

이히히힝!

"으아악!"

"으헉! 엄마아!"

몇 개의 화살은 사내들 중 한 사람과 그가 안고 있던 아이 왕삼의 목을 동시에 꿰뚫어 버렸다.

"으아앙! 왕삼, 왕삼! 아저씨, 날 내려줘요! 으앙!"

친구의 죽음을 본 아이들은 일제히 공포에 질려 울음을 터뜨렸다.

곽무한 역시 충격과 공포로 머리가 새하얘지는 느낌이었다.

"개자식들! 쏘란다고 정말 쏘다니, 안 되겠다! 최대한 빨리 포구로 간다!"

곽무한을 인질로 잡은 사내가 욕설을 내뱉으며 다시 말을 달렸다.

두두두두!

아이들을 안은 흉한들은 빠르게 말을 달렸다.

"거기 서랏!"

관병들은 빠르게 뒤를 따라왔다.

쉬익! 쉭!

화살은 바람 소리를 내며 귓전을 스쳤다.

곽무한은 덜컥 겁이 났다. 금방이라도 화살에 맞아 죽을 것만 같았다. 그렇게 되지 않으려면 이들에게서 달아나야 했다.

"이익!"

결심을 굳힌 곽무한은 자신을 안고 있는 텁석부리의 팔뚝을 와락 깨물었다.

"음? 이 녀석이!"

그는 눈도 꿈쩍하지 않았다. 살짝 침음성을 터뜨리는가 싶더니 계속 말을 달렸다.

두두두두두!

쏟아지는 화살비 때문에 사내들은 이리저리 몸을 틀며 말을 달렸다. 그 덕분인지 관병들이 빠르게 뒤를 쫓아왔다.

"젠장, 할 수 없다. 던져!"

말을 달리면서도 한 번씩 뒤를 돌아보던 텁석부리가 갑자기 고함을
질렀다. 곽무한은 무슨 소린가 싶어 뒤를 돌아보다가 기절초풍하는 줄
알았다.

"엄마아아!"

휘날리는 흙먼지 속에 한 아이가 비명을 지르며 나동그라졌다.

흉한들 중 한 명이 추적을 뿌리치기 위해 아이를 던져 버린 것이다.

"앗, 저런!"

뒤따르던 관병들의 입에서 경악성이 터져 나왔다.

막 아이가 말에 짓밟힐 뻔한 순간,

이히히힝!

"우와앙! 엄마아!"

놀라서 울부짖는 아이. 다행히 다리만 하나 부러졌다.

그나마 마음씨 착한 관병이 급히 말고삐를 낚아챈 탓에 목숨을 건진
것이다. 좌우간 그 바람에 흉한들은 다시 관병들과 거리를 벌렸다.

두두두두!

또다시 말이 질주를 시작했다.

말의 질주에 따라 주변 경물들은 휙휙 스쳐 갔고 곽무한의 엉덩이엔
불이 났다. 그러던 어느 순간,

와락!

흉한이 곽무한의 가슴을 잡아왔다. 곽무한은 가슴이 철렁했다.

"안 돼요! 싫어요!"

곽무한은 비명을 지르며 사내의 팔을 붙잡고 늘어졌다.

"이놈이?"

사내의 얼굴이 징그럽게 일그러졌다. 그는 인상을 찌푸리며 곽무한

의 손을 벌려 나갔다. 고작 일곱 살짜리 정도로 보여 쉽게 떨쳐 낼 수 있으리라 생각했으나 의외로 만만치 않았다.

턱석부리가 막 힘을 더하려는 순간,

쐐애액!

세찬 파공성과 함께 화살이 한 대 날아왔다.

"헉!"

화살은 아슬아슬하게 턱석부리의 어깨를 스치고 지나갔다.

"에잇, 이 녀석, 너 때문에 황천길로 갈 뻔했잖아!"

화살 때문에 놀란 탓인지 턱석부리는 곽무한의 뺨을 때리는 것으로 실랑이를 끝냈다.

두두두두!

말은 계속 달렸다.

흔들리는 시선 사이로 시퍼런 강물이 들어왔다.

강물에 도착하니 몇 척의 나룻배가 물결따라 흔들리고 있었다.

"대형, 먼저 타시오!"

배를 발견한 사내들은 턱석부리를 재촉했다.

"아우들……."

턱석부리는 잠시 망설이는 듯했다. 그러나 지체할 틈이 없었다.

"이놈들, 포기하고 오라를 받아랏"

관병들은 이미 목전까지 다다랐고, 그들이 쏘아대는 화살은 벌써 몸을 쉭쉭 스치고 있었다.

"먼저 가네. 무리하지 말고 빨리 듸따르게."

턱석부리는 침통한 표정을 지으며 배로 몸을 날렸다. 물론, 여전히 곽무한을 안아 자신의 가슴 부분을 보호한 채로.

출렁!

텁석부리의 몸이 배에 닿자 배가 출렁거렸다.

곽무한이 포구로 눈을 돌리니 관병들이 사방에 쫙 깔렸고 사내들은 아이들의 목에 칼을 들이댄 채 그들을 막아서고 있었다.

"흐흐흐, 자신있으면 덤벼봐! 덤비는 순간 이놈들 목숨은 없어!"

곽무한은 가슴이 쿵쿵 뛰었다.

아이들의 목에 칼을 들이댄 흉한들. 그러나 그보다 더 섬뜩한 것은 눈꼬리가 위로 올라간 장수였다. 그의 입술이 묘하게 비틀리고 있었다.

"하늘 높은 줄 모르고 날뛰는 천둥벌거숭이들, 모두 쏴라!"

그의 입술에서 냉혹한 음성이 떨어졌다.

그와 동시에 화살비가 새까맣게 쏟아졌다.

쐐애애액!

피피피핏!

"으헉! 정말 쏘다니!"

"으악! 엄마아!"

하늘을 뒤덮는 새까만 화살비와 그 화살에 꿰어 죽어가는 아이들.

곽무한은 번갯불이 내리치는 것 같은 충격에 그만 정신을 잃고 말았다.

퀴퀴한 비린내가 났다.

몸이 출렁거리나 싶더니 갑자기 목에 차가운 느낌이 들었다.

곽무한은 눈을 번쩍 떴다.

맨 처음 망막을 가득 채운 건 은푸른 달빛.

맨 처음 귀청을 울린 건 삐걱거리는 소음.

흔들리던 망막이 점점 또렷이 모이자 노를 젓는 우람한 등판이 보였다. 텁석부리사내였다.

그렇다면 아직도 배 안?

곽무한은 튕기듯 일어났다.

"이 자식, 앉아!"

쫘악!

호통 소리와 함께 뺨에 불이 번쩍였다.

"윽, 왜 때려요?"

곽무한은 뺨을 감싸 쥐며 텁석부리를 노려봤다.

"물에 처넣어 버리기 전에 앉아!"

귀를 울리는 흉흉한 목소리.

"치잇."

곽무한은 입을 쑥 내밀면서도 자리에 앉았다.

바로 그때,

"흑흑, 엄마."

우람한 등판 너머에서 꺽꺽대는 울음소리가 들려왔다.

곽무한은 귀를 의심했다. 익숙한 목소리였기 때문이다.

슬쩍 고개를 빼보니 과연 앞짱구에 주걱턱, 장직이었다.

그러고 보니 이 조그만 배에는 자기와 장직, 텁석부리사내 말고도 두 명의 사내가 더 타고 있었다. 한 놈은 민대머리였고 다른 한 놈은 송충이눈썹이었다. 그들의 몸엔 핏자국이 가득했는데 용케도 관병들의 추격을 뿌리치고 배에 오른 모양이었다.

"장직……."

곽무한이 반가운 마음에 입을 열려 할 때였다.

"이 새끼, 아가리 닥쳐!"

턱석부리가 귀찮다는 듯 장직의 뺨을 거세게 후려쳤다.

곽무한은 힘없이 갑판에 나뒹구는 장직을 보고는 튕기듯 몸을 날려 턱석부리의 등을 들이받았다.

"으아아! 왜 때려요? 우리가 무슨 잘못이 있다고 때려요!"

"요 빌어먹을 새끼가!"

턱석부리가 오만상을 쓰며 고개를 휙 돌려왔다. 잔뜩 부라린 눈빛에 자욱한 살기가 엿보였다.

"씨이, 가만히 있을 테니 때리진 말라구요!"

곽무한은 가슴이 철렁해 얼른 눈을 내리깔았다. 그러나 턱석부리는 오히려 눈을 빛냈다.

"요 빌어먹을 새끼, 감히 어디다 눈을 부라려!"

쫘자작! 퍼퍼퍽!

무지막지한 몰매가 한참 동안 퍼부어졌다.

곽무한은 새우처럼 몸을 말며 고통을 줄이려 애쓰다 정신을 잃고 말았다.

촤아아! 쿠쿠쿠쿠!

천지를 무너뜨릴 듯한 굉음에 곽무한은 다시 정신을 차렸다.

출렁이는 강물 양쪽으로 깎아지른 듯한 절벽들이 서 있었는데 그 절벽에서 거대한 폭포수가 쏟아지고 있었다.

"배를 가장자리로 몰아! 어서!"

다급한 턱석부리의 목소리가 물소리와 함께 귓전을 울려왔다.

콰르르릉!

"으악!"

곽무한은 갑자기 거센 물살이 배를 덮쳐 오자 기겁성을 토하며 얼른 바닥에 엎드렸다.

"요 빌어먹을 새끼, 또 소란이야?"

바삐 노질하던 텁석부리가 휙 고개를 돌려왔다.

곽무한은 얼른 입을 막았다. 그러다가 자신을 쳐다보는 눈빛을 느끼고는 실눈을 떴다.

장직이었다.

곽무한은 몰래 녀석에게 손을 흔들었다. 그러나 녀석은 고개를 휙 돌려 버린다.

'등신 새끼, 인사도 안 받아주냐?'

곽무한은 녀석을 노려보며 눈을 흘겼다. 그러나 그도 잠시, 갑자기 배가 휘청거리는 느낌에 급히 고개를 처박았다.

쿠콰콰콰콰!

폭포수가 만든 거대한 소용돌이. 자신들이 탄 배가 점점 그쪽으로 말려 들어가고 있었다.

"대형, 안 되겠소. 물살이 너무 거셉니다. 우선 무게를 줄입시다."

어느새 땀 범벅, 물 범벅이 된 민대머리가 자신들을 가리키며 다가왔다. 곽무한과 장직은 금방 사색이 되어버렸다.

"가서 용왕님께 인사를 드리거라, 욘석들."

민대머리는 텁석부리의 허락도 떨어지기 전에 덥석 곽무한의 목덜미를 낚아챘다.

"안 돼요, 안 돼! 익, 익!"

곽무한은 발버둥을 치며 비명을 질렀다.

"어이쿠, 요 녀석!"

천행인지 곽무한이 몸부림치는 순간 거센 물살이 다시 배를 뒤흔들었다. 그 바람에 민대머리는 중심을 잃고 갑판으로 나동그라졌다.

곽무한은 이때를 놓칠세라 후다닥 몸을 굴려 배 안에 나뒹구는 그물로 자기 몸을 친친 감아버렸다.

"난 죽어도 물에 빠지지 않을 거예요!"

곽무한은 그물로도 안심이 되지 않아 뱃전을 붙잡으며 소리쳤다.

"아이쿠, 두야! 요 빌어먹을 새끼, 완전 악종이군, 악종이야!"

어이가 없었던지 민대머리가 주먹으로 이마를 치며 고개를 저었다.

그러자 노질에 여념이 없던 텁석부리가 고개를 돌려왔다. 그는 찌푸린 표정으로 곽무한을 노려보다 민대머리에게 호통을 쳤다.

"물살이 너무 급해! 일단은 애들 신경 쓰지 말고 노질부터 해!"

민대머리는 머쓱한 표정으로 다시 노를 잡았다.

콰아아! 쿠쿠쿠쿠쿠!

배는 소용돌이에 휘말렸다 벗어났다 하며 이리저리 출렁거렸다.

곽무한은 조마조마한 심정으로 용틀임 치는 물살을 바라봤다. 그러다 언뜻 오른쪽 오 장여 거리에 있는 바위를 발견했다.

"저쪽에 바위가 있어요!"

곽무한은 얼른 소리쳤다.

"응? 바위?"

텁석부리가 눈을 돌렸다. 그리고 환한 표정이 되었다.

"저기까지만 가자. 그러면 한숨 돌릴 수 있어."

사내들은 땀을 뻘뻘 흘리며 다시 노를 저었다.

위태위태한 가운데서도 배는 바위 곁으로 다가갔다.

"밧줄을 던져!"

텁석부리의 호령에 민대머리가 일어나 굵은 밧줄을 던졌다.

밧줄은 정확하게 바위를 감았고, 사내들은 배를 바위에 가까이 가져갔다.

"휴우우, 이제 어쩌지?"

배를 바위에 대는 데 성공한 텁석부리는 흔들리는 표정으로 건너편의 언덕을 바라봤다.

강 가장자리까지는 아직도 십여 장의 거리가 남았다.

다른 강이었다면 아주 가까운 거리일 것이나 이곳 구당협에서는 엄청나게 먼 거리였다. 그만큼 물살이 거셌고 소용돌이가 강했다.

"모험을 해봅시다."

송충이눈썹이 굳은 표정으로 말했다.

"모험? 어떻게?"

"저쪽을 보시지요."

송충이눈썹이 손끝을 들었다.

"너, 미쳤냐?"

텁석부리가 벌컥 고함을 질렀다.

송충이눈썹이 가리킨 곳은 이백 장도 넘는 가파른 절벽, 그것도 거센 폭포수가 쏟아지는 절벽의 틈바구니에 뿌리를 박고 있는 느티나무를 가리키고 있었다. 말하자면 폭포수가 쏟아지는 소용돌이를 뚫고 느티나무에 밧줄을 던지는, 그야말로 구사일생의 모험을 하자는 이야기였다. 그러니 모두 사색이 될 만했다. 하지만 상황은 그렇게 갈 수밖에 없었다.

그그극! 그그극!

뱃전이 앓는 소리를 내기 시작했고,

투투툭! 투투툭!

밧줄이 미친 듯이 흔들렸다.

거센 소용돌이가 계속 배를 뒤흔들다 보니 뱃전은 바위에 긁혀 빠르게 마모되고 있었고, 바위에 동여맨 밧줄은 바위틈에 쓸려 금방이라도 터질 듯 가늘어지고 있었다.

"빌어먹을, 모두 준비해!"

결국 텁석부리가 결단을 내렸다.

"하나, 둘."

모두 긴장된 표정으로 폭포수와 소용돌이를 쳐다봤다.

"셋!"

타라락!

셋 소리와 함께 밧줄이 풀렸다.

촤아아악!

밧줄의 압제에서 벗어난 배는 쏜살같이 소용돌이를 향해 돌진했다.

"모두 배를 꼭 잡아!"

텁석부리의 고함 소리는 거센 물살 소리와 폭포 소리에 묻혀 버렸다.

촤촤촤촤촤!

뱃전으로 거대한 물줄기가 쏟아져 내렸다. 동시에 배는 크게 출렁거리며 회전을 시작했다. 어느새 소용돌이에 말려든 것이다.

"으아악! 안 돼애애애!"

마치 지옥 문이 입을 쩍 벌린 것 같은 무시무시한 소용돌이, 거기다

가 하늘이 뚫리기라도 한 것처럼 쏟아져 내리는 폭포수에 시야를 가득
메우는 삐죽삐죽 솟은 험준한 암벽.

곽무한은 숨 막히는 죽음의 공포에 마구 비명을 질러댔다.

바로 그때, 송충이눈썹이 벌떡 일어섰다.

"신이여, 제발!"

그는 한소리 크게 부르짖더니 온 힘을 다해 팔을 떨쳤다.

휘리리릭!

굵은 밧줄이 쏟아지는 폭포수를 뚫고 날았다.

'제발, 제발!'

찰나가 마치 억겁 같은 그 순간,

콰드득!

팽팽히 당겨진 줄이 거센 출렁임을 만들었다.

"걸렸다!"

"와아!"

사내들은 환호성을 내질렀다.

"당겨!"

텁석부리의 호령에 맞춰 사내들은 굵은 동아줄을 당기기 시작했다.

결국 배는 쏟아지는 폭포수와 거센 소용돌이를 뚫고 용케 빠져나왔
다.

제2장
탈출 시도

탈출 시도

콰아아!

자욱한 안개가 세찬 물결 소리와 어울렸다.

안개 사이로는 하늘을 향해 치솟은 거대한 절벽이 보였다. 그 절벽 중간에는 겨우 두 사람이 지나갈 만한 위태위태한 사다리가 놓여 있었다. 제갈공명이 절벽 사이에 길을 만들어 한중(韓中)으로 진출해 조조를 혼비백산케 했다는 고사의 그 잔도(棧道)였다.

석양 무렵,

삐걱삐걱.

금방이라도 무너져 내릴 듯한 잔도를 건너는 사람들이 있었다.

천행으로 구당협을 빠져나온 텁석부리와 곽무한 등이었다.

"이 자식들, 절벽 아래로 던져 버리기 전에 빨리빨리 못 걸어?"

갑자기 앞서 걷던 텁석부리의 입에서 고함 소리가 터져 나왔다.

　호통 소리에 놀란 곽무한과 장직은 어깨를 움찔 떨며 걸음을 재촉했다. 그러나 이미 탈진한 상태였던 장직의 걸음이 꼬이더니 그만 발을 헛딛고 말았다.

　"아앗!"

　비명 소리와 함께 장직의 몸이 천 길 벼랑으로 주르륵 미끄러졌다.

　"안 돼!"

　곽무한은 재빨리 바닥에 엎드려 장직의 손을 잡았다.

　"으으으……."

　마주한 장직의 눈은 공포에 잠겨 있었다.

　"도와주세요. 제발요."

　곽무한은 멀찍이 걸어가고 있는 사내들을 돌아보며 애원했다. 그러나 사내들은 코대답도 하지 않았다. 곽무한은 그들에게 원망 어린 눈빛을 보내며 장직을 잡은 손에 힘을 더했다.

　"이익, 힘내!"

　깎아지른 낭떠러지가 눈을 빙빙 돌게 만들었으나 곽무한은 입술을 깨물며 안간힘을 썼다. 그러나 겨우 일곱 살짜리가 무슨 힘이 있겠는가? 시간이 흐를수록 곽무한의 몸까지 점점 벼랑으로 끌려가고 있었다. 그때,

　"귀찮은 녀석들."

　송충이눈썹이 인상을 찌푸리며 다가왔다.

　"엿차!"

　송충이눈썹은 힘이 좋았다. 단번에 장직을 끌어 올리고는 뒤도 돌아보지 않고 앞서 걸어나갔다.

　"아이고, 둘째 형님은 마음만 좋으셔 갖구. 이 녀석들, 자꾸 귀찮게

하면 정말 계곡으로 던져 버린다?"

민대머리가 뒤를 돌아보며 으름장을 놓았다.

'치익, 개자식들.'

곽무한은 지그시 사내들을 노려보다 장직을 부축했다. 그러나 장직은 매몰차게 곽무한의 손을 떨쳐 냈다.

"흥, 모두 너 때문이야! 너 때문에 아이들이 죽었고 너 때문에 내가 끌려오게 된 거야! 너 따위의 도움은 필요없어!"

"뭐, 뭐야?"

곽무한은 망치로 머리를 맞은 것 같았다. 하도 어이가 없어 막 뭐라 항변하려는 순간,

"걸음을 멈춰라!"

갑자기 앞쪽에서 호통성이 터져 나오며 사람 그림자가 어른거렸다.

그들은 웃통을 벗은 사내들이었는데 모두 손에 칼을 들었다.

텁석부리는 그들을 보고 눈도 꿈쩍하지 않았다.

"여기가 적호채(赤虎寨) 맞나?"

오히려 팔짱을 낀 채 목소리에 힘을 실었다.

"누, 누구시오?"

텁석부리의 기세가 만만찮아 보였던지 사내들이 주춤거렸다.

"놀라는 걸 보니 맞는 모양이군. 가서 적호(赤虎)에게 노호(怒虎)가 왔다고 전해라. 아마 버선발로 달려올 게다."

텁석부리는 그 말과 함께 주먹으로 절벽을 쿵 찍었다. 그러자 텁석부리의 머리맡쯤에 솟아나 있던 돌부리가 산산이 부서지며 아래로 떨어져 내렸다.

"아, 알겠소. 조금만 기다리시오."

사내들은 눈을 휘둥그레 뜨며 허겁지겁 사라졌다.

"등신들, 아무리 대형의 한수가 무섭기로서니 저리도 배짱이 없냐? 아예 찍소리도 못하고 달아나는군. 대형, 이거 영 애송이들 뿐인데요? 헛걸음하는 게 아닐까요?"

민대머리가 킬킬거리며 텁석부리를 쳐다봤다.

"글쎄… 그래도 소싯적엔 적호도 한가락 했었는데… 일단 만나보면 알겠지."

텁석부리는 어깨를 으쓱거리며 절벽에 등을 기댔다.

일각여가 지났을까?

잔도 저쪽 끝이 소란스럽더니 수십 명의 사내가 나타났다.

"와아! 저놈들이다! 잡아라!"

그들은 모두 칼을 번뜩이며 흉흉한 기세로 달려오고 있었다.

"어쭈? 저것들 봐라?"

민대머리가 코웃음을 치며 손가락을 우두둑 꺾었다.

"하루살이들이지만 모두 칼을 들었어. 조심해라."

"염려 놓으슈. 아직 저 쌩쌩합니다."

민대머리는 텁석부리를 향해 미소를 지어 보이며 앞발을 살짝 웅크렸다. 그리고는 양손을 하늘과 땅으로 향하며 정면을 노려봤다.

잔도가 좁아 일시에 달려들 수는 없는 노릇.

웃통을 벗은 사내들 중 선두의 두 놈이 가장 먼저 칼을 날려왔다.

"이놈, 목을 내놔라!"

패애액!

곽무한은 섬뜩한 칼바람 소리를 들으며 눈을 질끈 감았다. 그리고 자기도 모르게 귀를 막으며 몸을 웅크렸다.

"아악!"

귀를 막았음에도 처절한 비명성이 울려왔다.

'아아, 이제 여기서 죽는구나. 엄마……'

곽무한은 파리한 안색으로 엄마를 불렀다. 그러나 의외로 비명성은 계속 들려왔고 사다리도 끊임없이 출렁거렸다. 예상과는 전혀 딴판이라 곽무한은 조심스레 실눈을 떴다. 바로 그 순간,

콰드득!

"크아악!"

뼈 부러지는 소리와 함께 망막으로 낯선 사내의 피 묻은 얼굴이 확 들어왔다.

"으악!"

곽무한은 얼른 사내를 밀어버리고 옆으로 몸을 틀었다.

그때 민대머리의 목소리가 들려왔다.

"흐흐흐, 하룻강아지들, 어디 또 덤벼보시지?"

곽무한은 무심코 눈을 돌리다가 그만 얼어붙어 버렸다.

민대머리는 흉포한 야수 같았다.

피 묻은 손으로 한 사내의 목을 붙잡은 채 맞은편을 보며 으르렁거리고 있었는데 그의 손에 잡힌 사내는 이미 숨이 넘어갔는지 머리가 기이한 각도로 꺾여 있었다. 그러나 뒤이어진 텁석부리의 행동에 비하면 민대머리는 순한 양에 불과했다.

"적호가 우릴 이렇게 대하라고 하더냐? 흐흐흐."

텁석부리는 음산한 웃음으로 민대머리 옆으로 다가가더니 엄지와 검지를 모아 축 늘어져 있는 사내의 목을 움켜쥐더니 콰드득 목줄을 뜯어버렸다.

'으으으, 이들은 인간이 아니야. 악귀들이야.'

곽무한은 그들의 잔인한 모습에 오한이 들었다.

"우와악, 이놈들!"

그 장면은 적호채의 사내들에게도 충격이었던 모양이다. 한동안 멍하니 있던 사내들은 일순간 비통한 울부짖음으로 한꺼번에 달려왔다.

막 양쪽이 일대 격돌을 벌이려는 찰나,

"어떤 놈이 감히 노호 형님을 사칭하느냐?"

사내들 뒤쪽에서 우렁우렁한 호통 소리가 나오는가 싶더니 붉은 얼굴의 사내가 나타났다.

"흥, 이제야 나타나셨군. 적호, 날 알아나 보겠는가?"

텁석부리가 슬쩍 자세를 풀며 적호라는 사내에게 차가운 눈빛을 보냈다. 그러자 적호라 불린 사내의 안색이 돌변했다.

"혀, 형님, 정말 노호 형님이십니까? 마, 맙소사!"

그는 도저히 믿기지 않는다는 표정으로 달려왔다.

그러나 텁석부리는 한 손을 내저으며 냉랭한 목소리로 말했다.

"멈춰!"

"혀, 형님?"

적호라는 사내는 창백한 표정으로 걸음을 멈췄다.

"이게 네 뜻인가?"

텁석부리가 턱짓으로 사내들을 가리키며 차가운 눈빛을 보냈다. 그러자 적호라는 사내의 눈빛이 한차례 출렁거렸다.

"형님, 전 적홉니다."

그가 내민 손에는 새끼손가락 한 마디가 잘려져 있었다.

"단지(斷指) 서약. 그래, 우린 피를 나눈 의형제지."

그제야 텁석부리가 양손을 활짝 벌렸다.

"형님, 반갑습니다. 정말 반갑습니다."

두 사람은 서로를 부둥켜안았다.

"쳇, 우리들은 보이지도 않는 거유?"

민대머리가 툴툴거리자 적호가 고개를 돌렸다.

"어서 오게, 묵호(默虎), 독호(禿虎)."

"반갑소, 적호 형님. 십 년 만이죠?"

"젠장, 독호가 아니라 맹호(猛虎)라니깐."

송충이눈썹은 가볍게 고개를 끄덕였고, 민대머리는 또 한 번 툴툴댔다.

"음? 저 뒤의 꼬맹이들은 뭡니까?"

적호라는 사내가 곽무한과 장직에게 시선을 돌리며 물었다.

"음, 애물단지들이야. 상황이 급해서 그냥 데려왔어. 일단 자네 채로 가지. 가서 얘기하자구."

텁석부리와 적호는 곧장 등을 돌려 앞쪽으로 걸어갔다.

곽무한과 장직은 웃통을 벗은 수적들에게 이끌려 곧 절벽 모퉁이로 사라졌다.

사천은 촉도난(蜀道難)이란 말이 있을 정도로 지형이 험악했다.

그러니 중원에서 사천으로 들어오려면 장강의 험한 물살을 타고 오거나 촉의 잔도를 통해 들어오는 두 가지 길밖에 없었다.

그런데 구당협은 물살과 잔도가 동시에 만나는 곳이었다. 게다가 중원에서 보면 이곳은 험난한 여정의 마지막 관문.

그러니 위험천만한 물길을 거쳤든 아슬아슬한 잔도를 거쳤든 사천으로 들어선 사람들은 모두 이곳 구당협에 이르러 한숨을 돌렸다.

그런데 그 방심한 틈을 노리는 사람들이 있었으니, 그들은 적호채라 불리는 수적 패거리였다.

이들은 소삼협 중 하나인 적취협에 본거지를 두었는데, 이들의 본거지는 관에서도 소탕할 엄두를 내지 못할 정도의 천혜의 은신처였다. 그런 적호채에 몇 년 전부터 많은 변화가 있었다.

그중 가장 큰 변화는 노호, 정확히는 철면노호 묵자강(墨滋剛)이란 사내가 적호채의 태상채주가 되었다는 것이고, 두 번째는 적호채에 두 명의 부채주가 생겼다는 것이었으며 세 번째는 적호채에서 간혹 어린 꼬맹이들의 모습을 볼 수 있다는 것이었다. 물론 적호채의 채주는 여전히 적호였다.

곽무한이 적호채에 잡혀온 지 육 년째 되던 해 여름.

쐐아아!

그날따라 하루 종일 폭우가 쏟아졌다.

하늘이라도 뚫렸는지 밤이 되어도 도무지 그칠 기미가 없었다.

칠흑같이 어두운 밤에 쉴 새 없이 내리는 비.

이런 밤이면 누구라도 술 생각이 간절하기 마련이다.

외부에서 수채로 들어오는 유일한 통로인 우거진 수초. 그곳에서 경계를 서고 있던 놈들도 마찬가지였다.

"어이, 추달이, 날도 이런데 한잔 쭈욱 어때?"

"흐흐흐, 좋지. 보자아, 며칠 전 숨겨뒀던 술이 아직 남아 있으려나?"

"있어, 있다구. 아까 교대할 때 물어봤지. 흐흐."

누가 먼저랄 것도 없었다. 곧 술판이 벌어졌다.

술판이 한창 무르익을 때쯤 쏟아지는 폭우 속을 조심조심 움직이는 신형이 있었다.

'이번엔 반드시 성공하고야 만다!'

입술을 앙다물며 결의를 다지는 작은 신형. 그는 열세 살이 된 곽무한이었다. 그는 나이에 비해 어찌나 야위었던지 눈자위가 옴폭 꺼졌고 뺨이 홀쭉했다. 그러나 빛나는 눈빛만은 여전했다.

곽무한은 곧 수초 속으로 잠겨갔다.

'저번엔 여기서 잡혔었지?'

곽무한은 수초 속에 숨겨진 목책을 노려보며 조그만 톱을 꺼내 들었다. 그리고 갈대를 꺾어 입에 물었다.

사각사각.

톱질은 오래 걸렸다.

물속에 잠겨 갈대로 숨을 쉬며 하는 톱질이라 그랬다.

'됐다!'

몸이 빠져나갈 만한 구멍이 만들어졌다. 곽무한은 눈을 빛냈다.

콰아아! 쿠쿠쿠!

폭우 탓에 물살이 급했다. 그러나 곽무한의 눈빛은 흔들림이 없었다.

'이 정도쯤이야.'

곽무한의 조그만 체구는 곧 목책을 빠져나갔다.

눈앞을 가로막는 우거진 수초 밭.

'발목만 안 잡히면 돼.'

곽무한은 조심스레 발을 놀렸다.

한참을 헤엄치자 눈앞에 시커먼 물체가 나타났다.

수채에서 작업(?) 나갈 때 사용하는 배였다.

평소에는 지키는 사람이 있었지만 쏟아지는 폭우 탓인지 지금은 아무도 없었다.

'됐어. 날씨가 도운 거야.'

곽무한은 쾌재를 부르며 배를 띄웠다.

콰아아! 쿠쿠쿠!

급류는 빠르고 거셌다.

곽무한은 암초를 발견하기 위해 두 눈을 부릅떴다. 그러나 칠흑 같은 어둠과 쏟아지는 폭우로 인해 한 치 앞도 제대로 볼 수 없었다.

텅! 콰지직!

갑자기 배가 크게 흔들렸다. 암초에 뱃머리를 박은 것이다.

"앗! 벌써?"

곽무한은 재빨리 몸을 일으켜 시선을 뱃머리로 향했다.

천만다행이도 앞부분만 살짝 깨졌다.

"휴우, 그나마 다행이다. 앞으로 조심해야겠다."

곽무한은 바닥에 있던 노를 집어 들었다. 암초에 닿는 순간 노로 암초를 밀어 방향을 틀려는 의도였다.

텅!

노를 뻗기 무섭게 손목에 통증이 왔다.

'암초!'

곽무한은 재빨리 노를 움켜쥐고 온몸으로 밀었다.

콰콱!

"아흑!"

노로 암초를 밀어 방향을 틀어보겠다는 생각은 첫 시도에서부터 뒤틀려 버렸다. 순식간에 노를 놓쳐 버리고 말았다.

"아아, 그토록 힘을 길렀는데 아직 모자란단 말이야?"

곽무한의 입에서 긴 한숨이 새어 나왔다.

콰콰콰!

물살은 곽무한이 탄 작은 배를 이끌며 야생마처럼 달렸다.

"이익, 안 돼!"

곽무한은 정신을 가다듬으며 하나 남은 노를 다시 거머쥐었다. 그러자 팔뚝에 굵은 힘줄이 돋았다. 바싹 야윈 곽무한이었지만 의외로 팔뚝은 굵었다. 그리고 팔뚝 중앙에는 포효하는 호랑이 문신이 새겨져 있었는데 인두로 지진 듯 조악하기 짝이 없었다.

곽무한은 굵은 팔뚝을 움직여 정신없이 노를 저었다.

그러나 부질없는 짓이었다.

콰지직! 와지끈!

요란한 소리와 함께 배가 심하게 뒤틀렸다.

정통으로 암초를 들이받고 만 것이다.

콰콰콰콰!

배는 앞머리부터 금이 가더니 곧 산산이 부서졌고 급류는 순식간에 몸을 덮쳐 왔다.

"푸학!"

갑작스레 물에 빠지게 된 곽무한은 안간힘으로 고개를 물 밖으로 내밀었다. 그러나 휩쓸려 가는 몸을 추스를 수는 없었다.

"어푸어푸! 안 돼! 이렇게 죽을 순 없어."

곽무한은 허우적거리면서도 눈을 부릅떠 사방을 노려봤다. 그러나 쏟아지는 폭우가 얄미웠다. 한 치 앞도 보이지 않았다.

곽무한의 몸은 날뛰는 급류를 따라 치솟았다 가라앉았다를 반복하며 빠르게 협곡 쪽으로 흘러갔다. 그러던 어느 순간,

쿠콰콰콰콰!

갑자기 엄청난 물소리가 들려왔다.

'맙소사, 협곡의 폭류(瀑流)다! 휘말리면 안 돼! 절대 안 돼!'

곽무한은 비몽사몽간에도 의식을 차리려고 입술을 콱 깨물었다. 그러자 찝찔한 피가 입속으로 들어왔다. 덕분인지 갑자기 눈앞이 번쩍했다.

쿵!

곽무한은 이마에 극심한 통증을 느끼면서도 급류 중간에 솟은 뾰족한 바위를 움켜쥘 수 있었다.

"아아, 이제 어쩌지? 급류가 좀 잔잔해질 때까지 기다려야 하나?"

곽무한은 금방이라도 자신을 끌고 가려는 듯 거칠게 휘몰아치는 급류를 보며 암담한 표정을 지었다.

*　　　　*　　　　*

돌로 쌓은 요새인 적호채의 본채.

"꺼윽, 취한다."

비틀거리는 사내가 복도에 나타났다. 독호라 불리던 민대머리였다.

"젠장할, 애들을 사 오기로 한 대형은 왜 아직도 안 돌아오시는 거야? 폭우 때문에 지체되는 건가?"

민대머리는 쏟아지는 빗방울을 힐끔 쳐다보다가 고개를 외로 꼬았다.

"쳇, 도대체 대형 생각은 이해할 수가 없어. 채를 빼앗긴 지 벌써 몇 년이야? 하루라도 빨리 채를 되찾을 생각은 않고 고작 꼬맹이들이나 사 와서 키우겠다니……. 이러다 어느 천년에 그 빌어먹을 배신자 꼽추 새끼에게 복수를 해? 젠장."

민대머리는 잔뜩 불만 어린 표정으로 복도 끝을 향해 갈지자걸음을 걸었다. 복도 끝에 달린 유등이 민대머리의 걸음을 따라 비틀거렸다.

유등의 불꽃이 과거의 기억을 비추어서였을까? 갑자기 민대머리의 눈에 흉광이 떠올랐다.

"혈두타(血頭駝), 이 빌어먹을 개잡종 새끼! 더러운 배신자 새끼! 으아아!"

민대머리는 고래고래 고함을 지르다 무슨 생각이 떠올랐는지 복도 끝을 향해 마구 달려갔다.

콰지끈!

복도 끝에 있던 방문이 민대머리의 어깨에 의해 박살이 났다. 그 충격에 천장에 매달려 있던 유등이 팍삭 떨어지며 바닥에 파란 불꽃을 만들었다.

"혈두타 같은 놈! 요 빌어먹을 곰보 새끼! 일어낫!"

민대머리는 방 안으로 들어서자마자 조그만 침상을 향해 소리쳤다.

파란 불꽃을 등에 지고 광기를 내비치는 민대머리는 마치 흉신악살 같았다.

그 서슬에 자고 있던 조그만 인영이 벌떡 일어났다.

장직이었다.

장직은 아직 잠에서 덜 깬 듯 멍한 표정을 짓다가 민대머리를 보고는 화들짝 놀라 자기 옆 침상으로 고개를 돌렸다.

"헉? 어, 없어요. 무한이가 없어요."

장직은 울상이 되어버렸다.

"뭐야? 없어? 그 개자식이 또 도망쳤어? 크아아!"

민대머리는 괴성을 지르며 장직의 뺨을 거칠게 후려쳤다.

"이 개자식아, 잘 지키랬잖아! 그놈 하나도 못 지켜? 죽어! 죽어버렷, 등신 새끼!"

민대머리는 터진 뺨을 부여잡으며 울고 있는 장직을 마구 짓밟으며 으르렁거렸다.

"아악! 자, 잘못했어요. 흑흑."

장직이 두 손을 비비며 애원했지만 민대머리의 구타는 계속됐다.

결국 피 범벅으로 울부짖던 장직이 혼절하고 나서야 민대머리는 손을 멈췄다.

"퉤, 요 쥐방울만한 것들이 감히 이 맹호 어르신네의 염장을 질러?"

민대머리는 널브러진 장직의 몸 위로 침을 뱉고는 창밖을 내다보며 흉소를 지었다.

"흐흐흐, 이 꼽추 같은 곰보 새끼, 그렇게 당하고도 아직 정신을 못 차렸단 말이지? 좋아좋아, 오늘은 말릴 형님들도 안 계시니 아예 요절을 내주마."

땡땡땡땡!

민대머리는 창가 쪽으로 다가가 거칠게 종을 울렸다.

우르르!

"부채주님, 부르셨습니까?"

웃통을 벗은 사내들이 달려나와 고개를 숙였다.

"그 새끼가 또 도망쳤다! 잡아! 잡아서 내 앞에 끌고 와!"

"헉? 또요? 아, 알겠습니다."

사내들은 기가 막힌다는 표정을 지으며 우르르 폭우 속으로 뛰어나갔다.

"잡아라! 곰보 자식이 또 도망쳤다!"

곧 사방에서 요란한 고함 소리가 들렸고, 도를 빗겨 찬 사내들이 배를 띄웠다. 사내들이 탄 배는 빠르게 수초 밭을 헤쳐 나갔다.

*　　　*　　　*

퍼붓듯 내리던 비는 동틀 무렵이 되자 언제 그랬냐는 듯 뚝 그쳤고 출렁이는 강물엔 자욱한 안개가 끼었다.

바위를 껴안고 버틴 지 벌써 두 시진.

곽무한은 손발이 저려왔다.

"뭔가 수를 내야 하는데……. 이러다가는 꼼짝없이 잡히고 말 텐데……."

곽무한은 조바심이 나 사방을 두리번거렸다.

시선이 닿는 곳은 어디나 넘실거리는 황톳물뿐.

"제기랄, 길이라면 저곳 뿐인데 저길 어떻게 뛰어올라 가?"

겨우 찾은 곳이 천길 벼랑 끝의 잔도. 그러나 그것도 지옥 문처럼 입을 벌리고 있는 소용돌이를 지나 십 장 높이를 뛰어야 했다.

"무림에 산다는 신선들은 저길 가뿐하게 오르겠지?"

곽무한은 이 순간 자기가 이야기 속의 신선이었으면 싶었다. 그러나 그건 그야말로 꿈일 뿐인 이야기.

한참 원망 어린 눈빛으로 절벽을 보고 있는데 저 멀리서 귀에 익은 북소리가 들려왔다.

"헉! 벌써?"

간헐적으로 울리는 북소리. 적호채의 출동 신호였다.

곽무한은 사지가 벌벌 떨렸다. 이번에 잡히면 끝장이었다.

"흐흐흐, 요 곰보 새끼야, 난 네 녀석이 싫거든? 넌 내가 제일 싫어하는 놈의 눈빛과 닮았어. 그래서 싫어. 한 번만 더 걸리면 묵호 형님이 말리든 말든 네놈의 뼈를 추려 버릴 거야. 명심해. 흐흐흐."

얼마 전, 세 번째 탈출이 수포로 돌아갔을 때 자신을 다루던 민대머리의 목소리가 아직도 귀에 쟁쟁했다.

"개자식."

곽무한은 욕을 내뱉으며 이맛살을 찌푸렸다. 그리고는 어떻게 저들의 눈을 피할까 전전긍긍 머리를 굴렸다.

둥둥둥!

북소리는 곽무한의 애타는 마음도 몰라주고 점점 가까이 다가왔다.

북소리를 따라 곽무한의 심장도 벌렁벌렁 뛰었다.

곽무한은 급히 자신의 몸을 살폈다. 뭔가 도움이 될 만한 것을 찾아보려는 것이다.

"아아, 아무것도 없네, 아무것도 없어. 톱도 잃어버렸고."

기껏 지닌 거라고 해봤자 엄마가 주고 간 동그란 목걸이뿐.

곽무한은 머리 속이 아득해 왔다. 바로 이때, 황망한 가운데에서도 바지가 유난히도 크게 보였다. 비록 황톳물에 젖어 얼룩얼룩했지만.

'바지, 황톳물!'

곽무한은 번뜩 한 가지 생각이 떠올랐다.

곽무한은 급히 바지를 벗었다. 그리고는 덜덜 떨리는 손으로 바지를 찢었다. 그리고,

첨벙.

곽무한의 몸은 순식간에 물속으로 사라졌다.

부글부글 끓던 거품이 가라앉을 무렵, 거품 속에서 손 하나가 나오더니 갈대 하나를 툭 꺾고는 다시 물속으로 사라졌다.

"저 앞에 소용돌이가 있습니다. 우회해야 할 것 같은데요?"

선두의 배에서 작은 목소리가 흘러나왔다.

"으음, 그럼 저쪽에 있는 바위와 절벽 틈으로 가자."

한 놈이 아까 곽무한이 있던 바위 쪽을 가리키며 대답했다.

"예. 키[舵]를 좌측으로!"

촤촤촤악!

수적들이 탄 배는 일제히 좌측의 뾰족한 바위와 절벽 사이로 방향을 틀었다.

바로 그때였다.

쿨렁!

뾰족한 바위 부근에서 조그만 물살이 일어나더니 배 끝머리가 살짝 흔들렸다. 그러나 워낙 물살이 거세 누구도 거기에 신경을 쓰지 않았다.

"어? 키가 좀 뻑뻑한데요?"

키를 잡은 녀석만 고개를 갸웃거릴 뿐이었다.

"물살이 급해서 그래! 모두 조심해서 노를 저어! 급류에 말려들지 않

게 조심해!"

자기 앞마당이라 익숙했던지 적호채 놈들은 급류를 잘도 피해갔다.

"제기랄, 도대체 어디까지 도망친 거야?"

놈들의 배는 벌써 절벽과 절벽 사이의 모퉁이, 협곡의 초입까지 이르렀다.

콰아아! 쿠쿠쿠!

모퉁이 끝에는 구당협의 거센 물살이 흐르고 있었다.

"안 되겠습니다. 인근 선착장마다 용모파기를 돌리지요."

"그럴까?"

결국 놈들은 수색을 포기하고 배를 돌리려 했다.

그때였다.

"어? 저쪽에 웬 배가?"

한 놈이 저 멀리를 손가락으로 가리켰다.

"어디?"

정말이었다. 구당협의 거센 물살을 헤치며 한 척의 배가 오고 있었다.

"상선 같은데요? 덮칠까요?"

한 놈이 물었다. 그러자 안력을 모으며 한참 배를 바라보던 녀석이 고개를 저었다.

"아냐. 출타하셨다던 태상채주님이 타고 계신 것 같군. 그냥 돌아가자."

녀석들은 배를 돌렸다.

물속은 뿌연 황토로 뒤덮여 눈을 뜰 수가 없었다.

곽무한은 끈을 놓칠세라 온 신경을 팔에 집중했다. 바지를 찢어 만든 끈이 녀석들의 배 뒤 고물에 달린 키에 감겨 있기 때문이었다.

촤아아! 쿠쿠쿠!

거센 물살은 곽무한의 숨통을 꽉꽉 조여왔다. 갈대 하나로 숨을 쉬자니 너무도 고통스러웠다. 그러나 곽무한은 죽을힘을 다해 참았다.

콰콱!

갑자기 무릎에 불칼로 지지는 듯한 통증이 느껴졌다.

물속에 잠긴 암초였다.

'아악!'

곽무한은 어찌나 아팠던지 자기도 모르게 비명을 질렀다. 그 바람에 물이 입속으로 마구 들어왔다.

'우웩!'

곽무한은 급히 발목을 휘저어 물 밖으로 고개를 내밀었다.

"푸확!"

요행히도 안개가 얼굴을 감춰줬다. 막 다시 잠수를 하려고 하는데,

"어? 저쪽에 웬 배가?"

"어디?"

두런거리는 목소리가 수면을 뚫고 들려왔다.

"상선 같은데요? 덮칠까요?"

'상선?'

곽무한은 물속으로 잠수해 들어가며 주먹을 꾹 움켜쥐었다.

희망이 생겼다. 상선이 오고 있다면 급류에 말려들기 전에 구조를 요청할 수 있을 것이다.

끼이익!

놈들이 배를 돌렸다. 하늘이 돕는 것 같았다.

주르륵!

곽무한은 키를 감았던 끈을 풀었다.

그러자 급류가 몸을 감아왔다.

곽무한은 급류에 몸을 맡겼다.

숨이 막혀왔지만 사력을 다해 참았다.

아직 떠오를 때가 아니었다. 놈들이 사라지고 나서야 떠올라야 했다.

콰콰콰콰!

그러나 물살은 너무 급했다. 갈대 대롱으로 물이 들어왔다.

코가 찡해왔고 숨이 막혀왔다.

"푸화악!"

결국 곽무한은 물 밖으로 떠올랐다.

다행히 녀석들은 아직 곽무한을 발견하지 못했다. 그러나 절벽 모퉁이로 꺾어 들어갈 만큼 먼 거리도 아니었다.

눈앞에 놈들이 말했던 커다란 상선이 보였다.

'조금만 더… 제발……'

곽무한은 최대한 빠르게 물살을 갈랐다.

그러나 하늘은 무심했다.

"앗, 저기다! 그놈이야!"

놈들이 드디어 자신을 발견했다.

"헉헉! 어푸어푸!"

곽무한은 사력을 다했다.

몸은 점점 급류 속으로 말려들고 있었지만 상선과의 거리는 점점 가까워졌다.

"사람 살려요! 쫓기고 있어요! 제발 살려주세요!"

곽무한은 십여 장 앞으로 다가온 상선을 향해 정신없이 외쳤다.

배는 구당협을 지나는 배치고는 제법 컸다. 그러나 배 폭이 좁은 걸 보아하니 전문적으로 장강 삼협을 왕래하기 위해 만들어진 듯했다.

이른 아침, 곽무한의 고함 소리는 많은 승객들의 관심을 끌었다.

"아유, 어린애가 어쩌다가 물에 빠졌대?"

"이보오, 사공 양반, 보고만 있을 참이오?"

몇몇 승객이 곽무한을 가리키며 발을 동동 굴렀다. 그러나 사공은 어쩔 수 없다는 듯 고개를 가로저었다.

"저도 그러고 싶지만… 저애 뒤를 보시오."

사공의 손끝을 바라본 사람들은 모두 찔끔한 표정으로 고개를 돌렸다. 수적들로 보이는 자들이 소년의 뒤를 쫓고 있었기 때문이다.

"그렇다고 저 어린 소년을 수적들의 손에 넘길 수야 없지!"

갑자기 한 사내가 앞으로 나서며 밧줄을 거머쥐었다.

튼실한 어깨에 호목(虎目)을 지닌 자였는데 등에 멘 오색 수실의 검을 보아하니 무림인 같아 보였다.

"그 손 놓게."

사내가 막 밧줄을 던지려는 찰나 등 뒤에서 굵직한 목소리가 들려왔다.

"뭐야?"

사내는 홱 고개를 돌렸다.

사내의 시선에 웬 텁석부리 중년인과 송충이눈썹의 사내가 들어왔다. 한눈에 보기에도 저쪽 수적들과 한패로 보이는 놈들이었다.

"하, 참나, 미치겠군. 이젠 수적 놈들이 상선까지 타고 다닌단 말이야?"

차창!

호목의 사내는 호기롭게 검을 빼 들었다. 그러나 좌우로 구르는 그의 눈동자는 왠지 자신이 없어 보였다.

"흠, 그 검… 거두지 않으면 다칠 텐데?"

텁석부리가 사내 쪽으로 한 발을 내디뎠다. 그러나 송충이눈썹이 먼저 앞으로 나섰다.

"형님, 제가……."

송충이눈썹은 앞으로 나서자마자 도를 뽑아 들었다.

스스슷!

도는 시퍼런 빛을 발하며 사내의 얼굴로 겨눠졌다.

"이, 이자들이? 진짜 여기서 칼부림하자는 것이냐?"

호목의 사내는 곤혹스런 표정으로 말을 더듬었다.

"이봐, 젊은 친구, 칼부림이 아니야. 죽느냐 사느냐지. 그게 두려우면 조용히 구석으로 가 찌그러져 있어."

뒤에 있던 텁석부리가 잔뜩 깔리는 저음으로 말했다.

사내는 한참을 망설이다가 결국 검을 집어넣고 말았다.

"내게 중한 임무만 없었더라도 일전을 벌였을 것이나……."

"갈!"

사내는 뭐라 주절거리려 했으나 텁석부리의 노호성에 찔끔해 한쪽 구석으로 사라졌다.

"별 시답잖은 녀석이……."

텁석부리는 삼류 축에도 못 끼는 위인을 상대로 심력을 소모한 것이 못마땅했던지 인상을 찡그리며 난간으로 걸어갔다.

"저놈……."

텁석부리는 급류 속에서 허우적거리고 있는 곽무한을 바라봤다.

"독한 놈, 참으로 독한 놈. 이번이 벌써 네 번짼가?"

녀석도 자신의 얼굴을 발견했는지 망연자실한 표정이었다.

"저런데도 봐줘야겠냐?"

텁석부리는 송충이눈썹에게 고개를 돌리며 물었다.

"말씀드렸잖습니까? 근골이 좋다고."

어느새 옆으로 다가온 송충이눈썹이 정색을 하며 대답했다. 그리고는 곽무한을 보면서 재미있다는 표정으로 말을 이었다.

"근자에 들어 심성까지 독해지고 있으니 더욱 좋지요. 게다가……."

송충이눈썹은 빙글 몸을 돌렸다.

"녀석은 의리까지 갖추고 있죠."

"의리라……."

확신이 깃든 의제의 말에 텁석부리는 몇 년 전의 기억을 떠올렸다.

그 위험했던 급류와 아슬아슬한 잔도. 주제넘게도 친구를 도우려고 날뛰던 녀석.

"그렇군. 의리가 있었군. 그런 녀석이라면 다루기 쉽지."

텁석부리의 눈에 기광이 비치더니 언뜻 선실을 스쳤다.

"애들더러 철수하라 이르고 세상 인심을 좀 보여줘."

텁석부리는 알 듯 말 듯한 말을 남기고 선실로 들어가 버렸다.

송충이눈썹은 텁석부리의 말을 쉽게 알아들은 모양이었다.

삐이익!

　손가락을 입에 갖다 대 물결 너머의 수하들에게 휘파람으로 신호를 보내는가 싶더니,

"엿차!"

굵은 밧줄을 던졌다.

휘리릭! 턱!

밧줄은 정확하게 곽무한의 어깨에 떨어졌다.

"으아아아! 이번에도 실패란 말인가?"

　곽무한은 어깨에 걸쳐진 밧줄을 보며 절규를 터뜨렸다. 그러나 결국 고개를 떨어뜨리고 말았다.

제3장
첫 만남

첫 만남

"들어가!"

쾅당탕!

곽무한은 벌거숭이 몸 그대로 선실에 내동댕이쳐졌다.

"으아아!"

곽무한은 튕기듯 일어나 선실 문을 쾅쾅 두드렸다.

그러나 이미 빗장이 채워진 문이 열릴 리 만무했다.

털썩!

곽무한은 힘없이 주저앉았다.

눅눅한 어둠과 퀴퀴한 냄새가 흐르는 선실.

곽무한은 이상한 소리가 들려와 고개를 돌렸다.

어둠에 눈이 익자 컴컴한 선실 안의 모습이 보였다.

"억?"

곽무한은 자신의 눈에 비친 정경을 보고 외마디 비명을 질렀다.

눈빛.

악취 진동하는 이 조그만 선실에 십여 쌍의 눈빛이 보였다.

눈빛의 주인공은 공포에 찌든 아이들.

아이들의 손과 발엔 하나같이 차꼬가 채워져 있었다.

"너, 너희들은 뭐야?"

곽무한은 놀란 가슴을 간신히 진정시키며 물었다. 그러나 훌쩍이는 울음소리만 간간이 들릴 뿐 돌아오는 대답은 없었다.

한참 침묵을 지키던 곽무한은 아직도 훌쩍이고 있는 꼬맹이에게 다가갔다. 야윈 뺨에 눈이 커 보이는 계집아이였는데 일곱 살쯤 되어 보였다.

"누가 이랬어?"

"훌쩍, 아까 그 아저씨……."

곽무한이 눈을 가까이 하며 묻자 계집아이가 겁먹은 목소리로 대답했다.

"윽, 그 자식이?"

곽무한의 표정이 와락 일그러졌다.

그때,

"내 동생에게서 떨어져!"

독기 서린 목소리가 쨍 하고 귀를 울렸다.

고개를 돌려 보니 눈이 옆으로 길게 찢어진 자기 또래의 남자 아이였다. 녀석은 건드리면 폭발할 듯한 표정으로 으르렁거리고 있었다.

"네 동생이었구나."

곽무한은 녀석의 눈빛을 보며 고개를 끄덕였다. 그리고는 이내 시선을 돌려 다른 아이들을 훑어봤다.

남자 아이 여덟에 계집아이 둘.

방금 자기에게 소리쳤던 녀석이 가장 나이가 많아 보였고 그 녀석의 동생이 가장 어려 보였다. 그리고 어깨까지 오는 치렁치렁한 머리카락을 늘어뜨린 채 망연한 표정으로 천장만 바라보고 있는 계집아이는 곽무한보다 두어 살가량 어려 보였다.

"너희들도 모두… 납치당했니?"

곽무한은 슬쩍 뒤로 물러나 선실 벽에 등을 기대며 물었다. 그러나 돌아오는 대답은 없었다.

도무지 반응이 없는 아이들. 곽무한은 별수없이 침묵을 지켰다. 그러나 알 수 없는 분노가 온몸에 스멀거렸다.

덜컹!

선실 문이 열렸다.

"입어!"

송충이눈썹이 헌 옷가지를 던져 왔다.

"쟤들은 뭐예요?"

곽무한은 옷을 껴입으며 지나가는 말투로 물었다.

"노예들이다."

"노예… 라구요?"

곽무한은 무슨 소린지 못 알아들었다. 그러나 송충이눈썹이 곽무한의 의문을 풀어주었다.

"부모들에게 버림받은 아이들이다. 팔려온 아이들이지."

쿵!

곽무한은 가슴이 무너지는 느낌이었다.

부모에게 버림받은 아이들…….

자신과 같은 신세다. 팔려온 것과 납치당한 것의 차이만 있을 뿐 부모에게 버려지기는 마찬가지.

곽무한은 아픈 눈길로 아이들을 바라봤다.

송충이눈썹은 곽무한에게 감상에 젖을 틈을 주지 않았다.

"내려!"

곽무한은 아이들과 함께 등을 떼밀려 갑판으로 나왔다.

건너편 선착장엔 수채 놈들 몇 명이 도열해 있었다.

"가자!"

텁석부리가 먼저 내렸고 송충이눈썹이 뒤를 따랐다.

선착장을 지나 늘어선 상가들 사이의 골목길로 접어들었다.

길 끝에는 아스라이 강변이 펼쳐져 있었는데 몇 척의 작은 배가 보였다. 수채의 배였다.

곽무한은 가슴이 쿵쿵 뛰어 급히 좌우로 눈을 돌렸다.

마침 한 무리의 건장한 사내들이 지나가고 있었다.

"아저씨, 도와주세요! 납치되고 있어요!"

곽무한은 크게 소리치며 후다닥 그쪽으로 뛰었다.

"엇, 저 녀석이?"

뒤통수에서 뭐라 고함치는 소리를 들으며 정신없이 뛰었다.

그러나 아니었다. 사내들 쪽으로 도망치지 않는 게 나았다.

"어? 적호채 형님들 아니슈?"

사내들은 오히려 곽무한의 팔을 꺾으며 수채 놈들에게 인사를 보냈다.

"너, 방금 형님들에게서 도망치고 있는 중이었냐? 하이고, 요 쥐똥만한 녀석이!"

쫙! 쫙! 퍼퍼퍽!

억울했다. 원망스러웠다.

입술이 터져 나가고 창자가 뒤틀리는 고통은 두 번째 문제였다.

사람들. 지나가는 그 많은 사람들 중에 말려주는 사람은 아무도 없었다. 멀리서 손가락질을 하며 수군거리고만 있을 뿐.

"어, 자네들인가? 수고했네."

"아이고, 뭘요. 근데 채로 돌아가시는 길입니까? 요즘 재미가 짭짤하시다면서요?"

희미한 의식 사이로 두런거리는 목소리가 들려왔다.

그날은 곽무한과 아이들이 처음 만난 날이었다.

늦은 밤, 적호채 앞 자갈밭.

모닥불이 양팔을 나무에 묶인 한 소년을 비추고 있었다.

짜악! 짜자작!

바람을 가르는 채찍 소리가 자갈밭 너머 절벽에까지 울려 퍼졌다.

"요 개자식아, 내가 뼈를 추리겠다고 했지?"

쩌렁쩌렁한 호통 소리는 민대머리의 것이었다.

"요 쥐새끼야, 비명을 질러! 비명을 질러보란 말이야! 크하하하!"

민대머리가 홍소를 터뜨릴 때마다 곽무한의 등판은 넝마 조각으로 변해갔고 채찍이 바람을 가를 때마다 곽무한의 몸은 태풍을 만난 듯 출렁거렸다.

"크으윽!"

곽무한은 비명을 참으려 애썼다. 그러나 입술을 비집고 터져 나오는 신음성은 어쩔 수 없었다.

"으하하하! 아직 멀었어! 산산이 뼈를 부숴주마! 크하하하!"

곽무한의 등에서 피와 살이 떨어져 나갈수록 민대머리의 광소는 더욱 높아져만 갔다.

고막을 울리는 채찍질 소리와 미친 듯한 광소, 그리고 처절한 비명 소리, 그 소리들을 들으며 몸을 웅크린 채 덜덜 떨고 있는 아이들.

그 아이들 중에서 누군가가 몸을 일으키더니 조심스레 창 쪽으로 움직였다. 동그란 얼굴, 위로 치켜진 눈매의 긴 머리 계집애였다.

"쟤… 저러다 정말 죽겠어."

계집아이는 창 너머로 곽무한을 훔쳐보며 중얼거렸다. 그러자 아이들이 하나둘 창 쪽으로 모였다.

"끔찍해……."

아이들은 공포에 질려 고개를 돌렸다.

"우왕! 뭐 저런 사람들이 다 있어? 맞는 오빠가 불쌍해. 흑흑."

아이들 중 막내인 꼬마 계집애는 울음을 터뜨렸다.

수채에 팔려온 아이들에게는 그야말로 충격과 공포의 밤이었다.

"푸르르~ 푸우~ 푸우~"

급기야 곽무한이 눈을 까뒤집었다.

간헐적으로 내쉬는 호흡은 시뻘건 피거품을 만들어내고 있었다.

"어쭈? 요 빌어먹을 새끼가 어르신네 허락도 없이 뻗어?"

민대머리는 오히려 눈을 벌겋게 치뜨며 채찍을 던져 버렸다. 그리고는 우두둑 손가락을 꺾으며 늘어져 있는 곽무한에게 다가갔다.

"흐흐흐, 아직 손맛도 보지 못했는데 뻗어버리면 재미가 없지. 안 그래, 요 쥐새끼야?"

퍼억!

민대머리의 쇠망치 같은 주먹이 곽무한의 복부를 찍었다.

"쿠웩!"

곽무한은 피와 토사물을 게워내며 희미한 의식을 되찾았다.

민대머리는 곽무한의 머리카락을 와락 잡아챘다.

"흐흐흐, 이제 어떤 선물을 줄까? 네놈의 눈깔을 빼줄까?"

민대머리의 목소리는 스산했다.

곽무한은 비몽사몽간에도 얼굴을 마구 흔들었다.

녀석은 피투성이가 된 곽무한의 얼굴을 치켜 올렸다.

"어쭈? 아직 정신은 있나 보네? 흐흐흐, 눈깔을 두 개 다 빼버리면 이 어르신네의 모습을 볼 수 없겠지? 좋아, 하나만 빼주마. 저승에 가서도 두고두고 이 어르신네를 기억하도록. 흐흐흐."

녀석은 검지를 빳빳이 세웠다.

"우우우! 안 돼!"

곽무한은 마구 몸부림을 치며 괴성을 질렀다.

"이미 늦었다, 요 개잡종아!"

쉬이잇!

녀석의 손가락이 쇠꼬챙이처럼 망막을 찔러왔다.

이때,

"독호, 멈춰!"

쩌렁쩌렁한 고함 소리가 들려왔다.

곽무한의 눈동자에 닿을 듯 말 듯하던 민대머리의 손가락이 뚝 멈췄다.

"묵호 형님, 오늘은 절 말리지 마슈. 정말이유."

민대머리는 잔뜩 충혈된 눈빛으로 고개를 돌렸다.

"그쯤 해둬. 대형이 부르신다."

송충이눈썹이 낯빛을 굳히며 말했다.

"흐흐흐, 이놈을 처리하고 갈 거요. 말리지 마슈. 아무리 묵호 형님이라도 오늘만큼은!"

민대머리의 눈이 번들거렸다.

"손 떼라고 했다!"

송충이눈썹은 싸늘한 목소리를 내며 오히려 한 걸음 다가섰다.

"형님!"

민대머리가 고함을 지르며 어깨를 부르르 떨었다. 팔뚝에 지렁이 같은 힘줄이 돋았다.

"이젠 아래위도 없는 것이냐?"

송충이눈썹의 눈매가 잔뜩 가늘어졌다.

"크으윽! 오늘이… 무슨 날인지 아시잖소, 형님."

민대머리의 목소리가 조금 낮아졌다.

"이놈! 네 고통만 생각하느냐? 형님은 더하시다. 넌 계집을 잃었을 뿐이지만 형님은 자식과 형제들까지 다 잃어버리신 날이다."

송충이눈썹은 추상같았다.

"끄으윽… 끄윽, 혈두타아아아!"

민대머리는 결국 바닥에 털썩 주저앉았다. 그러나 곧 두 주먹을 움켜쥐며 하늘을 향해 비통한 절규를 터뜨렸다.

“휴우, 먼저 들어가마. 저 녀석은 수하에게 맡기고 들어와라.”

송충이눈썹은 탄식을 흘리며 돌아섰다.

한참 오열하던 민대머리는 몸을 휘청이며 일어섰다.

“이 자식, 다시는 도망칠 생각을 못하도록 혼찌검을 내줘. 그리고 사흘 동안 물 한 모금 주지 마!”

민대머리는 곁에 있던 수하 우람한 허리통에게 곽무한의 처리를 맡기고 본채로 사라졌다.

민대머리가 사라지자 우람한 허리통이 채찍을 집어 들었다.

“요 빌어먹을 새끼, 오늘 네 녀석 때문에 우리가 얼마나 경을 쳤는지 알아?”

쉬이잇, 짜자작!

녀석의 채찍질은 민대머리보다는 약했지만 아프긴 매한가지였다.

곽무한은 또다시 고통에 몸을 떨었다.

“어라? 이게 뭐야?”

한참 퍼부어지던 채찍질이 어느 순간 그쳤다. 그리고 두툼한 손이 곽무한의 목으로 다가왔다.

“으으으… 안 돼!”

곽무한은 고함을 쥐어짜 냈다.

“호오? 목걸이 아냐? 옥인가? 색깔이 예쁜데?”

툭!

녀석은 곽무한의 목에서 목걸이를 떼냈다.

“어? 잉어 그림이잖아? 흐흐흐, 이걸 내 호신부(護身符)로 삼으면 되겠는데?”

녀석은 목걸이를 살피더니 자기 목에 걸고는 희희낙락했다.

"아, 안 돼! 그건 안 돼! 노구(盧九) 아저씨, 돌려줘요! 제발!"

곽무한은 발버둥을 치며 애원했다. 그러나 녀석은 오히려 음흉한 미소를 지었다.

"돌려받고 싶다고? 흐흐흐, 나중에 힘이 생기면 뺏어봐. 그게 우리들의 법이야. 크하하하!"

녀석은 웃음을 터뜨리며 사라졌다.

곽무한에게 목걸이는 그 무엇과도 바꿀 수 없는 것이었다. 엄마를 떠올릴 수 있는 유일한 물건이었다.

"두고 봐! 두고 보라고! 용서하지 않겠어! 으아아아아!"

곽무한은 제대로 나오지도 않는 고함으로 목이 쉬도록 울부짖었다.

"불쌍해……."

창틈으로 훔쳐보던 아이들도 함께 울었다.

곽무한의 절규가 계곡을 뒤흔들 때,

'후와~ 사람이야. 나같이 어린 사람.'

천 장 절벽 꼭대기에 호기심 어린 눈망울이 있었다.

눈망울의 주인공은 열한 살쯤 되어 보이는 계집아이였는데 진주같이 까만 눈동자에 오뚝한 코, 선 고운 작은 입술이 까무잡잡한 피부와 어울려 무척 귀여워 보였다.

계집아이는 눈을 동그랗게 뜨며 절벽 아래를 내려다보고 있었다.

꽤나 먼 거리에 캄캄한 어둠 속이었는데도 그녀의 눈은 정확하게 곽무한을 보고 있었다.

'울고 있어, 엄마 잃은 사슴처럼…….'

곽무한의 절규에 따라 계집아이도 눈물이 그렁했다.

'어머, 저 피 좀 봐. 다쳤어. 어쩜 좋아?'

곽무한의 몸에서 피를 발견한 계집아이는 안타까움에 발을 동동 굴렀다. 그러다가 반짝 눈을 빛냈다.

"아, 백아(白兒)에게 바르던 약을 발라주면 되겠다."

계집아이는 앙증맞게 중얼거리더니 발딱 몸을 일으켰다. 깎아지른 절벽의 꼭대기임에도 전혀 무서워하는 기색이 없었다.

"아이아이아—"

계집아이의 입에서 맑고 청아한 울림이 나왔다.

그러자 하늘에서 파드득거리는 소리가 났다.

"백아!"

계집아이는 두 손을 허공으로 들었다.

끼루룩!

하늘에서 기이한 울음소리가 나더니 이마에 금빛 관을 쓴 집채만한 거대한 학이 날아와 계집아이에게 발을 내밀었다.

"가자, 백아. 가서 네 약을 가져오자."

계집아이는 폴짝 뛰어 학의 발을 잡았다.

끼루룩!

학은 기분 좋은 울음을 터뜨리며 까마득한 허공으로 사라졌다.

노란 이끼가 낀 거대한 절벽.

높이가 무려 칠십여 장에 이르는 이 절벽의 꼭대기는 의외로 넓고 평평했다. 그 넓고 평평한 암벽의 한쪽에 키 작은 나무와 풀을 아우른 작은 모옥이 있었다.

"이 녀석!"

갑자기 모옥에서 호통성이 터져 나왔다.

"꺄악!"

팍삭!

계집아이는 깜짝 놀라 약병을 깨뜨리고 말았다.

"히잉, 할아버지, 갑자기 왜 고함을 질러?"

계집아이는 입을 뾰족이 내밀었다.

"이 녀석 설아(雪娥)야, 도대체 이 밤중에 잠도 안 자고 어딜 돌아다니는 게냐?"

단춧구멍만한 눈을 부릅뜨며 계집아이에게 호통을 지르는 노인은 자그마한 체구에 온 얼굴에 검버섯이 피어 있었다. 그리고 턱에 붙은 얇실한 세 가닥 수염은 염소를 닮았다.

"칫, 잠이 안 와서 백아랑 폭포 보고 왔단 말이야."

변명은 금방 들통이 났다.

"이건 뭐냐? 금선고(金仙膏) 아니냐?"

노인은 이미 깨진 약병 조각을 주우며 수염을 바르르 떨었다.

"어, 저, 저, 사슴이 다리를 다쳐서……."

"사슴? 사슴이 이 밤중에 뭐 한다고 안 자고 돌아다녀?"

노인은 손녀가 얼굴을 붉히며 말을 더듬자 코앞에 얼굴을 들이밀었다.

"잉, 나도 몰라. 아파서 막 울어. 그래서 치료해 주려고 그래."

설아라 불린 계집애는 고개를 돌리며 허겁지겁 둘러댔다.

"휴우, 설아야, 이 할아비가 누차 말했지만 이 계곡에는 무서운 도깨비가 산단다. 그러니 밤에는 돌아다니지 말아라. 알겠니?"

"…응, 사슴에게 약만 발라주고 올게. 약 줘."

한참을 망설이던 설아는 고개를 끄덕였다. 그러더니 불쑥 손을 내밀었다.

"이 녀석이, 지금 또 가겠다는 거냐? 그리고 도대체 이게 어떤 약인데 고작 사슴에게 발라줘?"

노인은 버럭 고함을 질렀다. 그러자 설아의 까만 눈동자에 투명한 이슬이 맺혔다.

"히잉, 사슴이… 사슴이 기다린단 말이야."

"이 녀석이 그래도?"

노인은 손녀의 눈에 눈물이 그렁그렁하자 한숨을 내쉬며 고개를 절레절레 흔들었다.

"그럼 산왕(山王)과 같이 가거라. 알겠느냐?"

"헤에, 알았어. 약 줘!"

언제 울었냐는 듯 방긋 웃으며 또다시 내미는 손.

"보나마나 그 사슴은 덫에 상처를 입었을 테니 이런 귀한 약은 쓸 필요가 없다. 그냥 이거나……."

노인은 다른 약을 찾아주려고 선반으로 몸을 돌렸다. 그러나 그 순간,

후다닥!

설아라 불린 손녀딸 아이는 비록 깨지긴 했지만, 고약 종류라 아직 많은 양이 남아 있는 약병을 들고 쪼르르 달아나 버렸다.

"설아야! 아이고, 저 녀석이!"

노인은 뒤늦게 방방 뛰었지만 벌써 흔적조차 없다.

"휴우, 뭔 걸음이 저리도 날랜지……."

노인은 고개를 흔들며 주름 가득한 눈으로 허공을 바라봤다.

손녀는 벌써 학의 등에 올라타고 하늘을 날고 있었다.

"녀석, 무슨 일로 저리 바쁠꼬? 좀체 안 부르던 백아까지 불러대고. 이 밤중에 사슴이 다쳤을 리는 없을 텐데……."

노인은 고개를 갸우뚱하다가 무슨 생각이 들었는지 슬쩍 눈길을 돌렸다.

크르르릉!

모옥 옆에서 자고 있던 호랑이 한 마리가 잠에서 깬 듯 목젖을 울렸다. 그놈은 하얀 털을 가졌는데 몸집이 모옥 크기의 절반이나 되었다.

"산왕, 설아를 따라가 봐!"

노인은 백호에게 허공을 가리키며 말했다.

크릉! 쩝쩝!

백호는 관심없다는 듯 다시 잠을 청했다.

"빌어먹을, 어찌 된 짐승들이 내 말은 죽어라 듣지 않고 설아의 말만 듣는단 말이냐?"

노인은 혼자 심통을 터뜨리다 옷자락을 확 떨치며 모옥 안으로 사라졌다.

적호채의 앞마당.

어느덧 모닥불은 꺼지고 하얀 연기만 솟아오르고 있었다.

희미하던 별마저도 구름에 가려 잠든 밤.

쪼르륵. 톡톡.

만물이 잠든 어둠 속에서 분주히 움직이는 물체들이 있었다.

그 물체들은 서서히 곽무한의 근처로 모여들고 있었는데 자세히 보니 백여 마리의 하얀 토끼들이었다.

귀를 쫑긋하며 사방을 두리번거리던 토끼들은 일제히 한 방향으로 눈을 돌렸다.

살금살금.

토끼들의 빨간 시선을 받으며 조그만 신형이 까치발로 다가왔다.

까무잡잡한 피부에 유난히 빛나는 진주 같은 눈동자. 설아였다.

곽무한의 근처로 다가온 설아는 조용히 손가락 하나를 치켜들며 토끼들과 눈을 맞췄다.

"토끼들아, 날 지켜줘. 알았지?"

천진난만한 미소로 토끼들을 바라보던 설아는 다시 까치발로 곽무한의 코앞까지 다가갔다.

설아는 곽무한의 피투성이 얼굴에서부터 피로 물든 상체까지 요모조모 뜯어봤다.

'이상하게 생겼네?'

설아는 힐끔 자신의 가슴을 쳐다봤다.

저 '어린 사람'은 가슴이 자기랑 달랐다.

자기처럼 봉곳 솟기 시작하는 동그란 가슴이 아니고 사각형이다. 거기다가 할아버지처럼 주름살이나 수염이 난 얼굴도 아니고 자기처럼 갸름한 얼굴도 아니다. 계곡에서 가끔씩 보던 털북숭이 사람들과 비슷했다.

'킥킥, 쬐그만 털북숭이라고 부를까? 아니, 아니야. 털이 없잖아?'

혼자 입을 가리고 웃던 설아는 살그머니 곽무한의 등 뒤로 다가갔다.

'많이 아팠겠다.'

설아는 갈라 터진 곽무한의 등판을 보며 연민의 표정을 지었다.

한참 곽무한의 등판을 쳐다보던 설아는 깨진 약병에 손가락을 넣었다. 그리고 약을 한 움큼 떠 곽무한의 상처에 발라주는데 기이하게도 가슴이 콩닥콩닥 뛰었다.

'이상해. 간질거리는 느낌이야. 킥킥.'

설아는 킥킥 웃으면서도 사르르 얼굴을 붉혔다.

"으음……."

갑자기 곽무한이 미약한 신음을 흘렸다.

깜짝 놀란 설아는 후다닥 어둠 속으로 달아났다.

그 서슬에 토끼들도 덩달아 이리 뛰고 저리 뛰었다.

잠시 후, 더 이상의 반응이 없자 설아가 까치발로 다시 다가왔다.

'칫, 날 지켜달랬잖아! 너희들까지 도망쳐 오면 어떡하니?'

설아는 곽무한의 등판에 다시 약을 바르면서도 토끼들에게 눈을 흘기는 것을 잊지 않았다.

곽무한은 콧속으로 기이한 향기가 들어오는 것을 느끼며 눈을 뜨려 했다. 그러나 탈진한 때문인지 도무지 눈이 떨어지지 않았다.

향기는 점점 짙어졌고 등판에 불이 나는 것 같았다.

"크윽!"

곽무한은 등판이 너무 뜨거워 몸을 떨었다.

후다닥!

뭔가가 급히 달아나는 소리를 들으며 곽무한은 다시 의식을 잃어버렸다.

제4장
수련

모두가 잠든 밤이었지만 수채 한 켠에 아직도 불 켜진 방이 있었다.

어른거리는 불빛은 천장에 네 사람의 그림자를 만들었다.

"우리가 숨은 지도 벌써 칠 년, 이제야 수배가 해제됐다."

굵직한 목소리가 파르르 불꽃을 흔들었다.

"드디어!"

"음……."

몇 개의 감탄성이 창밖으로 흘러나왔다.

"아우들, 그간 참느라 고생이 많았네. 이제부터 슬슬 본격적으로 움직일 준비를 하자구."

굵직한 목소리의 주인공. 흑도에서 철면노호(鐵面怒虎)라 불리는 텁석부리는 의제들을 보며 미소를 지었다.

"대형, 본격적으로 움직이는 게 아니라 움직일 준비를 하자고 하셨습니까?”

민대머리가 잔뜩 불만 어린 표정으로 물었다.

“그래, 준비.”

“아니, 대형, 도대체 그게 말이나 되는 이야기요? 그놈에게 죽은 형제들이 얼만데……. 또 죽어간 형수님과…….”

민대머리가 벌떡 자리에서 일어나며 뭐라 불만을 터뜨리려는 순간,

“이노옴!”

텁석부리가 노갈을 터뜨렸다.

민대머리는 호통 소리에 놀라 엉거주춤 자리에 앉았다.

“이놈아, 내가 더하다! 마누라와 자식새끼들의 복수를 하루라도 더 빨리 하고 싶은 마음도 내가 더하고 수하들의 복수를 하고 싶은 마음도 내가 더하다! 그래서다! 그래서 오히려 참는 거다!”

텁석부리의 눈은 붉게 이글거렸다.

“너무 억울해서, 너무 분해서 이젠 금사강 상류만으론 만족하지 못하겠다. 이제 혈두타에게 뺏긴 금사상채(金沙上寨)를 되찾는 게 목표가 아니다. 금사강 전체를 내 손에 쥐겠다. 아니, 장강 전체를 내 손에 쥐겠다. 그게 내 목표고 결심이다.”

“혀, 형님…….”

민대머리는 회한과 결의를 내비치는 텁석부리의 말에 몸 둘 바를 몰라 하며 고개를 푹 숙였다.

“이번에 아이들을 사 온 이유도 그 때문이다. 삼 년, 오 년이 지나면 그놈들이 우리의 미래가 될 것이다.”

텁석부리는 천천히 안색을 추슬렀다. 그리고 형형한 눈빛을 적호에게 보내며 말을 이었다.

"적호, 내가 한 약속, 금사강 상류를 네게 주겠다는 약속을 믿지?"

"예, 형님."

적호가 힘차게 고개를 끄덕여 보였다.

"좋아, 삼 년 뒤부터 시작이다. 그때부터 인근 수채를 장악해 간다."

"예, 형님."

텁석부리의 말에 모두 힘차게 고개를 숙여 보였다.

한차례 결의를 되새기는 눈빛들이 오간 후 술자리가 시작됐다.

"그런데 형님……."

거푸 석 잔의 술을 마신 민대머리가 불콰한 표정으로 운을 뗐다.

"그 개잡종 무한이 놈을 계속 그냥 두실 거유? 전 그놈의 눈빛이 마음에 안 듭니다. 언젠가는 사고를 치고 말 놈 같단 말이오. 젠장."

텁석부리는 민대머리의 푸념에 송충이눈썹 묵호를 돌아봤다. 그러자 알았다는 듯 묵호가 대신 대답을 했다.

"독호, 난 독기 가득한 그놈의 눈빛이 오히려 마음에 든다. 앞서 형님도 말씀하셨지만……."

송충이눈썹은 텁석부리를 한 번 쳐다보고는 계속 말을 이었다.

"우린 뼈아픈 배신을 당했다. 그때 생각한 것이 의리도 믿을 게 못된다는 사실이었다. 그래서 생각한 것인데 아이들을 어릴 때부터 가르쳐 우리들의 명에 따라 죽고 사는 심복으로 만들려고 한다. 무한이는 근골이 뛰어나고 독기가 있다. 몇 년 후면 그놈이 아이들을 이끌게 될 것이다. 그래서다. 우린 그런 놈이 필요해."

"하지만 그놈은 반골 기질이……."

"그만!"

민대머리가 막 뭐라 반박하려 할 때 텁석부리가 손을 들었다.

“녀석은 곧 나아질 것이다. 얼마 안 가 그렇게 될 테니 걱정하지 않아도 된다.”

텁석부리는 더 이상 말하지 말라는 듯 못을 박으며 잔을 들었다.

“자, 우리의 미래를 위하여!”

“위하여!”

민대머리도 더 이상 뻗대지 못하고 잔을 들었다. 그러나 한마디만은 더 하고야 잔을 비웠다.

“대신 이번 일에 대한 처벌만은 제게 맡겨주십시오, 죽이거나 병신을 만들진 않을 테니.”

“그놈 참······.”

결국 텁석부리는 졌다는 듯 쓴웃음을 지었다.

잠시 후 방 안에는 거나한 술판이 벌어졌다.

곽무한이 한여름 뙤약볕을 맞으며 나무에 매달린 지도 벌써 사흘이 지났다. 곽무한은 푸주간의 고기처럼 힘없이 늘어져 있었다.

“쟤 좀 봐. 입술이 다 부르텄어. 목이 마른가 봐.”

“그러게. 언제까지 저렇게 놔두려나?”

아이들은 수영을 배우거나 잔심부름을 하는 와중에도 곽무한을 한 번씩 훔쳐보곤 했다.

“저 새끼에게서 눈 돌려!”

그럴 때마다 장직은 아이들에게 으름장을 놨다.

아이들의 관심이 자기가 아닌 곽무한에게로만 쏠리는 것이 마음에 들지 않기 때문이었다.

‘칫, 재수없어.’

아이들은 그런 장직이 싫었다. 그러나 대놓고 표현하진 못했다. 자신들에게 수영을 가르치는 사람이 바로 장직이었기 때문이다.

아직 물에 익숙지 않은 아이들. 그들에게 장직은 야차 같았다.

"오늘은 물속에서 오래 버티는 방법을 가르치겠다. 모두 잠수!"

"어쭈? 이 새끼가 벌써 튀어나와? 다시 들어가지 못해?"

숨이 막혀 고통스러워하는 걸 뻔히 알면서도 머리를 짓누르기 예사였다.

'젠장! 귀신은 뭐 하나, 저런 새끼 안 데려가고.'

아이들이 한참 속으로 투덜대며 장직에게 수영을 배우고 있을 때 멀리서 팔짱을 끼고 그들을 바라보는 사람이 있었다.

"흐흐흐, 귀여운 것들. 무럭무럭 자라라."

입에 음흉한 미소를 달고 있는 민대머리였다.

한참 동안 계집아이들을 바라보던 민대머리는 고개를 돌려 곽무한에게 걸어갔다.

"독한 놈, 엄마 뱃속에서부터 영약을 처먹었나? 지금쯤이면 눈이 돌아가야 하는데 아직도 그대로군. 젠장."

혼자 중얼거리던 민대머리는 곽무한의 턱을 거세게 한 번 찼다.

"컥!"

허기와 갈증으로 비몽사몽을 헤매던 곽무한은 한순간 비명을 터뜨리며 다시 축 늘어졌다.

"퉤! 이런 독종은 죽여 버리는 게 제일인데……."

민대머리는 한참 곽무한을 노려보다 침을 뱉고는 안으로 들어가 버렸다.

"정말 나쁜 놈이야."

건너편에서 곽무한을 훔쳐보고 있던 꼬마 계집애가 입을 뾰족이 말
았다.

"미루, 신경 쓰지 마!"

찢어진 눈이 다가와 동생의 눈을 가렸다.

"쳇, 어떻게 신경을 안 쓸 수 있어? 저 오빠 벌써 사흘째 물 한 모금
안 마셨잖아."

"그래두."

여동생의 반문에 찢어진 눈은 머리를 벅벅 긁으며 고개를 돌렸다.

이때 장직이 다가왔다.

"뭣들 하는 거야? 이제 청소해야 하는 시간이야! 혼나고 싶지 않으
면 빨리 움직여!"

장직은 두 팔을 휘두르며 아이들을 몰고 수채로 들어갔다.

"쳇, 밥맛."

꼬마 계집애는 장직의 등판을 쏘아보며 중얼거렸다.

그날 밤.

곽무한은 희미한 발자국 소리에 눈을 떴다.

선실에서 훌쩍이던 꼬마 계집애 미루였다.

"음… 오빠, 배 고프지? 이것 먹고 기운 내."

한참 쭈뼛거리던 미루는 품속에 숨겨둔 주먹밥과 물병을 꺼내 곽무
한의 발치께에 놓아두고는 후다닥 어둠 속으로 사라졌다.

"큭."

한 번도 남에게 따스한 정을 받아본 기억이 없는 곽무한은 꼬마 계
집애의 호의에 갑자기 목이 콱 잠겨왔다.

한동안 미루의 뒷모습을 바라보던 곽무한은 곧 음식에 코를 박았다.

다음날, 빈속에 주먹밥을 우겨넣은 탓으로 하루 종일 복통에 시달렸지만 곽무한은 기분 좋게 웃을 수 있었다.

곽무한이 나무에 매달린 지 나흘째 되던 날 저녁.

"앞으로 조심해. 한 번만 더 말썽 피우면 아예 죽여 버리겠어."

곽무한은 민대머리의 으스스한 눈빛을 받으며 풀려났다.

오랜만에 침상으로 돌아오니 잠이 쏟아졌다.

한참 달게 자고 있는데 누군가 몸을 흔들었다.

"어이, 묵호님께서 부르신다."

송충이눈썹이 자기를 부른다는 소리에 곽무한은 눈을 비비며 일어났다. 잠깐 눈을 붙인 것 같았는데 벌써 환한 아침이었다.

습관처럼 목걸이에 손을 가져가다 몸을 딱딱하게 굳혔다.

목걸이를 빼앗긴 사실이 생각난 것이다.

"노구, 두고 보자. 빠드득!"

곽무한은 주먹을 움켜쥐며 이를 갈다가 밖으로 나갔다.

송충이눈썹 묵호 과자안(戈滋安)은 본채 뒤쪽의 호숫가에 있었다.

그는 한가한 낚시꾼처럼 낚시를 드리우고 있었다.

"왔느냐? 게 앉거라."

과자안은 곽무한에게 말을 건네면서도 낚싯대에만 시선을 고정시키고 있었다. 곽무한은 조용히 송충이눈썹 과자안 옆에 앉았다.

맴맴맴맴~ 매애애애~

어디선가 매미가 울었다. 그러나 과자안은 한동안 말이 없었다.

태양이 등줄기를 따끔거리게 만들 즈음 드디어 과자안이 입을 열었다.

"네 팔뚝을 한번 걷어봐라."

곽무한은 조용히 팔뚝을 걷었다. 그러자 화인처럼 새겨진 조악한 호랑이 문신이 드러났다.

"넌 이미 적호채의 일원이다. 자의든 아니든 그 문신이 바로 네가 적호채의 일원이라는 증거다."

곽무한은 과자안의 말에 흠칫 몸을 떨었다.

"벌써 몇 번 겪어봐서 알겠지만 수채의 감시망은 삼 겹, 사 겹으로 되어 있다. 그러니 네가 아무리 달아나려 발버둥 쳐도 소용없다. 이제 그만 포기해라. 며칠 전 세상 인심도 겪어봤지 않느냐?"

곽무한은 묵묵히 고개를 떨궜다.

"세상은 네가 생각하는 것보다 훨씬 냉정하다. 돈 없고 힘 없으면 괄시를 당하기 마련이다. 저기 저 아이들을 봐라. 저 아이들의 부모라고 자식들을 팔고 싶었겠느냐? 다 돈 없고 힘 없으니 그런 것이다."

과자안은 턱짓으로 언덕 아래를 가리켰다.

언덕 아래엔 장직에게 꾸지람을 들으며 수영을 배우고 있는 아이들의 모습이 보였다.

"이제 수채 사람들이 네 형제고 가족이다. 그걸 명심해라."

곽무한은 과자안의 말에 어깨를 움찔 떨었다.

"내일부터는 하루 일과가 달라질 것이다."

그 말을 끝으로 과자안은 입을 다물었다.

곽무한은 조용히 과자안에게 목례를 보내고 뒷걸음질로 물러났다.

'후우, 내가 과연 잘한 짓일까?

과자안은 힘없이 돌아서는 곽무한의 뒷모습을 보며 한숨을 내쉬었다. 그리고 시선을 낚싯대로 돌렸다. 낚싯대에 겹쳐지는 과거의 영상.

"네 이놈, 내가 네놈 그 꼴을 보자고 무공을 전수했단 말이더냐? 꼴도 보기 싫다! 당장 내 눈앞에서 사라져라!"

그 옛날 자기를 내치던 사부 사해어옹(四海魚翁)의 목소리가 귀에 아련했다.

'그땐 어쩔 수 없었습니다. 그리고 이젠… 돌아가기엔 너무 멀리 와 버렸군요. 사부.'

송충이눈썹 과자안은 자기 손을 내려보며 중얼거리다 긴 한숨을 내쉬며 호숫가를 떠나갔다.

곽무한은 침상에 누워 곰곰이 생각에 잠겼다.

엄마가 떠나고 난 후 곽무한이 겪은 세상은 과자안의 말대로 냉정하기 그지없었다. 누군가에게도 따스한 정을 받아본 기억이 없었다.

'꼬맹이……'

곽무한은 선뜻 자신에게 물과 밥을 갖다 주던 꼬마 계집애가 떠올랐다. 엄마를 제외하곤 그 애가 유일했다.

"형제라…… 가족이라……."

혼자 중얼거리던 곽무한은 창가로 걸음을 옮겼다.

휘영청한 달빛 속에 엄마의 얼굴이 나타났다가 금방 사라져 버렸다.

'엄마……'

곽무한은 침상에 고개를 묻고 한참을 울었다.

오늘따라 혼자라는 서러움이 유난히도 절절했다.

짹짹!

참새들이 아침을 반겼다.

"모두 일어나!"

우렁우렁한 목소리가 잠을 깨웠다.

"오늘부터 너희들은 무공을 배우게 됐다! 게으름 피우는 놈들은 곧바로 강물에 처넣어 버릴 테니 정신을 바짝 차리도록!"

송충이눈썹 과자안이 나무칼을 나눠 주며 말했다.

뭉툭한 세 자 길이의 나무칼.

곽무한은 한 손에 들어오는 나무칼을 꽉 움켜쥐었다.

무공을 배운다니 꿈만 같았다.

'두고 봐. 언젠가는 꼭 박살을 내줄 테니!'

곽무한은 이글거리는 눈빛으로 건너편 언덕을 노려봤다. 언덕 위에는 텁석부리와 민대머리, 그리고 목걸이를 빙빙 돌리며 키득거리고 있는 노구가 있었다.

"도는 용맹, 쾌속함을 위주로 하며 맹호의 기세로 쪼개고, 자르고, 찌른다!"

곽무한은 쩌렁쩌렁한 목소리에 퍼뜩 정신을 차렸다.

"그래서 옛 사람들은 도를 다룰 때 있어 기세는 산하를 삼키듯 하고 움직임은 바람이 구름을 가르듯 하라고 했다."

단 위에 선 송충이눈썹 과자안이 형형한 눈빛으로 말하고 있었다.

곽무한은 한 자라도 놓칠세라 눈을 빛냈다.

"이게 기본 기수식이다!"

쿠쿵!

힘차게 진각을 밟으며 도를 내뻗는 과자안이 오늘은 딴사람 같아 보였다.

석 자 길이의 목도를 휘두르며 사방팔방을 압도해 나가는 과자안.

과자안의 몸짓따라 곽무한의 가슴이 쿵쿵 뛰었다.

'저게 바로 무공인가?'

곽무한은 마치 벼락에 감전된 기분이었다. 환한 희망의 빛이 보이는 것 같았다.

'당신을 능가하고야 말겠어!'

곽무한은 굳은 결의로 눈을 빛냈다.

"기수식 시작!"

시범이 끝나고 수련이 시작되었다.

"타합!"

곽무한은 힘찬 기합성으로 기수식을 취해 나갔다.

아침부터 시작된 수련은 점심도 건너뛴 채 계속됐다.

이글거리는 한여름의 태양, 생전 처음 겪는 무공 수련 과정.

정오를 넘어가자 아이들은 하나둘 탈진해서 쓰러지기 시작했다.

가장 나이 많은 아이라고 해봐야 이제 겨우 열셋이니 뜨거운 여름 태양 아래의 수련은 지옥 불에 던져진 것보다 더한 고통이었다.

구경하던 텁석부리 등도 어느새 그늘을 찾아 떠나고 없는 오후.

긴 그림자를 늘어뜨리며 움직이고 있는 사람은 단둘뿐이었다.

"헉헉, 삼만 천이백오십삼, 삼만 천이백오십사……."

곧 쓰러질 듯 비틀거리면서도 힘겹게 목도를 휘두르는 곽무한과 가끔씩 곽무한의 자세를 교정해 주는 과자안.

"괴물이야, 괴물."

"그러게. 아직 상처도 덜 아물었을 텐데……."

자갈밭에 널브러진 아이들은 아직도 버티고 있는 곽무한을 바라보며 귀엣말로 소곤거렸다.

'치잇, 개자식.'

다른 아이들에 비해 그나마 오래 버텼던 장직은 아이들의 눈길이 온통 곽무한에게로만 향하자 질투에 찬 눈빛으로 곽무한을 노려봤다.

"후욱! 후욱!"

훅훅 치밀다 못해 머리까지 멍해오는 열기, 금방이라도 터져 버릴 듯한 숨통, 후들거리다 못해 나무토막처럼 뻣뻣해져 버린 팔다리.

곽무한은 주저앉고 싶었다.

'그러나 안 돼!'

하루 만에 쓰러질 순 없었다. 그건 꿈을 포기하는 것과 마찬가지였다. 왜 그런 생각이 드는지는 알 수 없었지만 이 수련 과정이 꿈을 이루는 가장 빠른 길이란 생각이 들었다. 텁석부리와 민대머리를 때려눕히이고 이곳을 빠져나가 엄마를 찾는 꿈.

곽무한은 쓰러질 듯 쓰러질 듯 하면서도 계속 목도를 휘둘렀다.

머리 속이 하얗게 비어버릴 때까지, 천지가 빙빙 돌 때까지 계속…….

석양이 발갛게 질 무렵,

털썩!

결국 곽무한도 쓰러지고 말았다.

'독종…….'

묵호 과자안은 쓰러지는 곽무한을 보며 송충이눈썹을 찡그렸다.

묵호 과자안에게 이런 느낌은 처음이었다.

뭉클한 감동이 가슴 가득 차 오른다고 할까?

뜨거운 뙤약볕 아래에서 다섯 시진 동안 이어지는 수련.

스스로도 자신이 없었다.

오죽했으면 몇 번이나 '그만'이라는 말이 나올 뻔했을까?

그러나 보라, 그 고통을 집념으로 이겨낸 저 조그만 아이를!

'사부… 당신도 이런 기분이셨습니까?'

과자안은 석양빛 하늘을 올려다봤다.

석양에는 송글 땀을 흘리며 도를 휘두르는 꼬마 아이와 그런 아이를 보며 너털웃음을 터뜨리는 낯익은 얼굴이 보였다.

과자안은 한참 석양을 더듬다가 퍼뜩 정신을 차렸다.

'지금의 나는 수적… 수적 주제에 이런 감정이라니……'

과자안은 찬바람이 일 듯 횅하니 몸을 돌렸다.

"쓸 만한 애들 좀 있어?"

문을 열고 들어서자 텁석부리가 물어왔다.

"네, 모두 그럭저럭 쓸 만하군요."

과자안은 차 주전자를 잡으며 조용히 대답했다.

"그래? 호호호, 정말 다행이군. 참, 그놈은 어때?"

텁석부리가 반색하며 물었다.

그놈이란 곽무한을 말함이다.

"제일 낫지요. 녀석의 근골이 좋다고 말했잖습니까."

과자안은 싱긋 미소를 보내며 대답했다.

"호호호, 그래? 믿지. 암, 믿고말고. 더운데 정말 수고 많았네."

묵호 과자안은 정통 무인 출신이었다.

턱석부리가 우연히 그의 목숨을 구해주지 않았다면 절대 수적질로 세월을 보낼 사람이 아니었다. 지금도 장강 일대에서 과자안의 사부 이름을 대면 그 어떤 수적 패라도 꼬리를 말며 한 수 양보할 정도다.

과묵한 과자안. 그래서 묵호라 불리게 된 과자안. 그런 과자안이 좋다고 말한다면 정말 좋은 것이다. 턱석부리는 연신 흐뭇한 표정을 지으며 과자안의 어깨를 두드렸다.

반면 과자안은 고민스런 표정이었다.

"비인부전(非人不傳:사람됨이 바르지 않으면 전수하지 않음)이다. 약속하겠느냐?"

사부의 목소리가 귀에 우렁우렁했다. 그와 동시에 혼신의 힘을 다하고 쓰러지던 곽무한의 얼굴이 눈에 선했다.

'비인부전이라……'

과자안은 잔뜩 송충이눈썹을 모으며 생각에 잠겼다.

수련은 날마다 계속됐다.

곽무한은 언제나 수련 시간 끝까지 버텼다.

아이들은 경이에 찬 눈으로 곽무한을 바라봤다.

과자안은 고심에 찬 눈으로 곽무한을 쳐다봤다.

'저놈……'

욕심이 났다.

지금 가르치는 평범한 도법으로는 성에 차지 않았다.

놈의 능력을 최대한 키워주고 싶었다. 아니, 두 번 다시는 쓰지 않으리라 맹세했던 자신의 절기, 자기 자신조차 완성치 못한 폭풍멸절도법(暴風滅絶刀法)의 끝을 보고 싶었다.

"오늘은 이만!"

과자안은 자신의 말이 떨어지기가 무섭게 바닥으로 널브러지는 곽무한을 보며 천천히 몸을 돌렸다.

털썩!

곽무한은 방으로 돌아오자마자 침상에 몸을 던졌다.

수련을 처음 시작한 게 엊그제 같은데 어느새 일 년이 지났다.

지난 일 년간 혼신의 힘을 다해 무공을 수련한 탓인지 곽무한의 눈빛엔 강한 정기가 담겼고 왜소하던 체구도 조금씩 균형을 갖추기 시작했다. 곽무한은 날마다 몸을 돌보지 않고 전력을 다해 수련하다 보니 방에만 들어오면 늘 기진맥진이었다.

'제기랄, 이래서야 어느 천년에 놈들을 때려뉘어?'

갑자기 낮의 일이 생각났다.

수련 때마다 어슬렁거리며 다가오는 민대머리와 그의 심복 노구.

"흐흐흐, 귀여운 것들."

그들은 묵호의 눈을 피해 슬그머니 미루와 매옥의 엉덩이를 쓰다듬고 지나간다. 그 광경을 본 곽무한의 눈에 불똥이 튄 건 당연지사.

때리는 시어미보다 말리는 시누이가 더 밉다고, 애초에 자신과는 감정이 안 좋은 민대머리보다 민대머리에게 알랑방귀를 뀌어대며 여자

아이들에게 찝쩍대는 노구가 더 미웠다. 게다가 노구는 엄마의 유품을
뺏어간 놈.

"그 손, 치우지 못해요?"

소리치며 달려들다가 된통 얻어맞았다.
'빠드득! 일단 노구 녀석부터!'
침상에 누워 있던 곽무한은 입술을 깨물며 벌떡 몸을 일으켰다. 그
리고는 허리를 강화하기 위한 기본공, 깍지를 끼고 상체를 구부리는 전
부하(前俯下), 측부하(側俯下), 허리를 뒤로 눕혀 흔들어주는 탄요(彈腰)
와 다리의 힘을 길러주는 마보(馬步), 한 발로만 서는 금계독립(金鷄獨
立) 등을 시작했다.
"시끄러워, 새꺄!! 잠 좀 자자, 잠 좀!"
아직 잘 시간이 멀었는데도 장직이 시비를 건다.
"장직, 같이 하자. 억지로라도 운동을 하고 자니 피로가 빨리 풀리더
라구. 웃차!"
어느새 기본공 수련을 마친 곽무한이 물구나무를 서서 팔굽혀펴기
하는 자세 그대로 미소를 지으며 말했다.
"미친놈, 체력 하나는 곰같이 좋아요. 난 손가락 하나 쳐들 힘도 없
어, 임마. 넌 도대체 뭘 몰래 처먹었기에 체력이 남아도냐?"
"웃차! 몰래 먹긴 뭘 몰래 먹어? 너나 나나 멀건 옥수수죽 먹긴 마찬
가지지."
곽무한은 쓴웃음으로 팔굽혀펴기에 몰두했다.
"구백구십팔, 구백구십구, 처어언! 휴우!"

물구나무 서서 팔굽혀펴기를 마치고 나니 온몸이 땀 범벅으로 변해 사지가 물 먹은 솜처럼 나른해졌다. 그러나 상쾌한 피곤함이었다.

장직은 어느새 코를 골며 꿈나라로 가 있다.

곽무한은 목도를 거머쥐고 밖으로 나갔다.

풀벌레 울어대는 후텁지근한 밤. 그러나 기분 탓인지 밤 공기는 친근하기만 했다.

강가로 걸어간 곽무한은 첨벙 물속으로 뛰어들었다.

계곡의 물이라 그런지 뼛속까지 시원했다.

첨벙첨벙!

곽무한은 깊은 곳으로 헤엄쳐 갔다.

"후우웁!"

목표했던 지점에 이른 곽무한은 물속으로 잠수해 들어갔다.

그리고 잠시 뒤,

촤아악! 촤촤촤아악!

수면에는 한동안 물살이 출렁거리며 거품이 솟아올랐다.

물속으로 들어간 곽무한이 목도를 휘두른 때문이었다.

물의 저항을 받으며 목도를 휘두른 지 반 시진.

호흡이 가빠왔고 팔뚝에 쥐가 났다.

숨 쉬기 위해 고개를 내밀 때를 제외하고는 계속 수압과 싸우며 목도를 휘둘렀으니 그럴 만도 했다.

그러나 근 일 년간 이렇게 밤낮없이 열심을 냈지만 도법에 대해서는 힘이 붙는다는 것 외에는 아직도 알 듯 말 듯 묘연하기만 했다.

"푸아아!"

가쁜 숨을 참으며 몇 번 더 목도를 휘두르던 곽무한은 결국 기력이

고갈되어 물 밖으로 나왔다.

젖은 몸을 말리고 막 방으로 걸음을 옮기려는데 시커먼 그림자가 눈에 들어왔다. 묵호 과자안이었다.

'대단한 놈……'

과자안은 일 년 내내 이 늦은 시간까지 개인 수련에 몰두하는 곽무한을 보며 내심 경탄을 보냈다.

'저 정도 열성이면……'

따로 내색하지는 않았지만 지켜본 시간만도 일 년이었다. 비가 오나 눈이 오나 단 하루도 쉬는 모습을 본 적이 없었다.

과자안은 무공을 가르친 지 일 년째 되는 오늘, 드디어 마음의 결정을 내렸다.

"따라오너라."

과자안은 짧게 한마디 던지고는 성큼성큼 앞서 걸었다.

'뭐야, 밑도 끝도 없이?'

곽무한은 속으로 투덜대다가 곧 과자안의 뒤를 따랐다.

도착한 곳은 예전의 그 호수.

"잘 보아라!"

스르룽.

과자안이 도를 꺼냈다.

푸른 빛을 발하는 도. 목도가 아닌 진짜 칼이었다.

곽무한은 호기심 어린 눈빛으로 과자안을 쳐다봤다.

스스슷!

한없이 엄숙한 자세로 도를 아로 세우던 과자안.

천천히 몸을 웅크리나 싶더니 도극으로 달을 가리키며 허공에 원을 그랬다.

"기세로 천하를 담으니 이를 일컬어 혼원세(混元勢)라 한다!"

파파팟!

호통 소리가 들렸다 싶은 순간 과자안의 몸은 벌써 삼 장 높이로 뛰어올라 달을 향해 날고 있었다.

'까, 깜짝이야!'

곽무한이 놀랄 사이도 없었다.

"파도는 거침없이 파랑을 일으킨다! 파랑세(波浪勢)!"

호통 소리와 함께 과자안의 몸에서 번쩍 빛이 뿜어져 나왔다.

쐐애액!

대기를 가르는 소리와 함께 으스러지는 달빛.

그게 시작이었다.

"파랑은 열 겹, 스무 겹으로 몰아친다! 첩첩세(疊疊勢)!"

쐐애액! 츠츠츠!

쉼없이 호통을 터뜨리며 수십, 수백 가닥의 빛을 뿌리는 과자안.

쇄도하는가 하면 솟구치고, 솟구치는가 싶으면 회전하고, 회전했다 싶으면 어느새 우아하게 몸을 트는 그는 마치 허공을 노니는 신룡 같았다.

"아아!"

곽무한은 부지불식간에 탄성을 터뜨렸다.

쐐애액! 츠츠츳!

과자안이 펼치는 도법은 도저히 눈으로 좇을 수 없는 속도였고 움직임이었다.

'머, 멋있다.'

곽무한은 멍한 눈으로 정신없이 쳐다봤다.

그러나 너무 빨랐다.

아무리 눈에 힘을 줘봐도 흐릿한 잔상밖에 볼 수 없었다.

'안 되겠네. 대충의 움직임이라도……'

곽무한은 궁여지책으로 목도를 휘두르며 따라 했다. 그러나 자세는 놓치고 걸음은 꼬이고 엉망진창이었다. 그러던 어느 순간,

탁!

발자국 소리와 함께 과자안이 코앞에 나타났다.

"보았느냐?"

무뚝뚝한 말투가 귀를 찔러왔다. 벌써 시범이 끝난 모양이었다.

"쳇, 그렇게 빨리 움직이는데 보긴 뭘 봐요? 더구나 한마디 설명도 없이."

곽무한은 나직한 목소리로 투덜댔다.

"폭풍멸절도법이라 한다. 외워둬라."

과자안은 이렇다 저렇다 말도 없이 한마디만 툭 내뱉고는 어둠 속으로 사라져 갔다.

"쳇, 도대체 뭐야? 폭풍 머시기가 어쨌다고?"

곽무한은 한참 동안 과자안이 사라진 방향을 노려보다 목도를 눈앞에 세웠다.

"제대로 본 건 없지만 뭐, 멋있어 보이니 흉내라도 내보자."

곽무한은 끙끙 기억을 되살려 생각나는 대로 자세를 잡았다.

그러나 되풀이되는 건 우스꽝스런 몸짓뿐.

"젠장, 내가 눈이 나쁜 건가?"

곽무한은 목도를 내팽개치며 투덜거리다 결국 숙소로 돌아갔다.

과자안의 방문은 계속됐다.

그의 행동은 언제나 똑같았다.

'잘 보아라' 라는 말과 함께 시연을 보이고, '보았느냐?' 라는 말을 끝으로 휙 사라진다.

곽무한으로서는 이 무슨 도깨비놀음인지 도무지 알 수가 없었다.

그러나 어쩌랴.

낮의 수련으로 인해 만신창이가 된 몸이지만 스스로 세운 목표, 최단 기간에 노구를 뭉개 버리려면 과자안의 개인 지도를 마다할 이유가 없었다. 곽무한이 보기에 과자안의 도법을 반만이라도 익힐 수 있다면 노구쯤은 손쉽게 묵사발 낼 수 있겠다는 생각이 들었다.

"에잇! 죽어라 하다 보면 언젠가는 다 배울 수 있겠지. 타합!"

곽무한은 만사를 잊고 집중했다.

첫날엔 뭐가 뭔지 도저히 알 수 없었던 것들이 이틀이 지나고 사흘이 지나자 흐릿하게 그려지기 시작했다. 그러다가 일주일이 지나고부터는 안개가 낀 것 같던 머리 속이 환해지며 과자안이 도를 뿌리던 모습이 또렷이 그려졌다.

그날도 그랬다.

곽무한은 정신을 집중해 본 대로, 느낀 대로 폭풍멸절도법을 연습하고 있었다.

'여기서 한 번 몸을 비틀어 날아올랐었지?'

파파팟!

곽무한은 믿기지 않는 각도로 몸을 틀어 땅을 박찼다. 그러자 곽무한의 몸은 순식간에 반 장 높이(약 1.5m)로 날아올랐다.

"와아! 내가 이만큼 높이 뛰었다니?"

곽무한은 스스로 놀라 환호성을 질렀다. 그리고 신이 나 도세를 펼쳐 나갔다.

부우웅! 부우웅!

곽무한의 목도는 힘찬 울음으로 바람을 갈랐다.

아직 경력(勁力)이 뭔지 몰라 근력으로 휘두르고 있었지만 무공에 입문한 지 고작 일 년밖에 안 되는 열네 살짜리의 힘이라고 보기엔 믿기지 않을 정도로 강한 칼바람 소리가 났다. 그러나 그게 다가 아니었다. 곽무한의 도세는 점점 과자안이 보여줬던 형(形)을 갖추어가기 시작했다.

혼원세로 시작해 파랑세, 첩첩세를 지나 도벽세(刀壁勢)까지 서툴게나마 펼쳐 내고 있었다.

오늘도 비전의 도법을 전수하러 나온 과자안이 그 모습을 봤다.

'세상에, 고작 보름 만에?'

과자안은 믿을 수 없다는 듯 눈을 크게 떴다.

자기 상식으로는 도저히 있을 수 없는 일이었다.

명가의 무공이 다 그렇듯 정확한 구결과 내공 운용을 알지 못하면 제대로 익힐 수 없는 것이 바로 폭풍멸절도법이었다.

천지의 기운을 모으는 기수식인 혼원세로 시작해서 공격 초식인 파랑세와 첩첩세, 수비식인 도벽세를 거쳐 내공을 폭발적으로 쏟아 붓는 노도세와 뇌전폭풍세(雷電暴風勢), 그리고 마지막으로 자신조차 아직 완성치 못한, 도기를 뿜어낸다는 대해멸절세(大海滅絶勢)와 폭풍멸절세(暴風滅絶勢)로 끝을 맺는 폭풍멸절도법.

자신의 사부인 사해어옹이 팔십 년을 참오하여 만든 도법이었다.

오죽했으면 이 도법 하나로 자신의 사부인 사해어옹이 장강의 기인이란 소리까지 들었을까? 또 오죽했으면 이십 년 넘게 수련한 자신조차 아직 완벽히 깨닫지 못하고 있었을까?

"타하앗!"

곽무한은 과자안이 보고 있는지도 모르고 무의식 상태에서 계속 도법을 펼치고 있었다.

서투르긴 하지만 저 도세는 분명코 몸을 숙일 때의 흡기(吸氣)와 축경(蓄勁), 뻗을 때의 호기(呼氣)와 발경(發勁)을 이용한 것이다.

과자안은 자기도 모르게 걸음을 빨리해 곽무한에게 다가갔다.

"내공과 호흡법을 배운 적이 있느냐?"

스스로 생각해도 어이없는 질문이었지만 지금 상황에서는 진지한 질문이었다. 도법을 펼치는 동작들이야 눈대중으로 따라 한다 쳐도 조금 전처럼 몸을 솟구친 상태에서 역동작으로 첩첩세를 뿌리는 데에는 공력의 운기가 없으면 불가능하기 때문이었다.

"내공? 호흡법? 그게 뭐예요?"

곽무한이 눈을 껌뻑이며 반문해 온다.

과자안은 대답 대신 곽무한의 맥문을 잡았다.

'도대체 알 수가 없군.'

과자안은 의혹 어린 눈빛으로 곽무한을 쳐다봤다.

곽무한의 단전은 텅 비어 있었다. 그러나 십이정경과 기경팔맥 등의 경락(經絡:기혈이 운행되는 통로)에는 괴이하게도 희미한 꿈틀거림이 있었다. 그러니 내공이 있는 것 같기도 했고 없는 것 같기도 했다.

이 무슨 기이한 현상인지 알 수가 없어 한참 고민하던 과자안은 문득 스치는 생각이 있어 곽무한에게 물었다.

"혹시 어릴 때 영약을 먹은 적이 있느냐?"

그러나 대답은 실망스러웠다.

"아뇨. 저희 집은 워낙 가난해서……."

도무지 알 수 없는 노릇이었다. 예전에 자신의 사부에게 스치듯 들은 기억으로는 분명 어릴 때부터 영약을 복용한 징후였다.

"그럼 호흡법은 배운 적이 있느냐?"

"호흡법? 숨 쉬는 법 말이에요? 숨이야 그냥 자연스럽게 쉬는 거지 그걸 따로 배우는 사람도 있나요?"

곽무한의 대답으로는 아무것도 알아낼 수 없었다.

'으음… 나중에 한번 알아봐야겠군.'

과자안은 차후에 곽무한의 집안 내력에 대해 알아보기로 하고 다시 도법을 전수하기 시작했다. 그리고는 곽무한의 자세를 유심히 살폈다.

'아무리 봐도 뭔가 있어.'

그랬다. 자세히 보니 뭔가 다른 점이 있었다.

호흡을 할 때 곽무한의 어깨는 조금도 흔들리지 않았다. 그 말은 남들처럼 가슴으로 숨을 쉬는 게 아니라 단전호흡을 한다는 말이었다.

그것도 초식을 펼치는 자세 중에 자연스레 이뤄지는 걸 보니 아주 어릴 적부터 몸에 배인 호흡이었다.

"오늘은 여기까지!"

과자안은 서둘러 도법 전수를 마쳤다. 그리고는 곽무한이 고개를 갸웃거리거나 말거나 급히 자기 숙소로 돌아왔다.

"저 녀석을 어디서 잡아왔더라? 아, 만현이었지?"

과자안은 곽무한의 고향을 기억해 냈다. 그리고는 밖에 보초를 서고 있던 수하를 불렀다.

"몇 가지를 좀 알아봐 줘. 비밀리에."

"예, 부채주님."

과자안은 수하에게 곽무한의 집안 내력에 대해 상세히 알아오라고 지시를 내렸다.

과자안은 점차 아이들의 수련 강도를 높였다.

과연이었다. 곽무한은 군계일학이었다.

이 상태로는 더 이상 아이들과 함께 가르칠 수 없었다.

결국 과자안은 곽무한을 조용히 불러냈다.

"모난 돌이 정 맞기 마련이다. 낮의 수련 때는 최대한 힘을 죽여라. 일곱 푼의 힘만 쓰란 말이다. 알아들었느냐?"

"……?"

곽무한은 멀뚱한 표정이었다.

"무조건이다! 알겠느냐?"

"…예."

못 박듯 강하게 말을 하자 곽무한은 그제야 마지못해 고개를 끄덕인다.

'아직 어리니… 힘을 마음껏 쓰고 싶겠지. 그러나 나중엔 내 마음을 알게 될 거다.'

과자안이 곽무한에게 당부한 말은 그 옛날 자신감에 들떠 인근 마을을 마음껏 휘저을 때 자신의 사부가 당부한 말이었다.

'조금만 더 강하게 말씀해 주셨더라면… 아니, 조금만 더 일찍 깨달았더라면 이렇게 폐인처럼 살진 않았을 것을……'

회한이 들었다. 하늘 높은 줄 모르고 마구 날뛰다 무당파의 제자에게 치명상을 입었다. 그래서 죽음 직전에 목숨을 구원받았다.

'하필이면… 그 은인이 수채의 우두머리였지……'

스스로 남자라고 생각하기에 그 은혜를 나 몰라라 할 수 없었다. 그러다 보니 여기까지 왔다.

'저 녀석만은……'

수적도 수적 나름이라고 생각했다.

피할 수 없다면 곽무한이 멋진 호한이 되었으면 싶었다.

지금 곽무한의 잠재력이 드러나면 반드시 해를 당할 것이다.

이 바닥의 법도가 그랬다.

수하의 능력이 어느 선까지면 몰라도 그 이상이 되면 반드시 죽임을 당하게 되어 있었다. 그렇게 되지 않으려면 먼저 치는 수밖에 없었다.

'저 녀석의 성정으로는……'

어려웠다. 속정이 강해 남을 해하기는커녕 오히려 음모에 휘말릴 성격이었다. 좌우간 진심으로 받아들였는지 어떤지는 모르겠지만 과연 다음날부터 곽무한은 힘을 최대한 억누르며 단체 수련에 임했다.

"지금부터는 대련이다!"

파파팡!

"아이코!"

"으갸갸!"

그러나 그래도 발군이었다.

대련 때마다 곽무한과 맞붙는 놈은 세 합도 안 되어 모두 코가 깨지거나 팔목이 부러져 나갔다.

'녀석, 하긴 아직 으스대고 싶은 나이지.'

그나마 텁석부리가 경각심을 느낄 정도까지는 아니어서 과자안은 더 이상 입을 떼지 않았다. 그러나 과자안은 곽무한이 본신의 힘을 오 푼 정도밖에 쓰지 않았다는 것은 꿈에도 몰랐다.

어느덧 그 뜨겁던 여름은 살랑이는 가을바람에 밀려났다.

과자안은 가을부터 아이들에게 강도 높은 체력 훈련을 시켰다.

"우리는 수중 호걸이다. 당연히 물과 친해져야 한다. 아니, 물에선 그 누구보다 자유자재로 움직여야 한다!"

먼동이 희뿌옇게 떠올 무렵부터 잠수 훈련이 시작됐다.

숨이 차도 수면 위로 떠오를 수 없었다. 떠오르는 즉시 혹독한 체벌 이 따랐다.

"수중 호걸이라고 해서 물속에서만 싸우는 게 아니다! 싸움은 배에 서도 벌어지고 갯벌에서도 벌어진다! 그러니 체력이 필수다! 모두 뛰 어!"

아침 수련 후엔 모래를 가득 넣은 각반을 차고 자갈밭을 뛰는 훈련 이 계속됐다. 그리고 어느 정도 각력이 붙었다 싶자 바위산을 오르내 리는 훈련으로 변했다.

"언젠가는 우리와 경쟁 관계인 수채를 덮쳐야 할 때도 있다! 적들을 일시에 섬멸하려면 강한 공격력이 필수다! 그러려면 허리와 다리 힘을 키워야 한다! 눈앞에 밧줄이 보이지? 모두 올라가!"

나중엔 이끼 긴 아스라한 절벽 꼭대기까지 밧줄을 잡고 올라가야 했 다. 그리고 점심나절부터는 다시 예전처럼 해가 질 때까지 도법 수련 이 계속됐다.

모두에게 힘든 날들의 연속이었다.

그러나 곽무한은 달랐다.

물속에서의 잠수도 제일 오래 버텼고 달리기에서도 발군이었으며 절벽 타기에서도 마찬가지였다. 항상 제일 먼저 올라가고 제일 먼저 내려왔다.

"헥헥, 정말 대단한 오빠야. 그치, 언니?"

집에서라면 아직도 응석이나 피울 나이인 꼬마 계집애 미루.

자기들은 아직 절벽 중간에서 버둥거리고 있는데 벌써 아래로 내려오고 있는 곽무한을 훔쳐보며 매옥에게 소곤거렸다.

"헉헉, 그렇네. 어맛?"

막 무릎 위에 자리한 바위를 지나려 발을 올리던 매옥. 미루의 말에 맞장구를 치다가 그만 미끈둥 아래로 미끄러지기 시작했다.

미끄러지다 보니 밧줄을 잡은 손바닥에 불이 났다.

매옥은 자기도 모르게 손을 놓고 말았다.

"아악!"

눈앞이 캄캄했다.

세찬 바람이 긴 머리카락을 마구 휘날려 왔다.

이제 끝이구나 싶은 순간,

척!

뭔가가 허리를 아프게 감아왔고,

"끄윽, 괜찮아?"

잔뜩 억누른 목소리가 들려왔다.

"무, 무한 오라버니?"

매옥은 갑자기 나타난 곰보 얼굴을 보고 너무나 놀라 말을 더듬었다.

"힘들겠지만… 밧줄을 다시 잡아볼래? 손이 아파서……."

그러고 보니 곽무한의 손에서 피가 뚝뚝 떨어지고 있었다.

"맙소사! 날 구하기 위해?"

매옥은 가슴이 찡해왔다.

자기를 구하기 위해 밧줄을 놓아 속도를 맞춘 후 다시 잡은 모양이었다. 그 고통이 어땠을지는 상상조차 안 갔다.

매옥은 급히 정신을 수습하고 밧줄을 잡았다. 아직도 자기 허리를 안고 있는 곽무한의 팔에 무게를 덜어주기 위해.

"됐어. 한결 낫군. 자, 내가 잡고 있을 테니 손을 내밀어 봐."

곽무한이 싱긋 웃음으로 상의를 찢으며 말했다.

매옥은 홀린 듯 한 손을 내밀었다.

"힘들겠지만… 이렇게라도 하고 올라가. 올라가기 전에 심호흡을 한번 하고 천천히… 서두르지 말고……."

곽무한이 상의를 찢은 천으로 손을 동여매 준다. 그리고 몇 마디의 조언을 던지고는 아래로 멀어져 갔다.

'아아…….'

매옥은 땅바닥으로 내려서는 곽무한의 뒷모습을 멍하니 바라봤다. 그러다가 심호흡을 한번 들이키고는 다시 절벽을 오르기 시작했다.

'저게 도대체 사람이야, 괴물이야?'

매옥과는 조금 떨어진 밧줄. 남몰래 매옥에게 관심을 두고 있던 장직은 기가 막히다는 표정으로 곽무한을 내려다봤다.

만약 자기였다면 목숨을 걸고 매옥을 구하려 했을까?

아무리 생각해 봐도 엄두가 나지 않았다.

"까아! 무한 오빠, 너무 멋있어! 최고야!"

미루란 꼬마 계집애의 환호성을 듣고서야 장직은 겨우 정신을 차렸다

‘치익! 놈, 두고 봐.’

곽무한의 등을 내려다보는 장직의 눈길은 한없는 질투심으로 이글거렸다.

제5장
전초전

전초전

계절은 벌써 찬바람을 섞을 정도였다.

겨울이 닥칠 듯하자 수채는 바빠졌다.

겨울날 준비를 해야 하기 때문이었다.

"오늘은 체력 훈련 삼아 나무를 벤다!"

그 때문인지 수련 과정도 이번엔 많이 달라져 땔감을 마련하는 시간이 따로 배정되었다.

땔감으로 쓸 나무를 마련하는 것은 쉽지 않았다.

우선 수채 부근에는 바위산밖에 없었기에 높고 험한 바위산을 넘어 한참을 걸어가야 했다. 그렇게 걷다 보면 끝없이 잇닿은 산이 나오는데 그 산은 천험의 절지를 형성하는 곳답게 울창하기 짝이 없었다. 그래선지 베어야 할 나무도 만만찮았다. 하나같이 고개를 쳐들고 올려다봐야 할 정도의 높이요 굵기였다.

"모두 나무에 깔리지 않도록 조심해!"

혹시나 다칠세라 과자안이 주의를 줄 정도로 큰 아름드리 나무들.

그러나 곽무한에겐 쉬웠다.

쿵! 쩍! 쿵! 쩍!

"조심해!"

우드드드! 콰당탕!

곽무한이 도끼질을 하는 나무마다 수수깡 같았다. 몇 번 패지도 않았는데 쉽게 넘어갔다. 어쨌든 곽무한 덕분에 땔감을 만드는 일은 쉬워졌다 치고,

"맙소사, 저 많은 나무를 어느 세월에 토막 내고 어느 세월에 등짐을 져서 나르나? 그것도 이 울창한 수림을 헤치고 바위산까지……."

이제 베어낸 나무를 옮기는 일이 큰일이었다.

아이들은 울상을 지었다.

그러나 그것도 쉬웠다.

툭탁툭탁!

채소 썰 듯 가볍게 나무를 잘라낸 곽무한. 어느새 남들 세 배는 됨직하게 쌓아 올려 콧노래를 부르며 산보하듯 짊어지고 간다. 그리고는 바위산에서 와르르 아래로 던져 버리고는 날듯 되돌아온다.

"졌다, 졌어. 무식하게 힘만 좋을 뿐 아니라 요령도 좋은 놈."

질투심 강한 장직조차 혀를 내두를 정도였다.

결국 힘들게 느껴졌던 땔감 구하기는 곽무한 덕분에 쉽게 끝나 버렸다. 그렇게 곽무한은 아름드리 나무를 베어낼 때도 베어낸 나무를 옮길 때도 여전히 발군의 실력을 발휘하고 있었다.

'기가 막힐 정도군.'

과자안은 곽무한을 볼 때마다 경탄이 절로 나왔다.

한창 클 나이에 무공을 수련한 때문인지 곽무한은 부쩍 빨리 자랐다. 작년까지만 해도 사 척에 불과하던 키가 일 년 만에 벌써 오 척(1.5m)이 넘었고, 장정처럼 우람하게 변한 저 팔뚝과 허벅지를 보노라면 도대체 열네 살짜리 소년이 맞는가 싶을 정도였다.

그 성장의 밑바탕은 식욕이었을까?

아이들의 체력을 키워주기 위해 식사가 멀건 옥수수죽에서 쌀밥으로 바뀌자 곽무한은 엄청나게 먹어댔다. 마치 먹어야 산다는 듯 다른 애들이 한 끼에 두어 공기 비울 동안 곽무한은 열 그릇을 넘게 비웠다.

"괴물이 아니라 돼지였군."

"너 때문에 수채 식량이 거덜나겠다, 이놈아!"

무한정 먹어대는 곽무한. 몇몇 애들이 수군거리다 못해 수적들까지 나서서 단체로 구박할 정도였다.

"됐어. 봐줘. 한참 먹을 때 아니냐."

과자안의 배려가 아니었다면 곽무한은 빈 밥그릇만 벅벅 긁어대다 아귀로 변했을지도⋯⋯.

좌우간 그렇게 먹어대는 데도 살은 찌지 않았다. 모두 키로 가버린 것 같았다.

곽무한이 빠르게 늘어간 건 체격과 식욕만이 아니었다.

무공도 빠르게 늘어갔다.

낮에 배우는 기본 도법 종횡도법(縱橫刀法)은 이미 달통한 지경이었고, 밤에 개인 전수를 받고 있는 폭풍멸절도법은 어느새 혼원세와 파랑세를 완벽히 소화해 내고 벌써 연속 공격인 첩첩세를 익히고 있었다.

"저어⋯ 부채주님, 다됐는데요?"

아이들의 감시를 맡고 있던 수하가 말을 건네왔다.

과자안은 상념에 빠져 있다가 정신을 차렸다.

"음, 그래? 그럼 이만 내려가자."

과자안은 아이들과 함께 산을 내려가다 무심코 곽무한을 보게 됐다.

"음?"

과자안은 곽무한의 걸음걸이를 보고 번쩍 눈을 빛냈다.

곽무한의 걸음걸이는 남달랐다.

춤추듯 가볍게 걷는다고나 할까?

남들처럼 발뒤꿈치부터 걷는 게 아니라 앞부분부터 걸었다. 그것도 새끼발가락부터 엄지발가락 순으로.

'저걸 왜 이제야 발견했을까?'

과자안은 망치로 머리를 맞은 기분이었다.

발 앞부분부터 걷는 법. 그것은 바로 모든 무공의 기본이 되는 보법(步法)의 요결이었다.

보법과 신법의 요체는 도약력.

보통 발로 땅을 거머쥔다고 표현한다.

앞 발가락에 힘이 없으면 절대 땅을 거머쥘 수 없다. 달리 말해, 절대 지면을 박찰 수 없다. 지면을 박찰 수 없으면 속도도 얻을 수 없다.

그러니 정통 무인들은 뒤꿈치부터 걷느냐 앞부분부터 걷느냐로 삼류 무인과 이류 무인을 구별할 정도였다.

'역시 어릴 때부터 몸에 익은 습관!'

자신은 저 요결을 가르쳐 준 적이 없었다. 게다가 저 자연스러운 걸음걸이라니…… 역시 단전호흡처럼 어릴 적부터 행해온 습관이란 말.

수채로 돌아온 과자안은 급히 수하를 찾았다.

"일전에 내가 한 녀석에게 은밀히 명을 내린 게 있다. 그놈은 지금 어디 있느냐?"

그러잖아도 인근 선착장에서 하명을 기다리고 있다고 했다.

오갈 때마다 배를 움직여야 하는 적호채의 특성상 긴급 상황이 아니면 함부로 본채로 들어오지 못했다. 상부의 허락이 떨어져야 들어올 수 있었다.

"젠장, 당장 불러들여!"

"존명!"

밤이 이슥해 그 수하 녀석이 보고하러 들어왔다.

보고대로라면 곽무한의 말마따나 별 볼일 없는 집안이었다.

부친은 뱃사공 노릇을 하다 수적들에게 죽임을 당했고 모친은 평범한 아낙네로 웬 사내랑 눈이 맞아 밤 도망을 갔다는 보고였다.

"그게 다냐? 정말 그것뿐이란 말이냐?"

과자안은 잔뜩 실망한 표정이 되어 수하에게 다그쳐 물었다.

그 서슬 탓인지 수하는 조심스레 운을 뗐다.

"다만 떠도는 소문에는……."

"소문에는?"

과자안은 몸을 바짝 당기며 물었다. 이게 진짜다 싶었다.

"별로 신빙성이 없는 이야기지만 놈의 부친이 당시 수적에게 죽임을 당한 게 아니라 수적들을 다 죽이고 나서 죽었답니다."

"수적들을 다 죽여? 평범한 뱃사공이?"

과자안은 옳다구나 싶었다. 아무리 시시한 수적이라도 패거리로 움직이면 최하 다섯 명은 넘는다. 게다가 무기까지 지니고 다니니 일반인으로서는 그들과 싸운다는 것 자체가 엄두가 나지 않는 일. 하물며

다 죽었다니?

"예, 참고로 그 뱃사공은 우리 나라 사람이 아니고 동이(東夷) 쪽 사람이랍니다."

'동이라? 흠, 산간 오지의 무지렁이조차도 기력이 넘치고 걷는 것이 달리는 것과 같다는 그 동이 쪽 사람이란 말이지? 그렇다면 그 녀석의 호흡이나 걸음걸이가 그럴 만하군. 어릴 적부터 제 아비가 가르친 게야. 기억도 안 나는 어린 시절부터……. 참, 그렇다면 영약은 어찌 된 거지?

과자안은 혼잣말을 중얼거리다 다시 눈을 빛내며 물었다.

"정말 찢어질 정도로 가난한 집이 확실한가? 녀석의 어미 쪽엔 뭔가 더 없나?"

"없습니다. 어디 출신인지는 모르고 그냥 곽씨 부인이라 불렀답니다. 남편이 죽고 난 뒤 어느 날 갑자기 사라졌다더군요. 그래서 마을 사람들은 바람이 나서 지 새끼를 버리고 도망쳤다고 결론을 내리더군요. 과부가 바람 나기 예사라고……."

"바람이라…… 바람……."

뭔가 미심쩍었다. 그러나 수하의 얼굴을 보니 더 이상은 정말 모르겠다는 표정이었다. 그럼에도 불구하고 과자안이 한참을 노려보자 마지못한 듯 우물쭈물 입을 열었다.

"다만……."

"다만?"

과자안은 혹한 표정으로 귀를 기울였다.

"노구 형님이 녀석에게 목걸이를 뺏었다더군요."

"목걸이?"

"예, 그냥 평범한 목걸이랍니다. 다만 황어가 조각되어 있다더군요.
그래서 호신부나 삼으려고 뺏었답니다."

결론은 다시 실망스러웠다.

아무리 생각해 봐도 사천 인근에서 황어를 문장으로 삼는 집안은 없
지 않은가? 억지로 있다고 쳐봐야 어부 나부랭이들뿐.

'젠장, 그러면 어릴 적에 우연히 하수오 뿌리를 도라지로 알고 캐 먹
인 것일까? 그런 말도 안 되는 이야기로 귀결되는가?

더 이상 알아낼 방법이 없었다.

부모는 죽거나 행방불명이고 곽무한은 기억하는 게 아무것도 없고.

"알았다. 나가보거라."

과자안은 여기서 일단락 짓기로 했다.

더 이상 알아낼 방법도 없는 일. 생각해 봐야 머리만 아플 성싶었다.

그러나 과자안이 하나 놓친 게 있었다.

노구가 뺏은 목걸이.

부모 잃은 고아 신세나 마찬가지인 곽무한에게 제 어미의 유품이 어
떤 의미를 지니고 있는지를 간과하고 말았다.

그 때문이었다. 그 목걸이 때문에 사건이 터지고 말았다.

그날은 바람이 매서운 날이었다.

그날따라 텁석부리의 호출이 있어 과자안은 아이들에게 자유롭게
수련을 하고 있으라며 자리를 떴다.

그 즈음 아이들 사이에는 패가 갈리고 있었다.

매옥과 미루, 미루의 오라비인 무견은 곽무한의 말이라면 끔뻑 죽을
정도였고, 나머지 아이들은 장직을 따르고 있었다.

아이들이 장직을 따르게 된 것은 아이들답게 질투심 때문이었다.

겨우 두 명뿐인 여자인 매옥과 미루의 관심이 온통 곽무한에게로만 쏠린 탓이었다.

그래선지 그날 자유 수련 때도 패가 갈렸다.

장직 등은 연무장에서 조금 떨어져 자기네끼리 대련을 하고 있었고 곽무한 등은 원래의 위치에서 각자 수련을 하고 있었다.

"힝, 무한 오빠, 이 부분이 잘 안 돼."

"쉬운 건데……. 여기서 어깨만 틀려 하지 말고 허벅지에서부터 허리까지……."

막내인 미루가 소매를 붙잡고 칭얼거리자 곽무한이 머리를 긁적이며 뭐라 설명하고 있었고, 매옥과 무견은 그 옆에서 눈을 빛내며 듣고 있었다.

바로 그때 노구가 나타났다.

가뜩이나 곽무한과 감정이 안 좋은 노구였다. 주변을 둘러보니 과자안은 어디로 갔는지 없고 곽무한과 계집아이들이 함께 있으니 이때다 싶었다.

"어럽쇼? 지금 뭐 하는 거야? 하라는 수련은 않고 노닥거리고 있어?"

노구는 곽무한을 보자마자 버럭 고함부터 질렀다. 그리고는 성큼성큼 다가와 머리를 한 대 쥐어박으며,

"모두 모여! 수련 시작!"

노구는 마치 무술 사범이라도 된 듯 아이들을 불러 모아 수련을 시켰다.

"태극세(太極勢), 반완자이(反腕刺耳), 좌삭도(左削刀), 우삭도(右削

刀), 좌완하점(坐腕下點)!"

수채에 들어오면 누구나 배우는 도세라 그런지 노구는 신나게 초식 이름을 외쳐 대며 아이들 틈을 왔다 갔다 했다. 그러다가,

"어이, 매옥! 좌완하점에선 그 자세가 아니고……!"

은근슬쩍 매옥의 등 뒤로 가 자세를 봐주는 체하며 엉덩이와 허리 부위를 마구 어루만진다.

그 꼴을 보고 참을 곽무한이 아니었다.

"뭐 하는 겁니까?"

고함친 것까지는 좋았는데 눈을 부릅뜬 모양이었다.

"어쭈? 너 이 자식, 아래위도 모르고 눈을 부라려?"

노구는 화난 걸음걸이로 곽무한에게 다가와 대뜸 뺨을 날려왔다.

좌악!

따귀 맞는 소리는 크게 울렸지만 의외로 곽무한의 고개는 돌아가지 않았다.

"어라? 네놈이 내 앞에서 감히 맷집 자랑 하냐?"

노구는 우람한 허리통을 비틀며 곽무한의 턱을 힘껏 올려쳤다.

턱은 인체의 급소 중 하나다. 급소를 맞고 멀쩡할 사람은 없다.

곽무한은 나직한 신음을 터뜨리며 뒤로 나동그라졌다. 그러자 노구의 발이 곽무한의 목을 콰득 밟았다.

"저어… 노구 아저씨, 제발……."

"흐흐흐, 봐주랴?"

매옥이 눈물을 글썽이며 애원하자 노구가 음흉한 미소를 지으며 고개를 돌렸다.

"네가 내 뺨에 입을 맞춰주면 이 녀석을 용서하지."

"아, 아저씨……."

어이가 없는 요구에 매옥이 당황하여 몸을 떨 때였다.

"으아아!"

"어이쿠!"

발 밑에서 괴성이 나오는가 싶더니 노구의 몸이 하늘로 날았다.

목이 밟혀 있던 곽무한이 두 팔로 노구의 발목을 잡고 집어 던져 버린 것이다. 실로 믿기지 않는 괴력이었다.

"그만 해요! 조카뻘 되는 애들에게 도대체 무슨 짓입니까?"

성난 목소리와 함께 곽무한의 몸이 뒤로 젖혀지는가 싶더니 훌떡 재주넘듯이 세워졌다.

"크으으, 이, 이, 이놈이?"

넘어지면서 코가 깨졌는지 노구가 코피를 흘리며 일어났다.

"하극상이란 말이지? 네놈이 죽고 싶은 모양이구나!"

씹어뱉듯 말하는 노구의 눈에서 시퍼런 불통이 튀었다.

곽무한은 하극상이란 말에 움찔했다.

적호채에서 하극상은 곧 죽음.

"그게 아니라 여자애들에게 부당한 행동을 하지 말란 겁니다."

"부당? 예를 들어?"

노골적으로 묻는 노구다. 곽무한은 얼굴을 붉히며 어쩔 줄 몰라 하다 겨우 입을 뗐다.

"어, 엉덩이를 만지거나 하는……."

"갈! 이 대가리에 소똥도 안 벗겨진 놈! 이놈아, 네놈이 무슨 생각을 하는지 모르겠으나 난 선배 된 입장에서 이 계집애의 잘못된 자세를 바로잡아 주려는 것이다! 어디서 말도 안 되는 소리를 해대느냐?"

하도 어이가 없는 반응에 곽무한은 오히려 멍해졌다.

"오호라, 보아하니 네놈이 이 계집에게 마음이 있는 모양이구나."

점입가경이었다.

"불알 찬 사내 새끼가 좋아하면 단둘이 있을 때 알아서 할 일이지 왜 수련장에서 엉뚱한 사람을 잡고 해괴한 말을 해대느냐?"

거기까진 그래도 참을 만했다. 그러나,

"아, 그러고 보니 네놈이 이것 때문에 억하심정이 있어 나에게 대드는 거냐?"

노구가 빙글거리며 꺼내 든 것은 바로 엄마의 유품, 황어가 그려진 목걸이였다.

"으으으! 당신……!"

곽무한의 눈이 서서히 뒤집어지고 있었다.

"어쭈? 눈깔 봐라? 잘하면 한 대 치겠다?"

끝없는 이죽거림. 노구는 곽무한이 덤벼들기만을 기다렸다.

이왕지사 애들에게 망신당한 몸. 곽무한이 덤벼들기만 하면 단박에 짓뭉개 버리고 하극상을 들어 극형에 처해 버릴 수 있었다.

"크으으으으으!"

보아하니 녀석은 극도의 인내심을 발휘하고 있다.

그러나 자신은 산전수전 다 겪은 몸. 제대로 자극하는 방법을 알고 있었다.

"듣자 하니 네 어미가 바람났다면서? 네 어미가 이 목걸이에 넘어가 가랑이를 쭉쭉 벌려준 모양이구나? 그렇지?"

과연이었다. 제대로 먹혔다.

"크아아아아! 이 개자식!"

곽무한이 튕기듯 날아올랐다.

부아아앙!

섬뜩한 소리를 내며 바람을 가르는 목도.

그러나 너무 흥분했다.

수채 내에서 열 손가락 안에 드는 노구가 잔뜩 흥분해서 휘두르는 목도에 맞을 리가 없었다. 게다가 그는 정말 산전수전 다 거친 놈이었다.

퍼퍽!

곽무한은 뱃속이 뒤집히는 충격을 받으며 몸을 반으로 접었다. 그 순간 턱에서 끔찍한 고통이 느껴졌다.

"크으윽!"

쿠당탕!

눈에 별이 번쩍했고 뇌가 쩡 울리는 느낌이었다.

'실전 부족……'

곽무한은 입술을 깨물며 일어났다.

파광!

"컥!"

과연 산전수전 다 거친 놈은 달랐다. 정신 차릴 틈을 주지 않고 연달아 얼굴 부위를 가격해 왔다.

"오라버니!"

"오빠!"

곽무한은 찢어질 듯한 비명 소리를 들으며 자갈밭을 뒹굴었다.

'큭큭큭, 아직 끝이 아니야. 걱정 마!'

곽무한은 키득거리며 한참을 굴렀다. 거리를 확보하기 위해.

“애송아, 이제 세상 쓴맛을 좀 알겠, 허헉!”

빛살 같았다.

잔뜩 거드름을 피우며 일장 연설을 하려는 순간 눈을 찔러오는 목도.

노구는 헛바람을 들이키며 고개를 젖혔다.

쉬이잇!

실낱같은 차이로 지나간 곽무한의 목도.

노구는 가슴이 철렁했다.

고작 나무칼에 불과했는데도 섬뜩한 살기가 흘렀다.

“이, 이놈!”

철그렁!

장난으로 싸우다가는 정말 골로 갈 판이었다.

노구는 수채 내에서는 좀체 안 쓰던 쇠사슬을 꺼내 들었다. 그 쇠사슬 끝에는 삐죽 돋은 침을 장착한 둥근 쇠 구슬이 매달려 있었다. 노구가 가장 자신있어하는 유성추의 일종이었다.

“이 버릇없는 놈, 네놈을 이 자리에서 죽여주마!”

부와앙! 부와앙!

일 장여 거리를 온통 뒤덮는 쇠사슬. 실로 흉흉한 기세였지만 곽무한은 떨기는커녕 오히려 목도를 잡은 손에 꼬득 힘을 줬다.

‘단 일 합!’

곽무한은 마음을 가다듬으며 쇠사슬을 노려봤다.

“이놈, 죽어랏!”

촤르륵!

커다랗게 원을 그리다 순간적으로 멈칫하며 날아드는 쇠 구슬.

바로 그 순간 곽무한의 눈이 번쩍였다.

파라락!

옷자락 떨리는 소리와 함께 곽무한의 신형이 허공으로 치솟았다.

기합성도 없었다. 아니, 기합성을 터뜨릴 시간조차도 아까웠다는 게 정답이리라.

쐐애액!

노구의 부릅뜬 눈이 보였다.

침을 꿀꺽 삼키는 모습까지 확연히 보였다.

자신의 목도 끝은 정확히 놈의 목젖을 향하고 있었다.

그러나 바로 그때,

"이놈!"

천둥 같은 소리와 함께 눈앞에 찬바람이 휙 불어왔다.

콰자자작!

손목이 시큰하더니 목도가 산산이 부서졌다.

"크헉!"

쿠당탕!

뭐가 어찌 된 것인지도 몰랐다.

정신을 차리니 자신은 바닥에 널브러져 있었고 시커먼 그림자가 눈앞을 막아서고 있었다.

"요 꼽추 같은 새끼, 감히 하극상을 일으켜?"

눈앞에 서 있는 사람은 민대머리였다.

"끄응!"

곽무한은 신음을 터뜨리며 몸을 일으키려 했다.

"누워 있어, 새꺄!"

퍼퍼퍽!

민대머리의 발길질이 먼저였다.

"쿨룩! 하극상이 아니라……."

곽무한은 억지로 몸을 일으켰다. 그리고 몸을 일으키자마자 또다시 노구에게 달려들려고 했다.

"이 개새끼가?"

스팟!

다시 발 그림자가 날아들었다. 곽무한은 본능적으로 몸을 틀어 민대머리의 발목을 잡고는 확 비틀어 버렸다.

"어럽쇼? 이놈 봐라?"

민대머리는 노구가 아니었다. 곽무한의 힘을 역이용해 회전력으로 손을 떨쳐 버린다.

"이젠 나한테도 엉기겠단 말이냐? 좋지, 좋아."

쨍!

민대머리의 눈에서 흉광이 스치더니 번쩍이는 칼 빛이 비쳤다.

질쏘냐? 곽무한은 양 주먹을 불끈 쥐며 고함쳤다.

"날 막지 말아요! 가로막는 놈부터 작살 내버릴 거야! 난 노구 저 새끼를 죽여 버리고 말 거야!"

맨주먹으로 민대머리에게?

당랑거철이 따로 없었지만 이미 엄마에 대한 조롱으로 눈이 뒤집힌 곽무한이라 보이는 게 없었다.

"호오, 그래? 어디 보송보송한 솜털 주먹에 작살 한번 나보자."

민대머리가 도를 세우며 벌건 눈빛으로 다가왔다.

"이이익!"

곽무한은 그대로 땅을 박찼다.

"안 돼요!"

"까악! 오빠아아!"

경악에 찬 비명 소리들이 터져 나왔지만 곽무한의 귀에는 아무것도 들리지 않았다. 그저 민대머리를 때려눕히고 노구를 짓뭉개 버려야겠다는 생각뿐이었다.

민대머리는 도를 바짝 치켜들며 회심의 미소를 지었다.

저 꼴보기 싫은 놈을 드디어 죽여 버릴 수 있게 됐다.

쐐애액!

민대머리는 곽무한의 머리를 향해 강하게 도를 내려쳤다. 그런데 곽무한의 신형이 사라져 버렸다. 공중에서 몸을 비튼 것이다.

"억?"

놀라는 순간,

스팟!

곽무한의 발 그림자가 코앞에서 번뜩였다.

민대머리는 재빨리 몸을 뒤로 젖혀 발 그림자를 피하고는 텅 비어 있는 곽무한의 복부를 향해 그대로 도를 그어 나갔다.

바로 그때,

"멈춰!"

아까 들려왔던 그 호통 소리가 다시 들려왔다.

티티팅!

쇠를 두드리는 소리와 함께 과자안의 신형이 나타났다.

흡사 바람처럼 나타난 과자안. 오른손으로는 민대머리의 도를 밀쳐 내고 있었고 왼손으로는 곽무한의 혈을 짚고 있었다.

“끄으으, 왜, 왜……?”

과자안이 자신의 혈도를 찍자 곽무한은 분노가 치밀었다.

“형님, 이 난리를 보고도 그놈을 감싸려 하십니까? 놈을 하극상으로 다스려야 합니다! 이번만은 절대 그냥 못 넘어갑니다!”

민대머리도 마찬가지였던 모양이다.

과자안은 두 사람의 고함 소리에 눈도 꿈쩍하지 않았다.

“모두 조용! 사정을 먼저 들어본다!”

번개 같은 손속과 단호한 말로 장내를 진정시킨 과자안은 노구를 손짓해 불렀다.

“자초지종을 이야기해라!”

질문을 던지는 과자안의 눈에서 화염이 이글거렸다.

그 눈빛이 어찌나 무서웠던지 노구는 얼결에 사실대로 말하고 말았다.

“제가 놈을… 놀렸습니다.”

“윗사람이 놀렸다고 마구 대들어? 역시 극형에 처해야…….”

민대머리가 끼어들었지만 곧 말을 멈출 수밖에 없었다.

“놈의… 엄마를 놀렸습니다.”

“니미럴…….”

모든 화의 근원은 입에서부터 시작된다.

곽무한도 마찬가지였다. 그냥 가만히 있었으면 여기서 일단락될 것을 기어코 한마디 하고야 말았다.

“게다가 저놈이 매옥과 미루를…….”

말을 채 이어 나가기도 전이었다.

쫘악!

뺨에 불이 번쩍했고 부릅뜬 과자안의 눈빛이 쏘아져 왔다.

“노구가 네 친구냐? 감히 윗사람에게 이놈 저놈이라니!”

“하, 하지만…….”

쫘악!

또다시 뺨이 터져 나갔다.

“한 달간 이놈을 늑대 굴에 처넣어라!”

“아, 아저씨!”

쫘악!

“부채주다.”

“하지만…….”

쫘악!

“주둥아리 닥쳐! 더 이상 말하게 하면 정말 하극상에 처해 버린다!”

“크윽!”

곽무한은 피가 나도록 자갈밭을 두드렸다.

정작 잘못한 놈은 따로 있는데 자신이 벌을 받아야 하다니…….

“저놈들도 마찬가지요. 버릇없이 날뛰는 동료를 말리지도 않고 구경만 하고 있었다니 모두 정신 교육이 필요합니다.”

더구나 동료들까지! 미칠 것만 같았다.

“모두 체벌을 각오하도록! 이 녀석은 늑대 굴로 끌고 가!”

과자안은 민대머리의 말에 동조하듯 응수해 주고는 수하를 시켜 곽무한을 끌고 가라고 했다.

곽무한은 한참 몸을 부르르 떨며 버텼다. 그 힘이 어찌나 좋았던지 두 명의 수하가 달라붙고서야 겨우 끌려 갔다.

‘쯧쯧, 선불 맞은 멧돼지 같은 놈! 저리도 스스로 제어가 안 돼서

야…….'

과자안은 끌려 가는 곽무한을 보며 씁쓰레한 표정으로 혀를 찼다.

과자안 딴엔 배려였다.

이번 일이 텁석부리의 귀에 들어간다면 사정이야 어찌 됐든 곽무한의 목이 날아갈 것은 자명한 사실이었다. 그리고 어차피 곽무한을 아이들과 함께 가르칠 수 없었다. 수준 차이가 너무 났다. 그리고 마지막으로 자신이 중간에 나서지 않았다면 이번 사건이 어떻게 변할지 몰랐다. 곽무한의 몸놀림으로 봐 분명 민대머리의 칼부림을 피했을 것이다. 그러면 곽무한의 무위가 드러나 버린다. 그러면 그 결과 역시 죽음.

그 모든 것을 피하려면 수채의 감옥인 늑대 굴로 보내는 수밖에 없었다. 오히려 남의 이목을 피할 수 있으니 마음껏 도법을 전수해 줄 수 있었다. 참을성과 인내를 기르는 마음 공부 역시…….

그러나 이번 사건은 전초전에 불과했다.

늑대 굴은 적호채의 감옥이다.

감옥답게 외진 곳에 위치해 있었다.

수채에서 보자면 오른쪽 끝 이끼 낀 절벽과 바위산 경계 부근에 위치한 동굴을 개조해 만든 감옥이었다.

의외로 동굴은 전망이 좋았다.

약간 오르막에 위치해 있어 수채와 수채 앞마당인 하얀 자갈밭, 그리고 깎아지른 듯한 절벽과 쏟아져 내리는 폭포를 한눈에 볼 수 있는 곳이었다.

입구 주변엔 대나무가 심겨져 있었다.

뒤로 탈출해 봤자 오르지도 못할 바위산이요, 만약 올랐다 하더라도 끝도 없는 원시림이니 산짐승의 밥이 되기 십상이었다. 앞쪽으로는 알다시피 이중 삼중의 경계망이 깔린 강물이다. 그래선지 멀리서 철창으로 둘렀을 뿐 입구 주변에는 대나무 숲뿐이었다.

입구 주변에 대나무를 심은 이면에는 악랄한 의도가 숨어 있었다.

알다시피 감옥은 배반자나 포로를 가두어두는 곳. 그들에게 자비를 베풀 수적은 없었다.

바스락. 스스스.

밤마다 대나무를 헤치며 몰려드는 굶주린 늑대들.

공포에 떨다 처절한 비명을 지르며 죽어가는 포로들.

밤낮없이 울려대는 비명 소리에 배신은 꿈도 꾸지 못하는 수하들.

나중에는 대나무 스치는 소리만 들려도 모두 공포에 질려 버린다.

늑대 굴 앞의 대나무는 바로 그런 용도였다.

민대머리가 과자안의 결정에 선선히 돌아선 것도 바로 그 때문이었다. 늑대들의 수가 스무 마리를 넘어가면 이류급 무인조차도 꽁지 빠지게 달아나는 판에 고작 열네 살에 불과한 곽무한이 늑대 떼를 상대한다는 건 있을 수 없는 일이었다. 그러니 제대로 된 체벌이라고 생각한 것이다.

그러나 과자안은 그런 생각을 역이용했다.

최근 들어 늑대들이 단체로 이주를 했는지 출몰하지 않고 있었다.

'마음의 공포를 이겨야 진짜 무인이 되지.'

과자안의 의도였다.

'그러나 나타난다고 겁은 줘야겠지. 그래야 공포를 느끼지.'

곽무한이 공포를 느끼지 않으면 늑대 굴 수련을 생각해 낸 자신의 의도가 몽땅 수포로 돌아간다.

“조심해! 끔찍한 놈들이야! 항상 긴장하고 신경을 곤두세워!”

과연이었다.

곽무한의 얼굴에 잔뜩 긴장한 기색이 보였다.

“해시(亥時:21시~23시)경마다 찾아오마.”

과자안은 돌아서며 흐뭇한 표정을 지었다.

제6장
설아와 곽무한

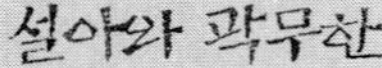

"설아야! 설아야!"

검버섯 얼굴의 단춧구멍노인이 사방을 돌아다니며 고함을 지른다.

벌써 날은 컴컴한 어둠.

조금 전까지만 해도 재잘재잘 앙증맞은 입술을 놀려대던 손녀가 울면서 뛰쳐나간 때문이었다.

"에휴, 다 요놈의 입방정 탓이지. 제딴엔 얼마나 속상했겠누."

노인은 세 가닥 수염 사이의 자기 입술을 쥐어박으며 긴 탄식성을 흘렸다.

괜한 입방정.

그랬다. 그게 사단이었다.

저녁나절. 설아가 쪼르르 무릎 위에 올라앉았다.

"허허허, 우리 강아지, 또 뭐가 먹고 싶누?"

단춧구멍노인 채 노인은 하던 일을 멈추고 흐뭇한 눈길로 손녀딸의 머리를 쓰다듬으며 물었다.

설아가 자신의 무릎에 냉큼 앉을 때는 두 가지 이유뿐이었다.

심심해서 놀아달라고 할 때나 맛있는 거 해달랄 때.

그러나 최근엔 무슨 재미있는 일이 생겼는지 도통 놀아달라고는 하지 않으니 답은 분명코 맛있는 음식을 해달란 소리.

그러나 아니었다.

손녀딸아이는 발갛게 상기된 얼굴로 치기 어린 꿈을 조잘댔다.

"할아버지, 할아버지, 난 엄마가 될 거야."

"엄마? 그게 무슨 소리냐?"

채 노인는 가슴이 뜨끔했다.

이 녀석이 갑자기 죽은 제 엄마를 그리나 싶었다. 그러나 아니었다.

"할아버지, 내가 있잖아, 토끼 가족을 봤거든. 근데 아가들이 꼬물꼬물 기어가더니 엄마에게 안겨 젖을 빠는 거야. 까아! 너무 예뻤어."

산달이라 뒷간에 마련해 준 토끼 가족 이야기였다.

"허허, 그거랑 네가 엄마가 되는 거랑 무슨 상관이냐?"

"헤에, 할아버지 바보. 얼마나 예쁜데. 그 뽀송뽀송한 아가들이 내게 안겨온다고 생각해 봐. 얼마나 신나? 안 그래? 그러니 난 꼭 엄마가 될 거야."

여기서 사단이 벌어졌다. 주책 맞은 입이 쓸데없는 말을 내뱉고야 만 것이다.

"허허허, 설아야, 엄마는 그냥 되는 게 아니란다. 아빠가 있어야 엄마가 되지. 안 그러냐?"

“아… 빠?”

설아의 눈에 눈물이 괴기 시작한 건 바로 그때부터였다.

“흐아앙! 아빠는 하늘나라에 가 있잖아!”

설아는 그때부터 눈물을 펑펑 쏟기 시작했다.

‘아차, 이런!’

어린 손녀가 애절히 울어대자 채 노인은 당황하기 시작했다.

산후통으로 죽은 엄마는 설아의 기억에 없었다.

녀석의 기억에 남아 있는 건 병마로 콜록거리다 죽어간 제 아비뿐.

제 아비, 채 노인의 아들.

그는 채 노인뿐만 아니라 설아의 가슴에도 못을 박고 떠났다.

채 노인. 명색이 황궁 어의까지 지낸 자신이 아들에겐 약 한 첩 제대로 못 썼다. 태자에게 바친 보약이 누군가의 수작으로 인해 극약으로 변했다. 다행히 태자의 목숨은 건졌지만 끝없이 도망 다녀야 하는 서글픈 역적 신세가 되고 말았다. 그래서 약 한 첩 제대로 못 쓰고 찬바람 부는 황야에서 아들 녀석을 보내고 말았다. 그 장면을 네 살 먹은 설아가 기억하고 있는 모양이었다.

“아가야, 내 귀여운 강아지야, 울지 마라. 응? 이 할아비가 잘못했다. 말을 잘못 꺼냈어. 넌 분명코 예쁜 엄마가 될 수 있을 거야. 아무렴. 에, 어찌할까나? 그래, 이 할아비가 예쁜 엄마가 될 우리 아가를 위해 맛있는 음식을 만들어주마.”

손녀의 울음에 덜컥한 채 노인이 뒤늦게 수습하려 했지만 이미 늦었다. 녀석은 눈물을 뿌리며 밖으로 뛰쳐나가고 말았다.

“설아야! 설아야!”

노인의 고함 소리는 한참 동안 계속 울러 퍼졌다.

휘우웅!

찬바람이 불어왔다. 채 노인은 점점 더 걱정이 됐다.

"산왕아, 산왕아, 제발 이 늙은이의 소원 좀 들어주라. 응?"

결국 채 노인는 웅크린 호랑이에게 타령조로 이야기했다.

"이 찬바람에 설아가 얼마나 춥겠니? 제발 설아를 좀 찾아보렴. 응?"

물론 설아가 추위를 탈 리는 없다.

몇 해 전부터 설아는 기이하게 달라졌다.

영약을 먹인 것도 아닌데 추위와 더위를 타지 않았고 노루처럼 빨리 뛰었다. 게다가 동물들과도 대화가 가능해졌다.

도대체 무슨 기연을 만난 것인지 알 수 없어 설아를 앉혀놓고 몇 번이나 물어봤다. 그러나 설아는 자기도 모르겠다며 줄곧 도리질이다.

겁먹은 눈망울을 보니 거짓말을 하는 게 틀림없었으나 지켜보니 신기한 현상이긴 했지만 설아에게 별 해로운 일은 아니라 싶어 더 이상 추궁하지 않았다. 추궁했다가는 눈물만 뚝뚝 흘리고 말 아이이기에.

그러니 채 노인이 추위를 들먹인 것은 설아가 걱정이 되어서였다.

상심한 아이가 자칫 엉뚱한 곳에 가지나 않을까 하는 걱정.

크르릉!

그러나 이 빌어먹을 호랑이 녀석은 그런 채 노인의 애타는 마음조차 몰라주고 관심없다는 듯 하품만 쩍쩍 해댄다. 그 모습에 채 노인은 그만 울화통이 터져 버렸다.

"에라이, 빌어먹을 밥통아! 사람 말귀 좀 알아들어라! 네놈이 그러고도 호랑이냐, 고양이새끼지!"

울화가 치밀다 못해 녀석의 먹이까지 확 치워 버렸다.

크아앙!

개도 제 밥그릇을 건드리면 화를 내는 법인데 하물며 백호임에랴? 산왕은 포효를 터뜨리며 몸을 확 일으켰다.

"어이쿠! 이 빌어먹을 고양이가 사람 잡네!"

그래도 제 녀석의 주인인 설아의 할아비다. 설마 하니 잡아먹으랴 싶어 채 노인는 엉덩방아를 찧으면서도 고래고래 고함을 질렀다.

"이놈아, 날 잡지 말고 설아를 찾아오란 말이다! 귓구멍이 막혔느냐?"

귀찮았을까, 귀가 따가웠을까?

거대한 호랑이 산왕은 결국 귀찮은 표정으로 몸을 일으키더니 어슬렁어슬렁 어둠 속으로 사라졌다.

"빌어먹을 놈, 좋은 말 할 때 가면 오죽 좋아?"

채 노인는 엉거주춤 일어나 엉덩이를 털었다.

'휴우우, 그래도 녀석이 짐승들과 잘 지내니 다행이긴 하다만 사람은 사람과 어울려야 하는데…….'

채 노인은 긴 한숨을 내쉬며 찬바람이 지나고 나면 인근 마을에라도 내려가 소문이라도 들어볼까 하는 생각을 해봤다. 역모 누명이 풀렸는지 어쨌는지…….

설아는 위태위태한 절벽 중앙의 튀어나온 바위 위에 앉아 있었다.

설아가 앉은 바위 옆에는 신기하게도 절벽에 쿡 박힌 관이 하나 있었다.

설아는 절벽에 박힌 관을 보며 눈물을 글썽이고 있었다.

'할머니…….'

설아는 작고 통통한 손으로 관을 어루만지며 중얼거렸다. 그러자 설아의 뿌연 습막 위로 자애로운 할머니의 모습이 나타났다.

'아이야… 귀여운 아이야……'

설아는 아련한 영상의 할머니를 보며 눈물 한 방울을 떨어뜨렸다.

'할머니, 전 오늘 슬퍼요. 아빠가 생각났거든요. 아빠는 많이 아팠어요……'

설아는 관을 어루만지며 한참 동안 어릴 적 기억을 털어냈다.

관은 아무런 말이 없었다.

그러나 설아는 관 위로 떠오른 영상에 위로를 받은 듯 상심한 마음을 추슬렀다.

'수왕모(獸王母) 할머니, 아가들과는 잘 지내고 있어요. 또한 할머니와의 비밀도 잘 지키고 있고요. 그러니 걱정 마세요.'

설아는 일어서기 전에 한 번 더 관을 돌아봤다.

관 위로 신비한 눈동자가 웃고 있었다.

우연히 절벽에서 만난 자신에게 모든 능력을 물려준 할머니. 그녀가 죽기 직전 보내왔던 바로 그 눈동자였다.

절벽 중간에 꽂힌 관. 그것은 백 년 전 강호에서 모든 짐승들의 어머니라 불리던 수왕모, 그녀의 무덤이었다.

한바탕 눈물을 뿌리고 나니 괜스레 멋쩍었다.

설아는 눈물을 쓱 닦고 절벽 위로 휙 날아올랐다.

'지금 돌아가면 또 할아버지가 호통을 치실 거고… 이왕 늦은 김에 원숭이 계곡의 아가들이나 보러 가야지.'

설아는 바삐 걸음을 옮겨 우거진 계곡으로 들어갔다.

끼아악! 꺅꺅!

잠도 없는지 원숭이들이 환호성을 터뜨리며 안겨왔다.

"까르르! 아가들아, 잘 있었니?"

설아는 원숭이들을 안으며 환한 웃음을 터뜨렸다.

"나 배고파. 먹을 거 좀 없어?"

말이 떨어지기가 무섭게 원숭이들이 이리저리 뛰어다닌다.

잠시 후,

설아의 발 밑엔 온갖 과일이 향내를 내며 쌓였다.

"고맙구나. 우리 같이 먹자."

설아는 원숭이들과 앞 다퉈 과일을 먹었다.

그러나 허전했다. 심심했다.

"용왕에게나 가볼까?"

설아는 걸음을 옮겨 계곡 깊은 곳 칙칙한 색깔의 연못으로 갔다.

연못 뒤에는 보기에도 으스스한 동굴이 자리잡고 있었다.

설아는 망설임없이 동굴로 들어섰다.

"용왕님, 계세요?"

설아의 목소리가 동굴에 울려 퍼졌다.

치리릿! 치이익!

동굴 저 끝에서 기이한 소리가 호응을 해온다.

"헤에, 피곤하시다구요?"

설아는 팔짝팔짝 뛰어 소리가 난 곳으로 다가갔다.

설아가 다가간 곳. 거기엔 동굴을 가득 채운 커다란 구렁이가 똬리를 틀고 있었다.

ㄲㄲㄲㄲㄲㄲ.

졸고 있었던지 거대한 검은 구렁이는 파묻은 고개를 빼꼼 내밀었다가 다시 똬리 속으로 쑤셔 박는다.

"쳇, 용왕님과 용궁 구경이나 가려 했더니……."

설아는 아쉬운 눈빛으로 입을 뾰족 내밀다 귀를 쫑긋했다.

"산왕이 왔네요. 용왕님, 그럼 다음에 봐요."

설아는 거대한 구렁이에게 꾸벅 인사를 보내고 바람처럼 달려간다.

"와아! 산왕, 날 어떻게 찾았어?"

설아는 산더미만한 호랑이 산왕의 등에 냉큼 올라타고 목을 간질였다.

크르릉! 크큭.

"아, 할아버지가 귀찮게 해서 뛰쳐나왔다고? 호호호."

한참 웃음을 터뜨리던 설아는 눈을 반짝 빛냈다.

"산왕 너도 심심하지? 우리 쬐끄만 털북숭이 보러 갈래?"

크룽?

"호호호, 나처럼 사람이야. 근데 무지 신기해. 이상하게 생긴 애야. 그런데도 무척 귀여워."

갑자기 설아의 눈에 생기가 감돌았다. 그러나 산왕은 귀찮다는 듯 도리질을 쳤다.

"가보자. 응? 너도 마음에 들어할 거야. 정말이야. 응?"

설아는 기를 쓰며 버티는 산왕의 수염을 확 잡아당겨 항복을 받아냈다.

"랄라라! 설아는 쬐끄만 털북숭이를 보러 간대요. 몰래몰래 보러 간대요. 호호호."

연못 입구엔 설아의 콧노래만 남았다.

　연못 뒤의 동굴, 그 속에 웅크린 구렁이는 설아의 콧노래에 맞춰 고개를 끄덕이며 잠을 청했다.

　늑대 굴이 내려다보이는 절벽 위.
　설아는 잔풀들을 젖히며 고개를 내밀었다.
　깊은 어둠이었지만 설아의 눈동자는 곽무한의 모습을 또렷이 담아냈다.
　"후훗, 어때? 귀엽지?"
　설아는 산왕을 돌아보며 물었다. 그러나 산왕은 고개를 획 돌리며 땅바닥만 벅벅 긁고 있다.
　"피, 질투하기는. 쟨 나와 닮아서 호감이 가는 것뿐이라구. 바보."
　설아는 산왕을 새치름히 흘겨주고는 계속 곽무한을 쳐다보다 고개를 갸웃거렸다.
　"근데 왜 동굴에서 지내지? 저기가 더 좋은가?"
　그러고 보니 수백 년 묵은 구렁이 용왕 아저씨도 동굴에서 지낸다.
　'헤에, 나도 동굴을 하나 봐둬야겠다. 편한가 봐.'
　설아는 제멋대로 결론을 짓다가 다시 고개를 갸웃거렸다.
　"뭘 찾지? 두리번거리고 있네? 어머? 왜 토끼를?"
　설아는 하마터면 비명을 지를 뻔했다.
　쬐끄만 털북숭이 곽무한이 불을 피우더니 토끼 가죽을 벗기는 게 아닌가?
　"이잉, 토끼를 잡아먹네? 나빠……."
　막 뭐라 쫑알거리는데 뒤통수가 따끔하다.
　고개를 돌리니 산왕이 눈물을 글썽이며 항의하듯 자신을 바라보고 있었다.

그러고 보니 산왕도 토끼를 잡아먹는다.

"음… 음… 산왕, 네 이야기가 아냐. 저 쬐끄만 털북숭이 이야기야."

설아는 산왕을 달래고는 뭔가를 골똘히 생각하다가 반짝 눈을 빛내며 일어섰다.

"쟤 배가 고픈가 봐. 아가들을 못 먹게 할 좋은 방법이 떠올랐어. 가자, 산왕!"

설아는 산왕과 함께 어둠 속으로 사라졌다.

곽무한은 나직이 들려오는 발자국 소리에 고개를 돌렸다.

낚싯대를 든 과자안이 눈에 들어왔다.

곽무한은 휙 소리 나게 등을 돌려 뜯다 만 토끼 고기에 코를 박았다.

"녀석, 원망스러우냐?"

과자안은 쓴웃음을 지으며 곽무한의 앞쪽으로 다가갔다. 그러나 녀석은 골이 단단히 난 모양이었다. 다시 반대로 등을 돌려 버린다.

"휴우, 넌 아직 다른 사람과 손을 섞을 때가 아니다. 기초를 튼튼히 할 때지. 남들과 함부로 손을 섞으면 자세를 망친다. 명심해라."

녀석은 말귀를 알아들었는지 못 알아들었는지 묵묵부답이다.

과자안은 쓰게 입맛을 다시며 말을 이었다.

"노구와 독호… 모두 십 년 넘게 칼밥을 먹은 놈들이다. 그러니 스스로를 망치지 마라."

과자안은 그 말을 끝으로 침묵을 지켰다.

둘 다 한참 동안 말이 없었다. 그러다 돌풍이 두 사람의 옷자락을 펄럭이며 지나갈 때쯤 곽무한이 나직이 입을 열었다.

"언제쯤이면… 노구를 뭉갤 수 있나요?"

저 이글거리는 눈빛.

과자안은 묵묵히 곽무한의 눈을 들여다보며 굳은 표정으로 말했다.

"내일 당장일 수도 있고 평생 안 될 수도 있다."

이해가 안 되는 소리였다. 곽무한은 무슨 소리냐는 듯 눈을 크게 뜬다.

"후우……."

과자안은 한숨을 내쉬며 알아듣기 쉽게 설명을 해나갔다.

"참고로 알아둬라. 천하의 모든 무인들을 등급으로 나누자면 대충 삼류와 이류, 일류, 그리고 절정과 초절정으로 나눌 수 있다. 보통 한 마을을 주름잡는 무인을 삼류급으로 치고, 십여 년 정도 무공을 수련해 몇 개의 현(縣)에서 행세할 수 있는 자를 이류로 친다. 그리고 수십 년 동안 각고의 노력을 기울여 자기만의 무공을 완성한 자를 일류로 친다. 그들은 보통 한 성(城)을 들었다 놨다 하는 자들이지. 절정과 초절정 무인은 그 이상의 깨달음을 얻어 말 그대로 하늘을 울리고 땅을 뒤집는 엄청난 고수들이다."

곽무한은 눈을 빛내며 집중했다.

"같은 삼류, 이류급이라도 막상 부딪쳐 보면 승패가 갈린다. 왜냐? 배운 바 무공의 차이도 있겠고 타고난 재질 차이도 있겠지만 가장 중요한 건 각자의 노력과 경험의 차이인 것이다. 아무리 두 사람이 같은 무공, 같은 내공을 같은 사부 밑에서 배워도 한 놈은 죽어라 수련하고 다른 한 놈은 죽어라 논다면 결과는 뻔하지 않겠느냐? 또 한 놈은 수많은 전쟁터를 누비고 다니는데 다른 한 놈은 방구석에서만 놀고 있다면 그 결과 또한 뻔하지. 그래서 하는 말이다."

과자안은 곽무한의 눈을 똑바로 바라보며 말했다.

"노구는 시시덕거리는 듯 보여도 독한 놈이다. 자기 관리를 소홀히 하지 않는 놈이지. 게다가 산전수전을 다 거친 놈이야. 그러니 그를 이기려면 네가 얼마나 더 열심히 노력하느냐에 달렸다."

꽈드득!

곽무한의 주먹이 힘껏 쥐어졌다.

과자안의 못 본 체하며 계속 말을 이었다.

"그러나 알아둬라. 죽어라 십 년을 수련해도 놀면서 일 년 수련한 사람보다 못한 경우가 있고 뼈를 깎으며 십 년을 같이 수련해도 하늘과 땅 차이가 나는 경우가 있다. 이는 깨달음의 차이이다. 깨달음의 차이가 일류와 절정을 가늠하는 기준이 된다."

"깨달음의 차이? 일류와 절정?"

곽무한이 고개를 갸웃거렸다.

과자안은 씁쓸한 표정으로 대답했다.

"마음이 있는 곳에 도가 있다. 그게 바로 절정고수의 경지라고 들었다. 자기를 이기는 극기와 주변에 흔들리지 않는 부동심을 갖고 일로매진, 무공의 이치를 궁구하다 보면 깨닫는 경지라고 한다. 그러나 나도 가보지 않은 경지라서 더 이상은 모르겠다."

절정고수.

한때는 자신의 꿈이었다.

그러나 지금은 그 꿈과는 너무 동떨어진 수적. 돌아가기엔 너무 멀리 와버렸다. 그래서 더 곽무한에게 집착하는지도.

그러나 곽무한은 자신의 이런 마음도 몰라주고 대못을 콱 박아왔다.

"그럼 아저씨는 어느 정도예요?"

참으로 요령없는 건방진 질문이었다.

과자안은 순간적으로 울컥하는 기분이 들었지만 이내 마음을 가라앉히고 엄숙한 표정으로 도를 꺼내 들었다.

징!

도가 달빛에 울었다.

"도를 아느냐? 아직 모른다. 상승의 요결을 아는가? 아직 깨닫지 못했다. 그러나!"

과자안은 혼자 독백하듯 말하다 힘차게 땅을 박찼다. 그리고는 허공에서 몸을 비틀며 도를 뿌렸다.

"도에 내 혼을 실었다. 뇌전폭풍세!"

쐐애애액!

곽무한은 찢어져라 눈을 부릅떴다.

과자안의 도가 닿지도 않았는데 두 걸음 밖의 대나무가 일제히 잘려나갔다.

탁!

가벼운 착지 소리.

"이류의 마지막. 그러나 일류엔 아직 멀었다."

목소리에 왠지 회한이 실린 것 같았다.

곽무한은 믿기지가 않았다.

저 정도 무위인데도 고작 이류의 마지막?

"그럼 저는……."

과자안은 주저하며 묻는 곽무한의 질문에 서릿발 같은 목소리로 대답했다.

"삼류!"

곽무한의 얼굴이 딱딱하게 굳었다.

"그럼… 그럼… 노구와 독호 아저씨는?"

"노구는 이류 하급, 독호는 이류 중급."

그 소리에 충격을 받은 듯 곽무한의 표정이 눈에 띄게 창백해졌다.

'삼류라……. 내가 너무 심했나?'

최소한 노구와는 동급이리라. 그러나 기를 꺾어놔야 했다. 그래야 자만하지 않는다.

"넌 무공에 입문한 지 이제 겨우 일 년이다. 그러나 내가 아는 그 누구보다 성취가 빠르다. 그러니 실망할 필요 없다."

그 말은 진심이었다.

과자안은 속내를 숨기며 곽무한의 어깨를 다독였다. 이 정도면 최소한 자신처럼 자만심에 빠져 평생을 망쳐 버리진 않으리라.

"오늘부터 네게 내공을 기르는 심법과 폭풍멸절도법 중에서 기를 싣는 초식들을 알려주겠다. 성취가 얼마에 이르는가는 네 능력에 달렸다."

그게 곽무한을 늑대 굴로 빼돌린 가장 큰 이유였다.

곽무한은 긴장된 표정으로 과자안을 올려다봤다.

"강호의 유서 깊은 문파들은 각자의 독문 심법이 있다. 이 심법의 숙련도에 따라 단순한 주먹질도 천의무봉의 위력을 발휘한다. 내가 배운 심법 역시 그러하다. 그 원리는 기가 만물을 생성하는 본체인데 음과 양으로 나뉘어 둘이 되었다. 그 사이에 정(精), 기(氣), 신(神) 셋이 하나로 합하여 원(元)이 되고…(중략)… 이 심법을 익히는 자세는 가부좌를 하고 앉아 허리를 곧게 펴고… 혈의 정해진 흐름에 따라 두 손을 나누어 머리 위에서 원을 그리면서……."

설명은 길었다. 익히는 자세도 만만찮았다.

과자안은 완전한 자세가 나올 때까지 몇 번이고 반복시켰다.

"됐다. 이 자세와 기가 지나가는 혈도들의 움직임을 주의 깊게 살피며 운기하면 된다. 이 심법의 이름은… 휴우, 그만두자."

뭔가를 말할 듯 말 듯하던 과자안은 하늘을 보며 긴 탄식을 토해냈다. 그리고는 계속 말을 이어 나갔다.

"이 심법이 경지에 이르면 임독이맥의 타통을 거쳐 단숨에 백맥의 타통까지 가능하다. 깨달음을 얻으면 그 이상의 경지까지 바라볼 수도 있고… 나는 인연이 닿지 않아 거기까진 이르지 못했지만 너는 부단히 연마하여 이 심법을 대성토록 해라."

과자한이 막 말을 끝내는 순간 곽무한이 불쑥 질문을 던져 왔다.

"임독이맥이 뭐예요? 그걸 왜 뚫어야 하죠?"

과자안은 잠시 난색을 표명하다가 입을 열었다.

"음… 사람의 몸에는 기가 순환하는 길, 즉 수많은 경락들이 있다. 그중에서 몸의 정중앙을 가로지르며 머리에서부터 가슴 쪽으로 내려오는 경락들을 임맥(任脈)이라 부르고 척추를 타고 머리 쪽으로 올라가는 것들을 독맥(督脈)이라 부른다. 좀 더 쉽게 말하자면 머리에서 발끝까지 기를 이어주는 통로라고 할 수 있다. 그 두 맥에는 중요한 효용이 있는데 임맥에는 모든 내상(內傷)을 치유시키는 기능이 있고 독맥에는 전신 감각을 극대화시키는 능력이 있다. 그래서 임독이맥을 뚫으면 남들보다 훨씬 빨리 무의 경지에 다다를 수 있다."

남들보다 빨리 무의 경지에 다다를 수 있다는 말에 곽무한의 눈이 번쩍 빛났다.

"그럼… 그걸 어떻게 뚫나요?"

과자안은 잠시 곤혹스런 표정을 짓다가 입을 열었다.

"그건 말이다……. 아까 내가 가르쳐 준 심법을 열심히 수련해 기를 모은 후 그 기를 온몸으로 돌리는 운기 과정을 수만 번 거치면 된다. 그러나 절대 하루아침에 되는 게 아니니 너무 집착하지 마라. 게다가 이 심법은 어느 정도 시점에 이르러 양기(陽氣)를 극도로 돋운다. 그러니 만약에라도 네 양물(陽物)에서 뜨거운 진동이 온다 싶으면 그때는 최대한 마음을 느긋하게 먹어 양기가 완전히 가라앉고 난 후에 수련하도록 해라. 마음이 가라앉기 전에는 절대 심법을 운기하지 마라. 그렇지 않으면 주화입마에 걸린다. 꼭 명심해라. 알겠느냐?"

신중한 당부였다. 그러나 생소한 단어에 왠지 엄포를 놓는 듯한 말투라 곽무한은 고개를 갸웃거리며 물었다.

"제 거기에서 진동이 오면 마음을 가라앉히란 말은 알겠는데… 주화입마가 뭔가요?"

과자안은 잠시 침묵을 지키다 무거운 표정으로 입을 열었다.

"주화입마란 기가 흐트러지면서 생기는 현상으로 평생 폐인이 되거나 정신 이상자가 된다는 말이다."

"으!"

무서운 말이었다. 곽무한은 순간적으로 굳어버렸다.

곽무한의 표정을 본 과자안은 자기가 너무 심하게 말했다 싶어 부드러운 목소리로 말을 이었다.

"그렇다고 너무 걱정할 필요는 없다. 마음을 비우고 깨달음이 올 때까지 차근차근 수련해 나가면 별일 없을 테니까."

곽무한을 다독인 과자안은 화제를 돌려 도에 기를 실어 발산하는 요결을 설명하기 시작했다.

"자, 잘 들어라. 네가 지금부터 배우게 될 노도세부터는 기를 한꺼번에 발산하는 초식들이다. 임독이맥이 뚫릴 때까지는 일단 단전의 진기를 순간적으로 움직여 팔로 보내는 방법을 쓴다. 여기서 중요한 요결은 기를 활시위 당기듯 순간적으로 모아 화살을 쏘듯 발출하는 것인데, 다리와 허리, 손의 삼반합일(三盤合一)을 이뤄 회전하듯 기를 이끌어야 한다. 보다 상세히 설명하자면 먼저 몸을 수직으로 세우고……."

과자안은 몇 번이고 반복해서 구결에 대한 설명을 했다. 그리고 난 후 직접 시무를 보였다.

"하늘을 뒤덮는 성난 물결을 어느 누가 막으리오. 타아앗! 노도세!"

"도에 혼을 실어 폭풍처럼 몰아친다. 이야압! 뇌전폭풍세!"

쉴 새 없이 사방을 수놓는 새하얀 칼 빛. 칼 빛에 못 이겨 허리를 꺾는 무성한 대나무 숲.

곽무한은 과자안의 시무를 넋을 잃고 쳐다봤다.

탁!

어느 순간 꿈만 같았던 시범이 끝나고 산산이 잘려진 대나무 위에 과자안이 서 있었다. 과자안은 잠시 호흡을 고른 뒤 입을 열었다.

"자, 여기까지다. 이 이상의 초식은 모두 임독이맥을 타통하고 난 후에 익혀야 하는 것이니 아직 네가 배울 필요가 없다."

과자안은 잠시 말을 끊었다가 당부하듯 계속 말을 이었다.

"조금 전 가르쳐 준 심법과 초식은 익히기가 쉽지 않을 것이다. 수많은 심마와 좌절을 겪게 될 것이다. 그러나 절대 낙심하지 말고 차근차근 심법을 수련하면서 마음을 갈고닦아 깨달음을 얻어야 한다. 알겠느냐?"

"예."

곽무한은 손을 꾹 말아 쥐며 대답했다.

과자안은 결의 가득한 곽무한을 묵묵히 쳐다봤다.

'저 눈 뒤에 숨은 불덩이…….'

과자안은 곽무한의 가슴속 불덩이를 봤다.

아무리 생각해도 침착하게 마음을 갈고닦을 놈이 아니었다. 무리를 해서라도 단시일 내에 경지에 이르려고 발버둥 칠 놈이었다.

"이게 도움 될지 모르겠다만……."

과자안은 들릴 듯 말 듯한 목소리로 대나무 낚싯대를 건넸다.

곽무한은 얼결에 낚싯대를 받아 들었다.

세월의 흔적인 양 윤기 흐르는 손잡이 부분만 봐도 보통 사연이 깃든 물건이 아니었다. 하물며 과자안이 매일 호숫가에 앉아 어루만지던 물건임에랴…….

"이걸 왜 제게……?"

곽무한은 의아한 표정으로 과자안을 올려다봤다.

과자안은 곽무한의 눈을 피하며 몸을 돌렸다.

"무인은 만년고봉을 닮고자 하는 자, 갈고닦고 비우고 한 치만 더 자신을 높일 수 있다면……. 푸르른 천공 아득하니 눅눅한 진창 언제쯤 벗어날꼬? 이무기의 비원이 내 심정 닮았구나……."

어느새 저 멀리에서 들려오는 과자안의 목소리는 유난히도 슬프게 들려왔다.

"쳇, 뭐야? 이걸로 한가하게 낚시나 하라는 소린가?"

곽무한은 한참 인상을 쓰며 낚싯대를 바라보다 동굴 입구에 툭 던져 놓고는 동굴 안으로 들어갔다.

씨이잉! 휘우웅!

찬바람이 대나무 숲을 뒤흔들었다.

"아이고, 추워라."

곽무한은 자다가 벌떡 일어나 머리맡의 목도를 집어 들었다.

"아무리 벌을 주는 거라지만 이불 한 채 주지 않다니 너무 심한 거 아냐?"

추위를 이기려고 수백 번 목도를 휘두른 곽무한은 이마에 맺힌 땀을 닦으며 동굴을 휘휘 둘러봤다.

동굴 안은 으스스했다.

어디가 끝인지 알 수 없을 정도의 깊이는 둘째 치고라도 동굴 안에는 또 다른 수십 개의 동혈이 이곳저곳으로 갈래가 나 있었다. 그리고 땅바닥엔 으스러진 몇 개의 해골이 이리저리 나뒹굴고 있었다.

"늑대야 나타나면 목도로 잡으면 되지만 귀신이 나오면 도무지 방법이 없겠구나."

곽무한은 갑자기 소름이 돋는 것 같아 몸을 움찔 떨었다. 그러다가 무슨 생각이 들었는지 목도를 거머쥐고 밖으로 나갔다.

"늑대든 귀신이든 아예 못 들어오게 벽을 쌓자."

쉬이잇! 우지끈!

밖으로 나간 곽무한은 목도를 휘둘러 고목나무 가지들을 쳐냈다.

새벽이 되자 곽무한의 발치에는 부러진 나뭇가지들이 잔뜩 쌓였다.

곽무한은 쌓인 나뭇가지를 한아름 안고 들어가 동굴 앞쪽과 뒤쪽에 와르르 쏟아놓았다. 그러나 애써 쌓아놓고 보니 겨우 무릎 높이.

"헉헉, 천 리 길도 한 걸음부터랬으니 일단 오늘은 이 정도로……."

그리고 보니 밤을 꼬박 새웠다.

곽무한은 혹시나 싶어 동이 틀 때까지 동굴 벽에 기대 있다가 쏟아
지는 피로를 이기지 못해 잠이 들었다.

잠시 후, 곽무한의 코 고는 소리가 동굴 벽을 울릴 즈음,

사박사박.

조용한 발소리로 다가오는 그림자가 있었다.

발그레한 뺨에 진주같이 까만 눈. 설아였다.

'해가 중천인데 아직도 자네?'

설아는 잠에 빠진 곽무한을 보며 입을 가리고 웃었다.

'후훗, 잠꾸러기구나. 그렇지만 자는 모습이 너무 귀여워.'

설아는 조심스레 손을 뻗어 곽무한의 뺨을 살짝 만져 봤다.

그 순간 누워 있던 곽무한이 벌떡 허리를 일으켰다.

'엄마야!'

설아는 심장이 쿵 떨어졌다.

그러나,

"이놈의 늑대들, 다 덤벼봐! 이 몸은 천하무적 곽무한님이시다! 덤벼
랏! 아웅! 음냐음냐."

팔을 휘휘 휘두르며 잠꼬대를 하던 곽무한은 다시 풀썩 쓰러지며 나
직이 코를 곤다.

'후아아, 잠꼬대도 요란스럽게 하는구나. 이잉, 깜짝 놀랐잖아.'

설아는 쿵쿵 뛰는 가슴을 겨우 진정시켰다. 그리고는 새침한 눈길로
곽무한을 흘겨보다가 가슴에 안고 있던 대나무 바구니를 살며시 내려
놓았다.

'후훗, 앞으로 아가들을 잡아먹으면 안 돼요. 알았지?'

잠에서 깨어나 기뻐할 곽무한을 상상하니 뭔가가 가슴 가득 차 올랐

다. 설아는 잠시 상기된 표정으로 서 있다가 아쉬운 눈길을 남겨두고 소리없이 사라졌다.

씨우웅!

살갗을 파고드는 찬바람은 잠을 금방 깨워 버렸다.

"으아아, 춥고 배고파."

어깨를 감싸 쥐며 몸을 떨던 곽무한은 낯선 향기에 코를 벌름거렸다.

"어라? 이게 뭐야?"

뒤늦게 대나무 바구니를 본 곽무한은 인상을 와락 찌푸렸다.

"아저씨가 왔다 간 모양이네? 에이씨, 이왕 갖다 주시려면 밥이나 푹푹 퍼 담아주실 것이지 이게 뭐야? 내가 원숭이도 아니고 말이야. 쳇!"

곽무한은 바구니에 소복이 담긴 과일을 보며 한참 투덜대다가 어쩔 수 없다는 표정으로 손을 가져갔다. 그리고 잠시 후,

"으아아아! 짜증나! 빈속에 과일이 뭐람. 흑흑."

대나무 숲 한쪽 구석에는 '뿌지직' 설사하는 소리와 함께 곽무한의 볼멘소리가 가득했다.

곽무한이 애꿎은 과자안을 원망하고 있을 무렵 설아는 콧노래를 부르며 절벽 꼭대기로 날아가고 있었다.

"됐어, 백아. 오늘 수고했어."

까치발로 잔뜩 키를 높인 설아는 자신의 애정 공세를 기다리며 고개를 숙이고 있는 학의 목에 얼굴을 비벼주고는 깡충깡충 모옥으로 뛰어

갔다.

"할아버지, 저 왔어요."

콧노래를 부르며 할아버지를 찾았지만 대답이 없었다.

"어디 가셨지?"

설아는 고개를 두리번거리며 밖으로 나왔다.

"할아버지이이이!"

양손으로 나팔을 만들어 불러봤지만 역시 대답이 없다.

"히잉, 말도 없이 어디 가신 걸까?"

아미를 찌푸리던 설아는 입술을 모아 기이한 울음소리를 냈다.

"아로로로로!"

설아의 목소리는 바람을 타고 사방으로 퍼져 나갔다.

잠시 시간이 흐르자 하늘에는 파드득거리는 날갯짓 소리와 함께 온갖 새들의 울음소리가 가득했다.

"애들아, 할아버지를 찾아봐!"

설아는 하늘을 가득 메운 새들에게 명령을 내렸다.

끼아악!

쪼로롱!

하늘을 메운 새들은 곧 사방으로 날아갔다.

"어라? 그러고 보니 산왕도 안 보이네? 도대체 다들 어디 간 거지?"

설아는 조바심이 나 발을 동동 굴렀다.

그렇게 반 각쯤이나 기다렸을까? 파란 하늘 끝에서 독수리 한 마리가 날아와 설아의 어깨 위에 내려앉아 부리를 비벼댔다.

"어머, 수고 많았구나. 이끼바위에 계신다고? 알았어. 고마워."

설아는 독수리의 머리를 쓰다듬어 주고는 다시 입을 오므려 기이한 울음소리를 냈다.

푸드드득!

또다시 나타난 새 떼.

“미안해. 이번엔 너희가 수고 좀 해줘. 백아를 부르자니 기다리기 지루해서 안 되겠다.”

설아의 말이 떨어지기가 무섭게 각양각색의 새들이 양탄자를 만들 듯 일 장 높이에 모이기 시작했다. 설아는 미안한 표정으로 새들을 바라보다가 살짝 무릎을 굽혀 새 떼 위로 뛰어올랐다.

“웃차! 얘들아, 이끼바위로 가주렴!”

정말 신기한 일이었다.

설아를 태운 새 떼는 말 잘 듣는 강아지마냥 일제히 날갯짓을 시작했고, 곧 설아를 태운 새 떼는 허공을 단숨에 날아올라 두 개의 봉우리를 넘어가기 시작했다.

태초부터 솟아오른 듯 하늘을 찌르는 거대한 바위산.

채 노인은 그 바위산 중턱쯤에 있었다.

등에 걸머진 망태기를 보아하니 약초를 캐러 온 모양이었다.

“할아버지!”

채 노인을 발견한 설아는 새들 위에서 반가이 손을 흔들었다. 그러다가 와락 얼굴을 굳혔다.

캬오오!

크르릉!

늑대 떼였다.

숫자를 헤아리기 힘들 정도로 많은 늑대 떼가 할아버지 주변을 맴돌고 있었다.

"아아, 어쩜 좋아. 할아버지이이!"

설아는 아래를 보며 고함을 질렀다.

"설아야, 위험해! 내려오지 마라!"

되돌아오는 목소리엔 자기 자신보다 설아를 먼저 염려하는 마음이 가득 담겼다.

"어떡해! 어떡해!"

설아는 눈물을 글썽이며 몸을 떨었다.

바로 그때,

크와아앙!

바위산을 쩌렁쩌렁 울리는 포효성.

설아는 어찌나 반가웠던지 눈물이 날 뻔했다.

"산왕, 어서 할아버지를 구해!"

쿠와아앙!

산왕은 바람처럼 날아와 늑대 무리 속을 마구 휘저었다.

끼기깅!

쿠와앙!

애처로운 울음소리와 다시 한 번 울려 퍼지는 거대한 포효성.

순식간에 늑대들은 꼬리를 말며 사라졌다.

설아는 한달음에 채 노인의 가슴속으로 뛰어들었다.

"우와앙! 할아버지!"

"어이쿠, 설아야. 많이 놀랐지? 이 할아빈 괜찮아. 산왕아, 고맙다. 내가 너에게 고양이새끼라고 한 거 사과하마."

채 노인은 훌쩍이는 설아의 어깨를 토닥여 주며 산왕에게 고마운 눈빛을 보냈다.

"고마워, 산왕. 넌 정말 멋져."

그제야 눈물방울을 훔친 설아는 감사의 표시로 산왕의 콧등에 입을 맞춰줬다.

크르릉!

산왕은 기분이 좋은 듯 몸을 배배 꼬아대며 목울음을 울었다.

"음, 큰일이로군. 한동안 보이지 않던 놈들이 다시 나타나다니……."

"그러게 말이에요. 쟤들은 나빠요. 아가들도 함부로 잡아먹고 제 말도 잘 안 듣고, 아주 못된 녀석들이에요."

"그래, 저놈들에겐 우두머리가 있어서 네 말을 따르긴 어려울 게다."

한참 근심 어린 표정을 짓던 채 노인은 망태기를 다시 추슬렀다.

"우리 설아가 왔으니 이제 돌아가야겠구나."

"네. 근데 할아버지, 말도 안 하고 이리로 오면 어떡해요? 설아가 놀랐잖아요. 힝."

"허허허, 미안하구나. 이 할아비가 중요한 약을 만들려고 약초를 찾느라 그랬지. 앞으로는 미리 말하마."

"할아버지, 약속!"

채 노인은 설아와 손가락을 걸다가 문득 근심 어린 표정으로 말했다.

"설아야, 당분간은 이 할아비 허락 없인 나다니지 마라. 저놈들 때문에 걱정이 되어서 안 되겠구나."

"히잉, 싫어요. 산왕이랑 같이 다니면 되잖아요."

화들짝 놀란 설아는 채 노인의 팔을 잡아 흔들며 도리질을 쳤다.

"설아야, 산왕이 너랑 놀러 가면 이 할아비는 어쩌누?"

"그, 그게……."

설아는 울상이 되었다.

자기가 산왕이랑 놀러 가고 없을 때 저 늑대 떼가 할아버지 앞에 나타난다면? 당연히 절벽 끝머리에 모옥이 위치해 있으니 늑대들에게 날개가 달리지 않은 이상에는 나타날 방법이 없었다. 그러나 설아는 어린 마음에 할아버지가 걱정되었다.

"그럼… 그럼… 당분간만이에요?"

설아는 풀 죽은 목소리로 대답했다.

시간이 좀 지나 할아버지의 근심이 가라앉고 나면 용왕 아저씨를 불러 할아버지 곁에 두면 되겠다고 생각하며.

과연 채 노인은 집채만한 구렁이 용왕 아저씨를 반길까?

곽무한은 열심이었다.

먹고 자는 시간 외에는 모든 시간을 심법 수련과 도법 수련에 바쳤다. 심법을 수련할 때는 찬바람이 몰아쳐도 꿈쩍없이 기를 모으는 데 집중했고, 도법을 수련할 때는 아무리 파김치가 되어도 목표한 횟수만큼은 도를 휘둘렀다. 이렇게 무식하리만큼 독하게 수련하는 이유는 늑대와 귀신이 나올지도 모른다는 공포 때문이기도 했고, 노구와 민대머리를 하루라도 빨리 때려눕히고 싶은 희망 때문이기도 했다.

"후으읍, 후으읍."

심법을 가르쳐 준 지 이제 열흘.

항상 도법만 손봐주고 돌아가던 과자안이 오늘은 심법을 점검해 보려고 자시(子時:23~01시)가 지날 때까지 남아 곽무한을 지켜봤다.

곽무한이 운기에 들어가자 과자안의 입은 점점 벌어지기 시작했다.

'벌써 운기를 시작하다니! 도대체 이게 말이나 되는가? 심법 입문 열흘 만에 운기라니? 맙소사!'

과자안은 벌린 입을 다물지 못했다.

심법 수련에 있어 기를 순환시키는 과정, 즉 운기의 과정에 들어가려면 수많은 단계를 거쳐야 했다.

마음을 집중해 기감을 느끼는 단계에서부터 시작해 단전에 기를 모으는 단계, 그리고 하단전의 기혈을 여는 단계, 그리고 기를 단전에 모으는 축기 단계를 거쳐야만 비로소 운기가 가능했다. 그러니 아무리 뛰어난 기재라도 한 달 정도는 걸려야 정상이었다. 그런데 고작 열흘이라니…….

'이건… 이건 도대체가…….'

예상보다 빨라도 너무 빨랐다.

과자안의 생각으로는 이대로 가다가는 반드시 기의 폭주가 일어날 것만 같았다. 그렇게 되지 않으려면 어떤 상황에서도 마음이 흔들리지 않는 부동심이 필요했다.

"그만 되었다."

과자안은 곽무한의 심법 수련을 잠시 중지시켰다.

"내일부터 보름간은 무조건 낚시에 집중토록 해라. 네 마음속을 들여다보라는 말이다. 그렇게 하면 반드시 얻는 게 있을 것이다."

녀석의 표정이 괴이하게 변한다. 고집을 꺾어줘야 했다.

"그게 더 빠른 방법이다!"

과연 즉효 약이었다.

"더 빠르다구요? 정말이죠?"

녀석은 벌써 낚싯대를 거머쥐고 있다.

"지금부터 당장 하겠습니다. 이제 보니 낚시에 그런 뜻이 있었군요. 전 몰랐습니다."

과자안은 어이가 없어 머리를 내저었다. 정말 번갯불에 콩 볶아 먹을 놈이었다.

곽무한은 근 열흘째 낚시에 몰두했다.

열흘 동안 몰두한 낚시. 과연 곽무한은 마음을 갈고닦아 심득을 얻었을까?

"꼴깍!"

곽무한의 목젖이 침을 삼키는 것을 보아하니 딱히 그건 아닌 것 같았다. 또 실제로도 벌써 심득 운운할 정도는 아니었다.

곽무한은 지금 한참 먹을 나이. 수채에서 던져 주는 주먹밥 한 덩이와 헉헉대며 사냥한 토끼 고기로는 도저히 양이 차지 않았다. 물론 설아가 원숭이를 통해 몰래 놓고 가는 과일은 더 더욱 그랬고.

"으이씨, 왜 이리 안 잡혀?"

곽무한이 낚시를 통해 건진 것은 두 가지였다.

하나는 물고기를 잡으면 조금이나마 허기를 메울 수 있다는 것. 이게 가장 중요한 것이었고 또 다른 하나는 조금이나마 인내심을 키웠다는 것이다.

낚시에 생 초짜가 손쉽게 물고기를 잡을 리는 만무. 그렇다고 곽무한의 성격에 냉큼 포기할 리는 더 더욱 만무. 그래서 처음엔 오기가 바짝 생겼고 시간이 지나면서 조금씩 인내심으로 바뀌어갔다. 아마도 조금 더 긴 시간이 지나면 과자안의 바람대로 마음 공부가 될지도…….

좌우간 오늘도 곽무한은 조금의 미동도 없이 열심히 찌만 바라보고 있었다.

곽무한이 내려다보이는 맞은편 절벽 위.

오래간만에 그 모습을 훔쳐보는 소녀가 있었다.

외출이 금지된 지 보름 만에야 겨우 게으름뱅이 용왕님을 불러내는데 성공, 모옥 한쪽에 똬리를 틀게 부탁하고 산왕과 함께 쪼르르 달려온 설아였다.

설아는 처음에 콩콩 뛰는 가슴을 억누르며 곽무한을 훔쳐봤다. 그러나 일각이 지나고 한 시진이 지나도록 아무런 움직임이 없자 기분이 시들해졌다.

"쳇, 움직이지도 않네? 재미없어."

설아가 막 불평을 터뜨릴 때였다.

"와하하! 잡았다!"

갑자기 절벽 아래에서 싱그러운 웃음소리가 들려왔다.

고개를 돌리니 그 털북숭이가 물고기를 잡아 들고 환한 웃음을 터뜨리고 있었다.

두근두근.

털북숭이의 웃음은 이상하게도 설아의 가슴을 뛰게 만들었다.

'아, 저거였구나!'

설아는 그제야 감 잡았다는 표정을 지었다. 그리고는 곽무한이 한눈 파는 사이를 틈타 절벽에서 곧장 아래로 뛰어내렸다.

슉!

신기한 일이었다. 그 높은 절벽에서 뛰어내렸지만 물소리 하나 나지 않았다.

설아는 인어 같았다. 자유자재로 물속을 누비며 고기를 찾았다.

슉!

물고기를 발견한 설아의 손놀림은 번개가 무색했다.

'할머니와 하던 장난을 여기에서 써먹게 되네?'

절벽에서 뛰어내려 물고기를 잡는 일은 옛날 수왕모 할머니와 재미 삼아 놀던 유희였다. 또한 물고기를 잡은 손놀림은 설아가 유일하게 배운 무공 난화절맥수(蘭花絶脈手)였다. 당연히 설아는 그게 무공이란 걸 알지 못했다. 그냥 손장난인 줄로만 알고 있었다.

'미안해, 고기야.'

설아는 자기 손에 잡혀 퍼덕거리는 물고기를 보며 잠시 미안한 표정을 짓다가 곽무한의 낚싯줄에 걸어주었다. 그리고는 그의 환한 웃음을 다시 한 번 감상했다.

"후훗, 정말 멋지다."

설아는 한참 동안 곽무한의 웃음을 넋 나간 듯 쳐다봤다.

웃고 즐기는 새 벌써 어둠이 내렸다.

'헤헤, 저녁 먹고 다시 와야지.'

설아는 걱정하고 계실 할아버지를 떠올리고는 후다닥 몸을 움직였다.

설아가 사라진 물속엔 조용한 소용돌이만 맴돌았다.

휘우웅!

찬바람이 점점 거세게 불었다.

"아이고, 손 시려. 오늘은 고기를 무척 많이 잡았으니 이만 일어나

볼까?"

곽무한은 툭툭 엉덩이를 털며 일어났다.

성큼 겨울로 들어선 계절 탓인지 바람은 점점 을씨년스러워지고 있었다.

제7장
실전 상대

실전 상대

차가운 바람은 늑대 굴 안까지 휘몰아쳤다.

해시(亥時:21~23시) 무렵,

곽무한은 오늘따라 늦는 과자안을 기다리다 설핏 잠이 들었다.

밖엔 찬바람이 흉흉했지만 벌써 동굴 생활에 익숙해진 곽무한은 금방 깊은 잠에 빠져 버렸다.

곽무한의 코 고는 소리만 간간이 동굴 벽을 울릴 무렵,

바스락.

동굴 안쪽에서 무슨 소리가 들렸다.

"으음, 뭐지?"

곽무한은 천근만근인 눈꺼풀을 들어 올려 동굴 안쪽을 바라봤다. 그러다가 마치 귀신이라도 본 것처럼 버쩍 얼어버렸다.

크르르!

쌓아놓은 나뭇단을 쓰러뜨리며 나타난 시퍼런 불꽃, 머리카락을 쭈뼛하게 만드는 낮게 깔리는 울음소리. 늑대들이었다.

"느, 늑대!"

곽무한은 쿵쿵 뛰는 가슴을 억누르며 떨리는 손으로 목도를 잡았다.

바로 그 순간,

캬오오!

노릿한 냄새와 함께 시퍼런 불꽃들이 눈앞으로 확 다가왔다.

"이익! 물러가!"

곽무한은 엉겁결에 고함을 지르며 목도를 휘둘렀다. 그러나 너무 놀라서일까? 목도는 애꿎은 허공만 갈랐다.

크와앙!

귀를 찢는 울부짖음과 함께 어깨 어림에 화끈한 통증이 느껴졌다.

엄습하는 통증에 자기도 모르게 눈길을 돌리니 시퍼런 눈빛의 늑대가 새하얀 이빨을 흔들며 자기 어깨를 물어뜯고 있었다.

곽무한은 심장이 튀어나올 듯한 공포 때문에 순간적으로 멍한 상태가 되었다. 그러나 그 상태는 오래가지 않았다.

"으아아! 이놈들!"

곽무한은 공포와 분노가 뒤섞인 괴성을 터뜨리며 양손으로 늑대의 입을 잡고 찢어버렸다. 그 순간, 또다시 허벅지에서 지독한 통증이 느껴졌다.

"크으윽! 이놈들, 다 때려죽인다!"

곽무한은 이성을 잃어버렸다.

목도를 휘두르며 무작정 앞으로 달려나갔다.

쉬이잇!

콰콰콱!

손목에 둔중한 충격이 느껴졌다. 눈앞의 경물이 미친 듯이 흔들렸다.

곽무한의 목도에 맞아 피를 뿜으며 쓰러지는 늑대들. 동시에 흉포한 눈빛으로 달려드는 또 다른 늑대들.

"으아아아아아!"

곽무한은 흥분과 공포로 미친 듯이 도를 휘둘렀다.

쿠와앙!

크르르!

늑대들의 울부짖는 소리와 곽무한의 고함 소리가 뒤섞여 동굴 안은 삽시간에 아비규환으로 변해 버렸다.

"헉헉."

곽무한은 목이 타 숨이 찼다.

공포와 흥분으로 지나치게 기를 소모한 탓이었다.

어느새 곽무한의 전신은 피 범벅으로 변해 있었다. 어깨에는 핏물이 흥건했고 팔뚝은 벌써 너덜너덜한 상태. 거기다가 손등은 언제 물어뜯겼는지 뼈가 드러날 정도였고 허벅지에도 살점이 뭉텅 떨어져 나가 피가 철철 흘러내리고 있었다.

"으드득! 이놈들, 와라!"

목도를 움켜쥐는데도 뇌리를 찡 울리는 통증이 느껴졌다.

곽무한은 이를 악물며 눈에 독기를 피웠다.

크르르!

늑대들은 아직도 흉흉했다. 파란 불꽃을 피워 올리는 놈들의 숫자는 아직도 수십 마리가 넘었다. 그런 늑대들 중에서 가장 큰 놈이 푸른 불꽃 같은 눈을 일렁이며 곽무한에게 다가오기 시작했다.

"헉!"

놈을 발견한 곽무한은 가슴이 철렁했다.

이빨에 핏물을 뚝뚝 흘리며 다가오는 놈.

그놈은 덩치가 송아지만했다. 그리고 그놈이 우두머리였는지 뒤쪽에 있던 늑대들까지 그놈을 따라 서서히 몰려오기 시작했다.

'죽이지 않으면 내가 죽는다!'

이판사판이었다.

"타하압!"

곽무한은 힘찬 기합성을 터뜨리며 우두머리에게로 몸을 날렸다.

패패팩!

목도가 놈의 머리를 노리고 힘차게 날아갔다.

"머리를 박살 내주… 헉?"

곽무한은 가슴이 철렁했다.

순식간에 놈의 모습이 사라진 것이다.

'위험하다!'

뇌리에서 경고성이 터져 나왔지만 한발 늦어버렸다.

번쩍! 카카칵!

찬바람이 엄습하는가 싶더니 눈 가장자리에서 지독한 통증이 느껴졌다.

"우와아악!"

곽무한은 비명을 지르며 막무가내로 목도를 휘둘렀다. 그 서슬 탓인지 우두머리 늑대는 아쉬운 눈빛으로 뒤로 물러났다.

"흐으, 흐으……."

위기일발의 순간을 겨우 넘긴 곽무한은 호흡을 가다듬으며 뒤로 물러나 동굴 벽에 기댔다. 그리고 늑대들의 위치를 확인하려고 눈을 부릅떴다. 그런데 갑자기 한쪽 눈이 보이지 않았다.

'아차! 아까 그놈에게 당했었지!'

곽무한은 무심코 눈자위에 손을 갖다 댔다.

손가락에 느껴지는 상처의 흔적, 그리고 흘러내리는 핏물.

정신없이 싸울 때는 몰랐는데 얼굴, 그것도 눈 근처를 뜯겼다.

항상 자괴감을 느끼던 얼굴에 이젠 늑대의 이빨 자국까지 새겨지고 말았다. 곽무한은 완전히 뚜껑이 열려 버렸다. 폭발하고야 말았다.

"으아아, 이 개새끼들! 다 죽여 버린다아아!"

곽무한은 눈을 까뒤집으며 앞으로 돌진했다.

캬오오!

늑대들도 기다렸다는 듯이 달려들었다.

"으아아아아!"

크르릉! 캬아아!

다시 혈전이 벌어졌다.

뇌리까지 울려오는 섬뜩한 통증, 귀를 찢는 울부짖음.

곽무한은 아랑곳하지 않았다. 미친 듯이 도를 휘둘렀다.

지금 이 순간 곽무한에게 공포는 의미가 없었다. 미칠 듯한 분노만 활활 타올랐다.

─얼라리 꼴라리~ 곰보, 째보~ 곽무한은 곰보래요~

귀에는 환청 소리가 들려왔고 눈에는 화살에 꿰여 죽은 아이들이 나타나 조롱을 해댔다.

"으아아! 난 곰보가 아냐!"

곽무한은 절규하듯 소리치며 땅을 박찼다.

전신의 기는 폭발을 애원하며 들끓었다.

크와아앙!

늑대들도 마찬가지였다.

뇌수가 터져 널브러진 동료들의 복수를 하려는 듯이 시뻘건 입을 벌리며 일제히 달려들었다.

─저놈은 흉악하기 짝이 없는 놈이다! 그냥 쏴! 명령이다!

갑자기 장수가 나타났다. 이어 수많은 화살비가 날아들었다.

새하얀 화살비, 새하얀 늑대들의 이빨.

"으아아아! 난 안 죽어! 크아아아아!"

곽무한은 광기에 찬 사자후를 지르며 목도를 휘둘렀다.

순간적으로 곽무한의 전신은 폭풍 같은 칼바람으로 뒤덮였다.

콰콰콰콰콰!

믿어지지 않게도 곽무한의 목도가 파랗게 변한 것 같았다.

그 목도는 진짜 날을 가진 도처럼 늑대들의 정수리를 베고 다리를 잘라 버렸다.

쿠와앙!

우두머리 늑대는 화가 났다.

이 동네에 먹을 것이 별로 없어 다른 곳으로 이주를 했었다. 그러나 재수없게도 그곳은 신령한 영물이라는 백호의 영역이었다. 물론 그놈이 무섭진 않았다. 자기 역시도 영물이라면 영물이었다. 황소조차 한 입에 물어뜯는 흡혈청랑(吸血靑狼)이었다. 그러나 그놈은 자기보다 더 강했다. 도무지 이길 자신이 없었다. 그래서 실의를 안고 되돌아오는 길이었다. 바로 그때, 향기가 났다. 먹잇감 냄새였다.

그런데 빌어먹을.

이놈의 먹잇감은 너무 질기다. 아니, 질기다 못해 독한 놈이었다.

아끼던 수하들이 어이없이 희생되고 있었다.

이제는 자신이 결판을 내야 할 때.

우두머리 늑대 흡혈청랑은 푸른 갈기를 곤두세우며 다시 앞으로 걸어나왔다.

크르르르!

입에 침이 흘렀다.

보아하니 먹잇감은 이제 탈진 상태다.

"흐으… 흐으… 한낱 미물 따위에게 질 수는 없어!"

곽무한은 자신에게 다가오는 푸른 늑대를 보고는 떨리는 다리에 다시 힘을 줬다.

"욱!"

그 순간 허벅지가 끊어져 나가는 것 같은 통증이 밀려왔다. 곽무한은 자기도 모르게 인상을 찌푸렸다. 그러나 그 짧은 순간,

캬오오!

귀를 먹먹하게 만드는 울부짖음과 함께 찬바람이 확 덮쳐 왔다.

곽무한은 가슴이 철렁해 재빨리 몸을 틀었다. 그러나 피하느라 피했는데도 옆구리가 뜯겨져 나갔다. 이놈의 늑대는 빛보다도 빠른 것 같았다.

"크으윽, 이놈!"

과다한 출혈 때문인지 사방이 빙글빙글 돌았다. 어지러웠다.

곽무한은 무뎌지는 정신을 가다듬으려 애를 썼다.

캬오오!

그때 또다시 귀청을 뒤흔들며 그놈이 날아왔다.

"으아아아!"

곽무한은 무의식적으로 도를 휘둘렀다.

쉬이잇! 텅!

걸렸다. 손에 둔중한 통증이 느껴졌다.

크르르!

들려오는 울음소리를 들어보니 별 충격을 주지는 못한 것 같았다.

'끝인가? 이럴 순 없어!'

곽무한은 분통이 터졌다. 무뎌져 가는 의식과 약해 빠진 육체가 너무나 한스러웠다.

흡혈청랑도 아팠다. 눈물이 찔끔 날 정도였다. 그러나 수하들이 있는 곳에서 어찌 티를 내랴.

'저 먹이… 정말 독하네.'

청랑은 다시금 전의를 불태웠다. 털을 빳빳이 곤두세웠다.

캬오오!

다시 땅을 박찼다.

"이놈!"

먹잇감이 다시 나무 막대기를 휘두른다. 먼젓번보다는 힘이 현저히 줄었다. 허리를 틀어 재빨리 나무 막대기를 피했다. 눈 아래로 하얀 목덜미가 보였다. 군침이 돌았다.

텁!

아뿔싸. 간발의 차이로 피해 버린다.

청랑은 다시 자세를 잡았다.

먹잇감은 이제 춤추듯 비틀거리고 있다.

‘단 한 입. 크르르!’

흡혈청랑은 먹잇감의 숨통을 끊기 위해 마지막 도약을 시작했다.

캬오오!

먹잇감의 눈동자가 공포에 질려 확 커진다.

울고 있었다.

설아는 몸을 떨며 울고 있었다.

도저히 이 끔찍한 상황이 믿겨지지 않았다.

자신만의 털북숭이, 귀엽고 멋진 털북숭이가 피투성이로 변해 있었다.

할아버지를 잡아먹으려던 못된 늑대 떼에게 물어뜯기고 있었다.

아니, 이젠 물어뜯기다 못해 비틀거리고 있었다.

울고 있던 설아의 눈에서 서서히 불꽃이 피어올랐다.

난생처음으로 느껴보는 미칠 듯한 살의였다.

“아이모, 챠아아아아!”

설아의 입에서 쉿소리가 났다.

설아 곁에 있던 산왕이 사색으로 변해 버렸다.

주인이 이토록 화난 건 산왕 평생에 처음 보았다.

산왕은 후다닥 몸을 날렸다.

이토록 분노하는 주인의 명령에 촌각이라도 지체하면 큰일이 날 것 같았다. 그 옛날의 주인처럼 자신을 죽지도 살지도 못하게 만들 것만 같았다.

크와아아아앙!

산왕은 정말 급했다.

좀체 안 쓰는 혼백을 뒤흔드는 포효성까지 터뜨리며 그대로 절벽 아래로 뛰어내렸다.

크와아아아앙!

혼백을 뒤흔드는 포효성은 정말로 흡혈청랑의 혼백을 뒤흔들었다.

'맙소사! 며칠 전 만났던 그 백호잖아?'

놈의 기세가 달랐다. 며칠 전에 만났던 것보다 배 이상 빠르고 강해 보였다. 그래선지 무시무시한 공포가 엄습해 왔다.

청랑은 막 한입에 삼키기 직전인 하얀 목덜미를 포기하고 재빨리 허공에서 몸을 틀었다.

크와아아아앙!

또다시 들려오는 포효성.

청랑은 정신이 하나도 없었다. 놈이 벌써 동굴 안으로 뛰어들고 있었다. 수하들에게 후퇴 명령을 내릴 시간조차 없었다. 청랑은 꽁지에 불붙은 것처럼 혼자 후다닥 달아나고 말았다.

쿠와아앙!

산왕은 화가 났다.

우두머리는 달아나고 잔챙이밖에 눈에 보이지 않았다.

'그러나 저놈들이라도……'

주인의 분노가 이만저만이 아니니 무조건 성과를 올려야 했다.

그런데 빌어먹을.

주인이 훔쳐보던 민숭민숭한 인간이 앞에 있다.

'어쩐다? 에잇, 주인의 명령부터!'

산왕은 빠르게 결단을 내렸다. 결단을 내리자마자 땅을 박차 민숭민숭한 인간의 머리 위로 날아올랐다.

곽무한은 비몽사몽이었다.

그러나 단 하나, 미물 따위에게 당하지 않겠다는 일념만은 간직하고 있었다.

휘이익!

으스스한 바람이 덮쳐 왔다.

곽무한은 부러져라 목도를 움켜쥐며 마지막 힘을 모았다.

크와아아아앙!

그때 혼백을 뒤흔드는 포효성이 들려왔다. 그와 동시에 우두머리 녀석이 몸을 돌려 달아났다.

곽무한은 난데없는 상황에 놀라 멍한 눈길을 돌리다가 찬물을 뒤집어쓴 듯 얼어버렸다.

"헉!"

불타오르는 노란 화염. 보름달만한 크기의 눈동자가 확 다가오고 있었다.

"으아악!"

곽무한은 얼결에 목도를 휘두르다 정신적인 충격을 이기지 못해 기절하고 말았다.

그럴 만했다.

보통 호랑이만 해도 일반인의 혼백이 나가고 이류급 무사는 사시나무 떨듯 떠는 판이다. 하물며 산왕은 영물 중의 영물인 백호다. 일류고수나 그 눈빛을 상대할 수 있을까? 이제 겨우 이류 초입에 들어선 곽무한, 그것도 탈진 상태의 곽무한이 그 눈빛을 감당한다는 건 있을 수 없는 일이었다.

'얼레? 왜 쓰러지지?'

산왕은 영문을 몰랐다. 찜찜하긴 했지만 일단 성과부터 올리자는 생각에 마구잡이로 잔챙이들을 잡았다. 그리고 그 결과는?

"사아안와아아앙!"

주인의 가시 돋친 목소리, 온 얼굴에 퍼부어지는 손톱, 거기에 더하여,

"이 바보 멍텅구리야! 내 예쁜 털북숭이를 기절시키다니!"

휘우웅! 쿵! 쩍!

꼬리를 잡혀 바닥으로 내동댕이쳐짐이었다. 그러나 그것도 끝이 아니었다.

"너, 너, 너! 기다려! 오늘 혼찌검을 내줄 거야!"

설아는 무서운 힘으로 자신을 나무에 거꾸로 매달아 버렸다.

'쿠오오오, 잡았는데……. 잔챙이들은 잡았는데…….'

산왕은 영문을 알 수 없어 눈물을 뚝뚝 흘렸다. 그러다가 민숭민숭한 인간 앞에 쪼그려 앉아 훌쩍이는 주인을 보며 한 가지 사실을 깨달았다.

'나중에 저 인간을 만나면 절대 눕게 만들면 안 되겠다.'

산왕의 깨달음이었다.

설아는 울고 또 울었다.

상처가 너무 심했다. 도저히 눈 뜨고는 볼 수 없을 정도였다.

설아는 품속에서 금선고를 꺼냈다.

"잉잉, 일단 이걸로 참아. 응? 내가 할아버지께 혼이 나는 한이 있더라도 몸에 좋은 걸 몽땅 갖다 줄 테니 참아. 알았지? 흑흑."

설아는 할아버지가 애지중지하는 금선고 한 통을 몽땅 발라주고는 결의가 담긴 표정으로 벌떡 일어났다.

"산왕, 과일의 여왕을 가지러 가자!"

설아의 목소리에는 처음으로 의지가 실렸다.

산왕은 그토록 매섭고 단호한 주인의 모습은 처음 봤다.

산왕은 왠지 기가 죽어 꼬리를 말며 얌전히 등을 내줬다.

"가자!"

끼깅!

산왕은 더없이 얌전한 목소리로 절벽을 뛰어올랐다.

크와아아아앙!

산왕의 포효성은 잠들어 있던 수채를 뒤흔들었다.

"어떡해? 무한 오빠가 있는 곳이야!"

미루와 매옥은 잠자리에서 깨어나 불안한 표정으로 늑대 굴을 쳐다 봤다.

"신령님, 제발 그 녀석을 잡아드셨기를……."

장직과 몇몇 아이는 늑대 굴 쪽을 보며 연신 머리를 조아렸다.

수채 지휘부에서도 난리가 났다.

"모두 비상경계에 들어가라!"

수채에 오래 있은 놈들은 이 근처를 둥지로 삼은 백호의 포효성이란 걸 단박에 알아차렸다. 모두 긴장된 표정으로 무기를 움켜쥐며 사위를 경계했다.

"이런, 무한이가 위험해!"

과자안은 도를 챙겨 들고 일어섰다.

“아니, 이 사람, 어디 가려고? 다른 짐승도 아닌 백호라네, 백호!”

“그래도 생사는 확인해 봐야죠.”

채주인 적호가 말렸지만 과자안은 망설임없이 몸을 날렸다.

무성한 대 숲을 지나 동굴 입구로 들어선 과자안은 비릿한 피 냄새에 가슴이 철렁했다.

“무한아! 무한아!”

다급한 심정에 곽무한의 이름부터 불렀다.

“으으음…….”

희미한 신음 소리.

과자안은 가슴을 쓸어내리며 안으로 들어섰다.

“헉? 무한아?”

피를 철철 흘리며 널브러진 곽무한. 과자안은 기절초풍했다. 서둘러 곽무한의 맥을 잡았다.

“휴우우, 다행이다.”

천만다행이도 맥은 힘차게 뛰고 있었다.

곽무한이 살아 있는 걸 확인하고 나자 그제야 주변의 정경이 눈에 들어왔다. 흥건한 핏물 속에 여기저기 죽어 있는 늑대들의 시신.

과자안은 가르친 자로서의 찡한 감동을 느꼈다.

“세상에! 저 많은 늑대들을 죽이고 백호와도 맞섰단 말인가? 그리고도 살아남았다? 대견하구나. 정말 대견하구나.’

과자안의 짐작은 앞부분은 맞았지만 뒷부분은 틀렸다. 그러나 이 상황에선 그 누구라도 이렇게 생각할 수밖에 없었다. 조금 전의 그 포효성. 그렇게 분노에 찬 호랑이의 포효성은 생전 처음이었기 때문이다.

더구나 일반 호랑이도 아니고 백호다. 그러니 백호 근처는 완전 초토화된다고 봐야 했다. 그런데도 곽무한이 살아남았으니 기사(奇事)도 이런 기사가 없다.

"으음?"

한참 동안 흥분을 주체치 못하던 과자안은 서서히 냉정을 회복했다.

과자안은 먼저 콧속을 파고드는 향기를 알아차렸다. 그 향기는 곽무한의 전신에서 흐르고 있었다. 누군가가 치료를 한 흔적이었다.

'누가 치료했을까?'

과자안은 꼼꼼히 사방을 둘러봤다. 그러나 향기 외에는 아무런 흔적도 발견할 수 없었다.

과자안은 일단 의문을 접어두었다.

지금은 누가 곽무한을 치료해 줬는가가 중요한 게 아니었다. 이런 상황에서도 살아남았다는 게 중요했고 이 사실을 어떻게 보고해야 할까가 중요했다.

아마 본 대로, 느낀 대로 보고하면 철면노호 묵자강이 서둘러 곽무한의 목을 베려 할 것이다. 이제 겨우 열 몇 살에 불과한 아이. 그러나 백호와 맞설 정도의 배짱에 믿기지 않을 정도로 빠르게 무공을 습득하는 아이. 절대 살려둘 호한이 아니었다.

'으음… 일단 감출 부분은 감춰서 보고해야겠구나.'

과자안은 사방에 흩어져 있는 늑대들의 시신을 치우고 난 후 수채로 돌아왔다.

"그놈, 어떻게 됐어?"

철면노호가 던지듯 물어왔다.

"다행히 숨은 붙어 있습니다. 천운이더군요. 그러나 상처가 너무 심합니다. 약을 좀 보내줘야 할 것 같습니다."

과자안은 표정을 감추려고 고개를 푹 숙이며 대답했다.

"약?"

반문하는 어조가 이상했다.

"예. 보통 상처가 아닙니다만……."

"됐어. 우리 세계의 법도를 몰라? 살아남을 놈은 어쨌든 살아남는 법이야. 그게 진짜지. 녀석의 운이 얼마나 강한지 두고 보자구."

"예? 그럼?"

과자안은 믿기지 않는다는 표정으로 되물었다.

"그럼이고 저럼이고 아이들 중에 그 녀석 다음으로 강한 놈은 누군가?"

"장직… 입니다."

"그럼 당분간 그놈에게 집중해. 결과는 그 이후에 보자구."

철면노호의 결정이 내려졌다.

과자안은 어이가 없었다.

예전까지는 철면노호 묵자강을 수중 호걸이라 생각했었는데 지금 보니 아닌 것 같았다.

'그 녀석 때문에 내가 심마에 빠진 거야. 그런 거야.'

과자안은 속으로 긴 한숨을 내쉬며 물러나왔다.

산왕의 귀를 잡아당기며 재촉한 설아는 날다시피 원숭이 계곡에 도착했다.

"아이리리리―"

설아는 어찌나 마음이 바빴던지 도착하자마자 기이한 음파로 원숭이들을 불렀다.

캬우우! 캭캭!

소리가 계곡을 울리자마자 이곳저곳에서 원숭이들이 나타났다.

"금왕(金王) 아줌마는?"

설아는 원숭이들을 둘러보다 실망한 표정으로 물었다.

캑캑! 캐캐캑!

아양을 떨며 서로 대답하려 다투는 원숭이들. 그러나 일순간 갑자기 조용해졌다.

쿵쿵쿵!

빽빽이 모인 원숭이들 사이를 반으로 가르며 다가오는 그림자.

성성이였다.

설아 앞에 나타난 성성이는 일반 성성이와 달랐다.

금빛 털에 육 척(1.8m)에 달하는 체구, 거기다가 붉은빛이 감도는 눈동자를 지녔다. 그 모습으로 미루어봐 무림의 호사가들이 말하는 신수(神獸) 금모(金毛) 성성이가 틀림없었다. 피부는 도검조차 우습게 알고 양팔의 괴력은 만년거암이라도 부숴 버린다는.

"금왕 아줌마!"

설아는 울 듯한 표정으로 달려가 금모성성이에게 안겼다.

끄그극?

금왕이라 불린 성성이는 자애로운 표정으로 설아를 안았다.

"부탁이 있어요. 옛날에 저에게 주셨던 과일의 여왕, 그게 필요해요. 꼭 필요해요. 찾아주세요. 네?"

설아는 닭똥 같은 눈물을 줄줄 흘리며 부탁했다.

끄르륵.

금왕 아줌마는 난색을 표명했다.

"안 돼요. 다시 한 번 찾아봐 주세요. 없을 리가 없어요. 어딘가에 꼭 있을 거예요."

설아는 발을 동동 구르며 연신 애원했다.

금왕 아줌마는 골머리가 아팠다.

그럴 만도 했던 것이 설아가 지금 찾아달라고 하는 과일의 여왕은 다름 아닌 구엽음양과(九葉陰陽果)를 말함이었다.

그 옛날 박학다식하기로 유명한 귀곡자(鬼谷子)란 사람이 쓴 천하만독영약영과지(天下萬毒靈藥靈果誌)에 따르면 구엽음양과는 음기와 양기가 교차하는 지맥에서 자라는 영과(靈果)로서 싹이 난 지 오백 년만에 꽃을 피우고 칠백 년이 지나 열매를 맺으며 천년이 흘러야 무르익는 영과 중의 영과였다. 그 효능이 어느 정도인가 하면 평범한 사람이 먹으면 일평생 무병장수하고 무림인이 복용하면 일 갑자에 이르는 내공을 얻을 수 있다고 전해지는, 무림인이라면 꿈에서라도 먹어보길 소원하는 전설의 영과였다. 그러니 이런 과일을 산딸기 찾듯 찾아내라는 설아의 말에 기가 막힌 것이다.

'끄륵. 아가씨, 찾는다고 불쑥 찾아지면 그게 어디 영과유, 그냥 과일이지? 우리 남편도 그 과일을 못 먹어 난리를 치다 화병으로 죽고 말았는데……'

그러나 금왕 아줌마는 더 이상 도리질을 치고 있을 수만은 없었다.

점점 새치름하게 변해가는 설아의 눈빛과,

끼깅! 껑껑! 크르릉!

설아 몰래 손짓, 발짓으로 상황 설명을 하는 산왕의 행동으로 봐 있든 없든 무조건 찾는 흉내를 내봐야 했다. 안 그랬다가는 설아 아가씨가 홧김에 용왕을 끌고 올지도 몰랐다. 자기들의 천적인 구백팔십 년 묵은 구렁이 용왕.

'끅끅, 일단 찾아볼게요. 아니, 열심히 찾아볼게요, 아가씨.'

금왕 아줌마는 땀을 뻘뻘 흘리며 설아에게 대답하고는,

궈어억! 궉궉!

원숭이들에게 손짓, 발짓으로 신호를 보냈다.

끼르륵! 캑캑!

금왕의 명령을 받은 원숭이들은 순식간에 밀림 속으로 사라졌다.

수하들의 움직임을 흐뭇한 표정으로 바라보고 있던 금왕. 갑자기 뒤통수가 따가운 느낌에 고개를 돌렸다가 설아의 차가운 눈빛을 보고 찔끔해 후다닥 팔짱을 풀고 밀림 속으로 사라졌다.

설아는 초조하게 기다렸다.

귀여운 털북숭이가 아빠처럼 하늘나라로 가버리면 어쩌나 싶어 눈물이 다 날 지경이었다.

산왕도 초조하게 기다렸다.

아무리 봐도 주인 아가씨는 과일의 여왕을 찾아야만 움직일 것 같았다.

'흑흑, 밥 먹을 때가 지났는데……'

산왕은 아무 말도 못한 채 주린 배만 움켜쥐고 있었다.

설아와 산왕은 이제나 저제나 하며 고개를 빼내고 기다렸다.

찬바람이 이를 딱딱 떨게 만들 무렵 드디어 소식이 왔다.

까르륵! 캑캑!

원숭이 떼들이 앞 다투어 달려왔다.

자랑하듯 내민 원숭이들의 손에는 각종 영과들이 가득했다. 그러나 설아는 잔뜩 실망한 기색이었다.

"히잉, 바보들. 이게 뭐야?"

설아는 한숨을 내쉬며 손을 내저었다.

끼이.

원숭이들은 머리를 벅벅 긁으며 다시 사라졌다. 그러나 원숭이들이 놔두고 간 영과들. 만약 무림인들이 봤다면 아귀 다툼이 벌어졌을 것이다.

대충만 읊어봐도 최하 삼백 년 이상 묵은 금령과(金靈果), 인형삼(人形蔘), 천음실(天陰實), 능라옥향초(綾羅玉香草) 등의 영과였다. 물론 원숭이들 딴의 최고 영약인 백호의 똥이라든가 뱀의 허물 등도 섞여 있긴 했지만.

그러니 설아는 자신이 몸에 좋은 걸로 가져오랬는데 이 바보 같은 원숭이들이 자기들 마음대로 해석해 아무거나 가져온 것이라고 생각했다.

"휴우, 이것들은 할아버지에게나 갖다 드려야겠다. 약을 만드는 데 효험이 있을지도 모르니."

설아는 영과들을 몽땅 버리기 뭣해 몇 개를 골라 품에 집어넣었다.

밤은 점점 깊어져 별빛마저 가물거렸다.

초조와 긴장으로 숨이 넘어갈 무렵 또다시 소식이 왔다.

이번에는 금왕이었다.

꿰어억!

신바람이 나서 달려오는 금왕의 손에는 아홉 개의 별 모양 잎을 달고 있는 주먹만한 과일이 들려져 있었다. 정말 구엽음양과였다.

"까아! 역시 금왕 아줌마예요. 고마워요. 정말 고마워요."

설아는 뛸듯이 기뻐하며 금왕에게 안겼다.

금왕은 흥분으로 뺨이 붉어진 설아를 보며 기쁜 미소를 지었다.

"다음에 올 때 아가들 약을 많이 갖다 줄게요. 그럼 나중에 봐요."

금왕에게 손을 흔들어준 설아는 곧바로 모옥으로 뛰어갔다.

"어? 아직도 주무시네? 후훗, 잘됐다."

설아는 바닥에 누워 있는 할아버지를 보며 키득키득 웃고는 살그머니 선반으로 손을 뻗었다. 선반 위의 약병을 쓸다시피 손에 넣고 마지막 약병을 잡으려는 순간,

달그락, 턱!

아차 실수로 약병을 떨어뜨렸다.

가슴이 철렁한 설아는 재빨리 약병을 잡으려 했으나 늦어버렸다.

쨍그랑!

작은 소리였지만 설아의 귀에는 천둥 소리처럼 들렸다.

채 노인에게도 마찬가지였다.

"헉? 사, 사람 살려!"

잠에서 벌떡 깨어난 사람치고는 첫마디가 이상했다. 그러나 제풀에 놀란 설아. 처음엔 무슨 말인지 못 알아들었다.

"하, 할아버지, 아직 동이 트려면 멀었어요. 좀 더 주무세요. 네?"

설아는 약병을 뒤로 감추며 배시시 미소로 할아버지에게 말했다.

할아버지도 당연히 미소로 받아주겠거니 생각했으나 돌아온 반응은 상상을 초월했다.

"네 이놈, 설아!"

천둥 벼락이 따로 없었다.

"네가 이 할아비의 숨통을 끊어도 유분수지! 이 녀석, 이 녀서어어억!"

난생처음 듣는 불호령이었다.

설아는 너무 놀라 멍하니 서 있다가 몸을 덜덜 떨었다.

"하, 할아버지, 왜 설아에게, 왜?"

얼마나 놀라고 서러웠던지 눈물이 주르르 흘러내렸다.

그러나 할아버지는 그럴 만했다.

"이 녀석, 설아야, 네가 한 짓을 봐라!"

아직도 노발대발인 채 노인. 그가 가리킨 곳에는?

쉬이잇! 취리릿!

집채만한 구렁이 용왕이 혓바닥을 날름거리며 반가운 인사를 하고 있다.

"용왕님이 왜요? 훌쩍."

"용왕이고 뭐고… 아이고, 내 명줄이 십 년은 짧아졌구나. 아이고!"

채 노인은 땅바닥에 풀썩 주저앉았다.

"이 녀석아, 저 구렁이가 네 친구라고 진작 얘기를 해주든지… 일언 반구도 없이 덜렁 저놈을 던져 놓았으니 이 할아비가 숨이 안 넘어간 것만 해도 다행이다. 천지신명이 돌보신 게야. 아효효효효!"

설아는 그제야 아차 싶었다.

자기가 사랑하는 친구들이니 당연히 할아버지도 좋아할 것이라 생각한 자신이 바보였다. 설아는 얼른 고개를 숙여 사죄했다.

"히잉, 할아버지. 죄송해요. 난… 할아버지를 생각해……."

"날 생각해? 네가 놀러 나가고 싶었던 게 아니고?"

"히잉……."

할 말이 없었다. 그러나 할 일은 있었다.

"저어… 잠깐만 나갔다가……."

“안 돼!”

서릿발처럼 단호한 채 노인.

“이잉, 할아버지.”

애교도 통하지 않았다.

“절대 안 돼! 이제야 네가 얼마나 위험한 짓거리를 하는지 알겠다. 저런 위험한 짐승들과 놀다니! 한 발만 삐끗하면 네 목숨 사라지는 건 일도 아니겠구나. 당분간 절대 외출 금지다! 아무래도 성 안으로 이사를 가야겠다.”

“혁? 하, 할아버지?”

예전 같았으면 성내로 간다는 걸 오히려 반겼을 설아. 그러나 지금은 아니다. 이 세상 무엇과도 바꿀 수 없는 친구들과 예쁜 털북숭이가 있지 않은가?

“그렇지 않으려면 이 할아비에게 의술을 배워라! 그걸 다 배우고 나면 동물들과 지내는 것도, 외출도 허락하마!”

채 노인은 기회다 싶어 엄한 표정으로 못을 꽝꽝 박았다.

‘힝, 빨리 이것들을 갖다 줘야 되는데…….’

안절부절 울상을 짓던 설아. 그러나 할아버지의 시퍼런 서슬을 보니 이번 용왕님 건은 손이 발이 되도록 빌어도 소용없을 대형 참사인 듯했다.

어찌나 놀랐는지 파리하게 변한 할아버지의 저 몰골을 보라.

가뜩이나 검버섯 핀 얼굴에 이젠 생기조차 잃어버린 거무죽죽한 얼굴. 그 얼굴을 보고 나니 도저히 또 나간다고 말하진 못하겠다. 게다가 자신에게 의술을 전수코자 하는 건 할아버지의 평생 염원이었다.

‘아예 이 기회에 다 배워 버리고 자유로워져야지. 그리고 의술을 배

우면 할아버지 약을 안 훔쳐도 털북숭이를 빨리 치료해 줄 수 있을 거야.'

곰곰이 생각을 정리한 설아는 힘없이 고개를 끄덕였다. 대신 눈을 반짝이며 확약을 받아냈다.

"그 대신… 다 배우면 마음대로 외출할 거예요."

"오냐."

채 노인은 피식 헛웃음을 지으며 고개를 끄덕였다.

자신이 평생 익힌 의술이다. 어느 천년에 다 배운단 말인가?

채 노인은 드디어 한시름 놓은 기분이었다.

"할아버지, 잠시만요. 산왕과 얘기할 게 있어요."

설아는 종종걸음으로 산왕에게 다가갔다.

"산왕, 난 그 애에게 못 가게 됐어. 네가 이걸 대신 좀 전해줘."

산왕은 아무 생각 없이 고개를 끄덕였다. 그러나 설아는 생각이 깊었다.

"너, 중간에 꿀꺽하면 평생 장가 못 갈 줄 알아!"

노총각 산왕에게는 무시무시한 엄포였다.

끼깅.

산왕은 혹시라도 이빨에 힘이 들어가 실수로 영약을 삼키게 될까 봐 노심초사하며 조심조심 달려갔다.

"으음……."

곽무한은 희미한 신음을 흘리며 깨어났다. 그러다가 입술에서 툭 굴러 떨어지는 뭔가를 발견했다.

"어? 이게 뭐야?"

향긋한 냄새로 보아하니 과일이었다. 그러나 과일치고는 어딘가 모
르게 신기하게 생겼다. 잎이 아홉 개 달린 것과 반쪽은 붉은색, 반쪽은
파란색인 게 너무 신기했다.

"우걱우걱, 쩝쩝. 와아~ 맛있네."

입에 들어가자마자 사르르 녹는, 정말 둘이 먹다가 한 사람이 죽어
도 모를 정도의 맛이었다.

과일을 먹고 나자 곽무한은 정신이 번쩍 들었다.

"아, 그러고 보니 늑대와 싸우다가 호랑이를 보고 쓰러졌었지?"

먹는 데 정신이 팔려 자기가 다친 것도 잊어먹고 있었다.

"어라라? 이럴 수가!"

그러고 보니 몸에 통증이 거의 느껴지지 않았다.

손을 내려봐도 벌써 피딱지가 앉기 시작했고 허벅지의 상처도 마찬
가지였다. 급하게만 움직이지 않으면 거의 통증이 없을 정도였다.

'얼굴, 얼굴은?'

아쉽게도 왼쪽 눈 부근에는 흉터가 남을 것 같았다. 그러나 다행히
도 눈은 멀쩡했다.

곽무한은 자기 몸을 덮고 있는 과자안의 장포를 봤다.

이 모든 게 과자안의 배려라고 생각하니 가슴이 뭉클해 왔다.

'아! 아저씨, 고맙습니다. 이 신세는 꼭 갚을게요.'

곽무한은 과자안에게 감사의 념을 보냈다. 그리고는 기억을 되돌려
어젯밤의 혈투를 떠올렸다.

'아저씨 말이 맞았어. 내가 너무 흥분했어.'

돌이켜 보니 '충분히 잘 싸울 수도 있었는데' 하는 생각이 들었다.

'그러나 그놈의 눈빛은……'

아직도 눈앞에서 빙글빙글 도는 그 눈빛. 소름 끼치도록 무서운 백호의 눈빛. 곽무한은 순간적으로 눈을 질끈 감았다.

'언젠가는 이겨내고야 말 테다!'

결심과 함께 힘껏 눈을 부릅떠 봤다.

동굴 밖의 대 숲이 바람에 하늘거렸다.

'아차, 낚싯대!'

곽무한은 밖으로 나와 낚싯대를 챙겼다.

'그래서 아저씨가 마음을 닦으라고 하셨구나. 마음… 마음……'

곽무한은 그날부터 다시 낚시에 몰입했다. 이제까지완 달리 진지한 자세였다.

'저놈……'

과자안은 놀란 가슴을 진정시킬 수가 없었다.

얼마 전의 그 상처를 눈으로 보지 않았다면 그러려니 하겠지만 눈으로 본 이상에는 지금의 상황이 도저히 믿기지가 않았다.

"타핫! 하늘을 뒤덮는 성난 물결! 노도세!"

일 장 높이를 가뿐하게 뛰어오르는 저 몸놀림을 보라! 저게 어디 다 죽어가던 중환자의 몸놀림이란 말인가?

게다가 성격은 또 어떻고?

항상 코뿔소처럼 달려들던 녀석이 얌전한 강아지로 변했다.

자신이 설명을 하거나 시범을 보일 때면 침착한 눈빛으로 지켜보고 있었고 자기 차례가 되면 차분히 자세를 가다듬으며 초식을 펼치고 있었다. 더구나 저 물 흐르듯 연결해 나가는 수법이라니!

'으음… 벌써 노도세를……'

과자안은 몇 번이나 신음성을 터뜨릴 뻔했다.

익힌 지 얼마 되지도 않았으니 완벽하다고 말한다면 어딘가 어폐가 있겠지만 믿기지 않게도 팔 할 이상 제대로 펼쳐 내고 있었다. 그 말은 초식에 숨겨진 묘용을 완벽하게 이해하고 있다는 말이다.

이제 노도세를 완성하는 데에는 한 달이냐 일 년이냐 하는 시간만이 문제였다.

'기재다! 정말 고금에 드문 기재다.'

과자안 자신은 무려 십 년이 걸린 일이었다.

"됐다. 오늘부터는 다시 심법 수련에 들어가도 된다."

과자안은 뿌듯함과 질투를 동시에 느끼며 몸을 돌렸다.

곽무한은 떠나가는 과자안의 등에 꾸벅 절을 하고는 조용히 목도를 어루만졌다.

'이제야 뭔가 보이는 것 같아.'

이제껏 막연하기만 했던 도법, 그 비밀의 실타래가 하나씩 풀리는 느낌이었다.

'알고 보니 마음을 함께하는 거였어. 초식은 그 과정을 보다 쉽게 이루어주기 위함이었어.'

곽무한은 벌써 물아일체(物我一體)를 어렴풋이 느끼고 있었다.

"이제 심법 수련이다."

곽무한은 목도를 내려놓고 가부좌를 틀었다.

휘우웅!

찬바람이 머리카락을 날렸다.

곽무한은 바람도 잊고 자신도 잊은 채 운기조식에 빠져들었다.

웅웅웅!

단전에서 불덩어리가 이글거렸다.

'반갑다. 그런데 며칠 쉬었는데도 오히려 더 커졌구나.'

곽무한은 반가운 눈길로 단전을 응시했다.

그러나 단전에 의식을 집중하자 문제가 생겼다.

투두둑! 투두둑! 화르르르!

단전이 터져 나갈 듯이 부풀어 오르더니 불덩어리가 미친 듯이 날뛰기 시작한 것이다.

'으아아! 이게 미쳤나? 왜 이래?'

단전의 불덩어리는 곽무한이 미처 비명 지를 새도 없이 통제를 벗어나 엉덩이 꼬리뼈 부근의 미려관을 뚫고 계속 치달렸다. 아차 하는 순간에 벌써 척추를 타고 오르며 명문혈, 신도혈, 대추혈을 펑펑 뚫어가고 있었다.

'안 돼애애!'

곽무한은 대경실색했다.

온몸이 진동하면서 활활 타오르는 것 같았고 진기는 벌써 뇌호혈을 지나 정수리 부근의 백회혈로 치닫고 있었다.

곽무한은 순간적으로 과자안의 경고가 떠올랐다.

"만약에라도 네 양물(陽物)에서 뜨거운 진동이 온다 싶으면 그때는 양기가 완전히 가라앉고 난 후에 수련하도록 해라. 그렇지 않으면 주화입마에 걸린다. 주화입마란 평생 폐인이 되거나 정신 이상자가 된다는 말이다."

폐인. 정신 이상. 이 얼마나 무서운 말인가?

곽무한은 서둘러 진기를 풀어버렸다.

"후아후아! 큰일날 뻔했다! 정신 이상자가 될 뻔했어!"

곽무한은 온몸에 식은땀을 흘리며 안도의 한숨을 내쉬었다.

그러나 누가 봤다면 땅을 치며 통탄할 일이었다.

지금 곽무한에게 일어난 현상은 구엽음양과의 효능으로 인해 진기가 치닫는 것이었다. 이 기세에 마음을 집중하여 기를 실으면 임독이맥 타통은 식은 죽 먹기였다. 무인들이 진기를 수만 번 돌리며 임독이맥을 뚫으려는 것은 바로 이같이 치닫는 힘이 부족해서 그런 것이다. 그래서 그 힘이 쌓일 때까지 돌리고 또 돌리는 것이다. 그런데도 이런 사실을 모르고 지레짐작으로 포기하고 말았으니 이 어찌 아쉬운 일이 아닌가? 워낙 빠른 진도 탓에 경각심을 심어주려고 주화입마 운운한 과자안의 염려가 오히려 악재가 되어버렸다.

그러나 곽무한은 희색이 만연이었다.

"오오옷! 힘이 더 늘었어!"

등 뒤쪽의 독맥이 거의 다 뚫렸으니 당연히 기가 넘칠밖에.

"이놈들, 이럴 때 한 번만 더 찾아와라. 응? 통쾌하게 복수해 줄게, 제발."

곽무한은 다음날부터 오매불망 늑대들이 다시 와주기를 기다렸다.

간절한 염원은 하늘을 움직이는 법인가?

며칠 후 정말로 늑대들이 다시 찾아왔다.

크르르!

선두에 선 흡혈청랑을 필두로 하나같이 이빨을 드러내는 꼴이 이번엔 끝장을 보겠다는 자세였다.

"맙소사! 저번보다 더 많잖아?"

염원은 이루어졌지만 결코 기뻐할 상황이 아니었다.

캬오오!

여전히 놈들은 빨랐고 거셌다.

그러나 이번에는 곽무한도 만만찮았다.

“오냐, 제대로 한번 붙어보자!”

곽무한은 등을 벽에 기대 놈들의 공격 범위를 좁혔다. 그리고 위험하다 싶은 공격만 차단하며 놈들의 숫자를 줄여 나갔다.

캐캐캥!

끼기깅!

자신의 목도에 맞아 네 활개를 뻗으며 나뒹구는 늑대들.

최대한 짧게 목도를 휘둘렀는데도 위력이 대단했다.

“아싸! 짧게 끊어 치니 더 위력이 강해지네?”

곽무한은 신바람이 났다. 거기다가 단전에서 힘이 샘솟듯 솟구치니 천하에 두려울 게 없을 정도였다.

끄르륵!

청랑은 약이 올랐다.

저번에 놈을 만신창이로 만들어놓았으니 이번에는 손쉽게 잡아먹을 수 있겠다고 생각했는데 도무지 틈을 주지 않는다.

조금이라도 앞으로 나오면 단번에 목줄을 뜯어놓으련만 이놈의 먹잇감은 도무지 나올 생각이 없어 보였다. 시간이 흐를수록 수하들의 희생만 늘어나니 미치고 환장하고 폴짝폴짝 뛰고 싶은 심정이었다.

“와하하! 이제 연속 공격인 첩첩세를 시험해 볼까?”

곽무한은 신이 났다. 파랑세로 끊어 치는 재미는 이제 시들해졌다. 연속 공격의 손맛을 보고 싶었다.

“아싸! 덤벼! 덤벼! 이야압!”

곽무한은 콧노래까지 부르며 도세를 펼쳤다.

그러나 연속 공격이다 보니 벽이 거추장스러웠다.

한 발, 두 발…….

곽무한은 늑대들의 비명성에 취해 자기도 모르게 조금씩 앞으로 나왔다. 바로 그 순간,

번쩍!

흡혈청랑은 드디어 곽무한의 빈틈을 발견했다.

크아앙!

청랑은 바람처럼 날아올라 폭풍처럼 발톱을 휘둘렀다. 그러나,

"엇?"

시이잇!

녀석은 표홀하게 몸을 움직여 자신의 공격을 피해 버린다. 거기다가 역습까지 날려온다.

크르릉!

그러나 관록의 흡혈청랑. 허공에서 몸을 비틀어 역습을 피했다.

"어쭈? 괜찮은 자센데?"

곽무한은 청랑의 본능적인 몸놀림을 보고 탄성을 질렀다. 그러나 탄성만 지르고 있을 때가 아니었다.

쉬이익!

양발을 접음으로 자신의 공격을 흘려 버린 청랑이 재차 몸을 비틀어 팔뚝을 물어왔다.

"헛!"

곽무한은 이미 공세를 취하느라 앞발에 힘이 쏠린 상황이다. 뒤로 몸을 뺄 겨를이 없었다.

"웃! 늦었다. 그렇다면……."

뇌리를 번쩍 스치는 생각.

곽무한은 공격하던 자세 그대로 박차 올라 팽이처럼 몸을 틀었다. 아까 청랑이 하던 자세 그대로였다. 그러나 아직 어설퍼서인지 벽에 살짝 이마를 찢겼다.

"호오, 이 방법도 쓸 만한데?"

이마를 매만지며 탄성을 지르는 곽무한.

'크르르! 저 인간이?'

청랑은 자존심이 상했다.

쿠와아악!

청랑은 분노가 치밀어 다시 한 번 힘차게 도약했다. 그러나 곧 인상을 구겨 버릴 수밖에 없었다.

"오오옷! 좋은데?"

녀석은 또다시 자기 모습을 흉내 내며 덩달아 도약을 해 보인다.

청랑 입장으로는 정말 '뭐, 이딴 자식이 다 있어?' 였다. 그러나 그게 다가 아니었다.

"흐흥, 오늘은 네놈 마음대로 안 될 거다. 이제 이 몸이 쓴맛을 보여 주마. 차합!"

놈이 뭐라 중얼거리며 빛살처럼 날아온다.

크왁?

청랑은 가슴이 철렁했다.

하마터면 목도에 머리가 뚫릴 뻔했다.

"하하하, 이놈! 이제야 이 몸의 능력을 알겠느냐?"

곽무한은 희열을 느꼈다.

무한히 솟아오르는 힘! 터질 듯한 쾌감!

"이야아아압! 활활 태워보자!"

슬슬 꼬리를 마는 청랑을 보며 자신감에 찬 곽무한. 단번에 승부를 내려고 모든 공력을 끌어올렸다. 그러나,

퍼퍼퍽! 우우우웅!

"으아악! 하필이면 이때!"

도를 뿌리려는 순간 빌어먹게도 기가 또다시 정수리 쪽으로 치달았다.

"주화입마는 안 돼애애애!"

곽무한은 너무 놀란 나머지 기를 풀어버리고 말았다.

공격 순간에 기를 흩어버리면?

화끈!

가슴패기에 청랑의 발톱 자국이 새겨졌다. 그나마 재빨리 땅바닥으로 나뒹굴었기에 망정이지 안 그랬으면 꼼짝없이 목줄을 뜯기고 말았을 것이다.

"젠장! 다시!"

크르릉!

곽무한과 청랑은 서로를 노려보다 다시 부딪쳤다.

시이잇!

콰드득!

동굴 안은 또다시 피가 튀고 땀이 흘렀다.

이런 저런 위기와 호기를 넘기며 얼마나 싸웠을까?

코피 터지게 싸우다 보니 어느새 뿌연 먼동이 터왔다.

"헥헥!"

고로롱고로롱.

이제 둘 다 지쳐 버렸다.

손가락 하나 움직일 힘도 없어 그저 서로를 노려만 보던 곽무한과 청랑.

‘고로롱. 다, 다음에 보자.’

청랑이 먼저 기다시피 하며 뒤돌아섰다.

우두머리가 돌아서니 다른 늑대들도 아쉬운 군침만 삼키며 뒤돌아설 수밖에 없었다.

“으갸갸갸~ 죽겠다.”

늑대들이 사라지자 곽무한은 털퍼덕 바닥에 드러눕고 말았다.

그러나 힘든 하루였지만 나름대로는 의미있는 하루였다.

다음날부터 곽무한은 매사에 신경을 곤두세웠다.

늑대들이 언제 나타날지 몰라서였다.

낚시할 때도 사방을 살폈고 운기할 때도 마찬가지였다.

가장 힘들 때는 잠잘 때였다.

잠에 빠지면 모든 감각이 둔해지기 때문이었다.

‘안 잘 수는 없고… 일단 정신을 바짝 차리고 자는 방향으로……’

곽무한은 자면서도 긴장을 유지하려 애썼다.

그러나 그 방법은 의외로 쉬웠다.

비결은 심법에 있었다.

마음을 고요히 가라앉히고 숨을 쉬는 듯 마는 듯 극도로 가늘게 호흡을 유지해 나가면 전신의 감각이 올올이 곤두선다. 의식은 자고 있지만 무의식이 깨어 있는 것이었다. 그건 바로 전통 무가(武家)에서 말하는 육감이었다. 곽무한은 자기도 모르게 육감을 키워 나가기 시작한 것이다.

공포를 극복하려는 이런 노력 때문에 곽무한은 시간이 흐를수록 무섭게 발전해 갔다. 언젠가부터 스쳐 가는 바람 소리도 놓치지 않았고 흩날리는 갈대 이파리도 놓치지 않았다.

그런 곽무한의 발전을 가장 먼저 알아차린 사람은 과자안이었다.

'믿을 수 없다. 내 눈을 믿을 수 없다!'

과자안은 눈을 부릅떴다.

"어? 제가 이겼네요?"

얼떨떨해하는 곽무한의 목소리.

자기 목젖에 닿아 있는 곽무한의 목도.

이건 악몽이었다.

아무리 자신이 본신 내공의 반만 썼다손 치더라도 이건 있을 수 없는 일이었다.

"다시, 다시 한 번 해보자!"

과자안은 도무지 믿기지 않아 재대결을 시작했다.

'내공을 팔성으로!'

이 정도면 자신의 평소 무위였다. 십성의 무공은 생사의 위기 때만 사용하는 것이기에.

"차아압! 파랑세!"

곽무한의 공격이 시작됐다.

시이잇!

놈은 파랑세의 묘용을 완벽히 이해하고 있다.

짧게 끊어 들어온다. 정신없이 빠르다.

과자안은 급히 곽무한의 공세를 흘리며 도에 회전력을 실어 역공을
취했다.

"놈, 도를 놓아라!"

피리릭!

두 사람의 도가 순간적으로 엉켰다.

그 순간,

"도벽세! 유수(流水)는 자연스런 흐름이다!"

곽무한의 도가 원을 그렸다.

"헉?"

과자안은 깜짝 놀랐다.

자신의 역습은 완벽했다. 그러나 곽무한은 그걸 자연스레 흘려 버렸
다. 그것도 역습을 거스르지 않고 같이 따라가면서 흘려 버렸다. 그리
고 더 놀라운 것은 자신의 도에 아교처럼 달라붙은 곽무한의 목도. 일
순간 떨어지나 싶더니 독사처럼 미간을 노려온다.

"흡?"

과자안의 입에서 헛바람 소리가 새어 나왔다.

지금 곽무한이 펼친 수법은 기를 발출하는 발경(發勁), 거기에서 이
어진 주경(走勁)과 첨경(沾勁)이었다. 상대에게 저항하지 않음으로써
공격을 피하는 주경, 상대에게 달라붙어 역습의 기회를 노리는 첨경이
었다. 가르쳐 주기엔 너무 이른 듯해 미루고 있던 상승의 고급 경이었
다.

과자안은 너무 놀라고 당황했다.

그래서였다.

"이익! 뇌전폭풍세!"

과자안은 자신도 모르게 십성의 공력을 쓰고 말았다.

츠츠츠츠츠!

곽무한의 심장을 향하여 뻗어가는 자신의 도.

'아차! 이런 실수가!'

과자안은 일순 가슴이 철렁했다.

겨우 입문 일 년짜리를 상대로 십성 공력을 쓰다니…….

도저히 있을 수 없는 일이었다.

그러나 심장이 목구멍으로 툭 튀어나올 일이 발생했다.

카카칵!

곽무한이 자신의 공격을 막아냈다, 십성 공력이 담긴 공격을.

그것도 후발선제(後發先制:늦게 시작해서 오히려 빠르게 제압함)의 묘용으로.

"으으음……."

과자안은 침음성을 흘리며 자신의 도를 내려뜨리고 말았다.

"쿨럭쿨럭!"

곽무한은 뒤늦게 기침을 토하며 몇 걸음 뒤로 물러났다.

과자안은 자기도 모르게 눈을 감았다.

알 수 없는 회한과 질투가 끓어올랐다.

"아저씨, 어때요? 저, 많이 늘었죠?"

곽무한은 그런 과자안의 내심도 모르고 밝게 웃었다.

과자안은 억지로 질투심을 억누르며 생각을 정리했다.

'위험하다. 이놈은 너무 위험하다.'

노구와 민대머리, 그리고 대형인 철면노호를 향해 이글거리던 곽무한의 눈빛이 생각났다. 화가 나면 물불 안 가리는 성정이 생각났다.

“너는…….”

과자안은 굳은 표정으로 천천히 입을 열었다.

“앞으로 절대 수채 사람들과 손을 섞지 마라. 만약 손을 섞는다면 네 무공을 폐하리라.”

곽무한은 가슴이 철렁했다.

“아저씨? 노구는… 노구 아저씨는…… 그리고 독호 아저씨도…….”

“이유 불문!”

얼음장 같은 목소리였다.

“마, 말도 안 돼요.”

곽무한의 표정이 눈에 띄게 씰룩거렸다.

“수채 식구들은 다 네 가족이요 형제다!”

과자안은 한 번 더 못을 박았다.

“그 새끼들은 아냐!”

“이놈이?”

짜악!

과자안은 발작적으로 소리치는 곽무한의 뺨을 힘껏 후려쳐 버렸다.

“명심해라! 수채 식구들은 네 가족이다!”

과자안은 노한 표정으로 다시 한 번 강조했다.

한동안 두 사람 사이에는 침묵이 감돌았다.

“복수만이 능사가 아니다. 때로는 호탕하게 웃어넘길 줄도 알아야 진짜 사내다.”

과자안은 충격으로 몸을 떨고 있는 곽무한의 어깨를 툭툭 두드려 주고는 어둠 속으로 사라졌다.

‘으드득! 당신은 몰라! 절대 몰라! 내가 왜 이토록 발악하듯 무공을 배우는데?

곽무한은 과자안이 사라진 어둠을 노려보며 이를 갈았다.

캄캄한 밤 어둠 속에서 노구와 민대머리가 조롱하듯 웃고 있었다.

제8장
갈등의 시작

해가 바뀌었다.

신년 초부터 세찬 한파가 휘몰아쳤다.

적호채 앞 잔잔한 강물에는 얼음이 얼었다.

쏟아져 내리던 폭포도 빙벽으로 변했다.

"이 새끼들, 빨리 안 기어올라 가?"

폭포가 얼어붙은 빙벽 아래 노구의 목소리가 쩌렁쩌렁했다.

살을 엘 듯한 추위에도 아이들의 훈련은 계속되고 있었다.

이제는 모두 한껏 큰 아이들. 손과 발을 호호 불며 빙벽을 오르고 있었다. 그러나 빙벽은 그들이 오르기에는 너무 차갑고 미끄러웠다.

"아앗!"

콰당탕!

아이들은 하나둘 팔이 부러지고 머리가 깨졌다.

“너희들 지금 장난치냐?”

짜자작!

빙판에 나뒹구는 아이들에겐 영락없이 채찍질이 가해졌다.

“헉헉!”

채찍질에 못 이긴 아이들은 끙끙대며 또다시 빙벽을 오른다.

부러진 팔다리로 오르면 미끄러지는 건 당연한 일.

“등신 새끼들, 죽어! 죽어버려!”

노구는 넘어진 아이들에게 마구잡이로 발길질을 가했다.

이 혹한의 날씨에 쉬지도 못하고 아이들을 수련시키자니 성질이 난 것이다.

“흑흑, 잘못했어요. 다시, 다시 할게요.”

아이들은 피를 철철 흘리면서도 다시 일어났다.

도저히 눈 뜨고는 못 볼 참경이었다.

그 모습을 내려다보던 매옥은 아득한 절망감을 느꼈다.

손이 너무 시렸다. 중간까지 오르니 힘도 달렸다. 그래선지 지급받은 단도를 빙벽 속에 박아 넣으려 해도 도가 제대로 잡히지도 않았고 힘에 부쳤다.

“학학, 제발 조금만 더… 어맛?”

결국 빙벽 중간까지 오르던 매옥도 주룩 미끄러져 빙판 바닥으로 내동댕이쳐지고 말았다.

“아윽! 흑흑!”

팔이 부러진 것 같았다. 매옥은 통증을 무릅쓰며 억지로 일어섰다.

바로 그때,

“매옥, 이리 와봐!”

소름 끼친 목소리.

매옥은 가슴이 철렁했다.

"다, 다시 오르겠습니다."

매옥은 서둘러 몸을 돌렸다. 그러나,

"이년이? 이리 안 와?"

짜자작!

채찍이 날아들었다. 그것도 엉덩이를 노리고.

'개새끼! 언젠가는 죽여 버리고 말겠어!'

매옥은 피가 나도록 입술을 깨물며 빙벽으로 다가갔다.

"이년이 정말? 이리 안 와?"

"아이악!"

노구가 자신의 머리카락을 잡아챈다.

매옥는 통증을 참으며 고개를 획 돌렸다.

"조장님, 전 다시 올라갑니다! 왜 수련을 막으시는 거죠?"

당찼다. 정말 당찼다. 노구는 일순간 반박할 말이 떠오르지 않았다.

철면노호의 엄명에 의해 아무리 수련 조장인 자신이라도 공연한 트집은 잡을 수 없었다.

"오냐. 두고 보마, 이년아."

말만 잘 들으면 충분히 쉽고 편하게 훈련시켜 줄 수도 있는데 저 무식한 년은 그걸 모른다.

노구는 분통이 터졌지만 채찍을 휘두르는 것 이외에는 군침만 삼킬 수밖에 없었다.

우연히 밖으로 나온 민대머리도 그 모습을 봤다.

'독한 년이군. 아주 탱탱해. 안으면 죽이겠는걸?'

민대머리는 느긋한 걸음으로 노구에게 다가갔다.

"어이, 노구!"

"어? 부채주님! 아야야!"

노구는 얼른 허리를 숙이다 무지막지한 손에 의해 귀를 잡혔다.

"저년 무르익을 때까지 손대지 마. 내 거야. 알았어?"

민대머리는 노구에게 으르렁 귀엣말을 보내고는 매옥을 유심히 바라봤다. 벌써 가슴이 봉긋하고 엉덩이도 도톰했다.

'이제 열셋. 아직은 어려. 조금만 더……'

민대머리는 아이들을 휘휘 둘러보다 다시 안으로 들어갔다.

"으그그그! 바깥 날씨, 정말 춥네요."

민대머리는 얼른 화로에 손부터 갖다 댔다.

"쯧쯧, 명색이 부채주란 놈이 고작 이 날씨가 춥다고 방정이냐?"

호피 의자에 앉아 비도를 닦던 철면노호가 핀잔을 던졌다.

"아이고, 형님은. 제 말은 그게 아니라 날씨가 추우니 배가 고프다 이 말입니다."

"배가 고파?"

"물길이 얼어붙어 밖으로 나가질 못하니 당연히 배가 고프지요."

민대머리는 털썩 의자에 앉으며 대꾸했다.

"하긴… 요즘 자금이 좀 달리는 관계로……."

철면노호의 곁에 있던 적호가 조금 미안한 표정을 지었다.

"쳇, 그래도 술 마실 돈과 계집질할 돈까지 아낀다는 건 너무했수."

민대머리는 마침 잘됐다는 표정으로 일침을 가했다.

"녀석, 결국 그 말이었구나. 조금만 참아라. 봄이 되면……."

"아따, 어느 천년에 봄을 기다린단 말이오? 하초에 곰팡이 슬겠소."

"이, 이 녀석이?"

민대머리가 자신의 말을 단박에 끊어버리자 적호의 표정이 붉으락
푸르락해졌다. 위계 질서가 있지 부채주 주제에 꼬박꼬박 말대꾸를 해
대니 곁에 있는 수하들 보기가 창피해진 것이다.

"그만! 둘 다 되었다!"

철면노호가 나섰다. 그러나 그의 말이 이어진 순간 적호의 얼굴은
시뻘겋게 변해 버렸다.

"자금이 빡빡하더라도 아이들 사기 좀 올려줘. 돈이란 움켜쥐고 있
는 것만이 능사가 아니야. 돈 쓰는 법에 대해 잘 모르면 아예 나에게
넘기든가."

비록 철면노호가 태상채주이긴 하나 적호채의 주인은 적호다.

더구나 적호채의 재산은 적호 자신이 십 년 동안 노력해서 모은 것
이 아닌가? 아무리 의형이라 하나 그걸 넘기라는 건 말이 되지 않았다.

"좀… 풀도록 하겠습니다."

적호는 수치와 모멸감을 억누르며 겨우 대답했다. 그러나 기름 끼얹
듯 또다시 쏘아붙이는 민대머리.

"좀이 아니라 화끈하게 좀 풀어보슈. 남자가 배포가 있어야지."

"도, 독호?"

적호의 얼굴이 순간적으로 확 붉어졌다.

'음, 대형과 아우가 너무 심하군. 그래도 명색이 채주인데…….'

채주인 적호의 별호는 화가 날 때 얼굴이 붉어지는 것에서 유래됐
다. 지금 적호의 얼굴을 보니 폭발 직전이나 다름없었다.

과자안은 여기서 더 이야기가 더 진행되면 분명코 큰일이 벌어질 것
이라 생각하고 얼른 화제를 돌렸다.

"참, 독호."

"예?"

있는 듯 없는 듯하던 과자안이 갑자기 말을 꺼내자 모두의 시선이 과자안에게로 쏠렸다.

"음… 노구에게 일러 아이들을 너무 심하게 굴리지 말도록 해라. 근 자에 아이들의 몸이 엉망이더구나."

"에이, 묵호 형님. 걱정도 팔자슈. 애들은 원래 맞으면서 크는 겁니다. 설마 하니 노구가 애들 잡으려고 그러겠수?"

민대머리는 피식 헛웃음을 지었다. 그러나 과자안은 그렇지 못했다. 늑대 굴에서 내려다보고 있을 곽무한이 마음에 걸린 것이다.

"내 말대로 전해!"

과자안의 눈빛이 차갑게 변했다.

"아이고, 형님은 마음씨만 고우셔서……. 알겠습니다. 노구에게 말해 두죠 뭐."

과자안의 눈빛에 뜨끔한 민대머리는 슬머시 꼬리를 말았다.

"그렇다고 너무 무르게 가르치면 안 돼."

밖으로 나서는 민대머리에게 철면노호가 한마디 거들었다.

과자안은 살짝 인상을 찌푸리다 이내 말없이 고개를 숙이고 말았다.

"언니, 괜찮아?"

미루는 방으로 들어서는 매옥을 부축했다.

"으음… 괜찮아."

매옥은 걱정 어린 표정의 미루에게 희미한 미소를 지어 보였다.

그러나 웃지 않는 게 나을 뻔했다. 처연한 웃음은 눈물보다 더 슬퍼

보이는 법이니까.

"언니, 이리로 와. 여긴 내가 오래 앉아 있어서 따뜻할 거야."

미루는 얼른 자기가 체온으로 데워놓은 침상으로 매옥을 안내했다.

팔이 부러지고 온 등짝이 피투성이인 매옥은 사양할 계제가 아니었다.

"으윽!"

매옥은 침상에 몸을 눕히다가 순간적으로 비명을 질렀다.

"아이참, 엎드려야지 누우면 어떡해?"

미루는 금방이라도 눈물을 흘릴 듯한 표정으로 발을 굴렀다.

"그렇구나. 언니가 정신이 없어서……."

"언니, 조심조심……."

매옥은 지금 본채의 약왕당(藥王堂)에서 치료를 받고 오는 길이었다.

약왕당은 이름 그대로 병이나 상처를 치료하기 위해 만든 곳이다.

산에서 캔 약초와 허접스런 고약 따위로 대충 치료를 해주는 게 고작인 주제에 약왕당이란 명칭이 말이나 되는가 마는 그나마 수채 내에서 유일하게 상처를 치료받을 수 있는 곳이었다. 그러다 보니 약왕당 소속 수적들은 평소에도 유세가 심했다. 그런 판에 아직 풋내나는 나이이긴 하나 여자인 매옥이 갔으니 상황은 안 봐도 눈에 선했다.

'어라? 매옥이 아니야? 클클클, 다쳐서 왔구나.'

처음부터 노골적으로 보내오는 음흉한 눈빛.

'상처를 치료받으려면 옷을 벗어야지, 이년아!'

약왕당 책임자인 애꾸 자식이었다.

'대충 심한 부분만 치료해 주세요.'

당연히 옷을 벗을 매옥이 아니다.

'싫으면 꺼져!'

결국 목마른 사람이 우물 파기 마련이다.

'어이구! 엉덩일 보니 다 컸구나, 다 컸어. 흐흐흐.'

매옥은 너무나 수치스러워 차라리 오지 말 걸 싶었다.

그러나 채찍에 찢긴 엉덩이와 등판이 너무 아팠다. 더구나 부러진 팔은 빨리 접골하지 않으면 평생 반병신이 된다.

매옥은 이를 악물고 참았다.

접골이 끝나고 상처 부위에 약을 발라주며 슬금슬금 엉덩이를 만져 오는 애꾸 자식. 조금만 더 있으면 놈의 손이 어디까지 뻗쳐 올지 몰랐다.

매옥은 대충 치료가 끝났다 싶자 냅다 녀석의 코를 받아버리고는 약왕당을 뛰쳐나왔다. 그만하길 천만다행이었으나 매옥은 미루의 부축을 받아 엎드리다가 자기도 모르게 서러움이 밀려와 눈물을 흘리고 말았다.

"이놈이고 저놈이고 여긴 다 짐승 같은 새끼들뿐이야. 흑흑."

"언니……."

매옥의 서러운 눈물에 미루도 같이 눈물을 흘리고 말았다.

"으드득, 두고 봐. 날 건드리는 자식들은 모두 죽여 버리고 말 거야."

매옥은 눈이 퉁퉁 부을 정도로 눈물을 흘렸다.

"언니, 조금만 참자. 무한 오빠가 돌아오면 괜찮아질 거야."

"무한 오라버니가 돌아온다고 될 일이 아니야."

철없는 미루의 말에 매옥은 쓸쓸하게 웃었다.

"아냐. 무한 오빠는 달라. 그놈들을 다 때려줄 거야. 틀림없어!"

미루의 목소리가 잔뜩 높아졌다.

곽무한은 미루에게 있어 우상이나 다름없었다.

첫날부터 그 무서운 아저씨들에게서 도망치던 모습 하며, 그 끔찍한 채찍질도 멀쩡히 견뎌낸 인내심, 절벽을 한달음에 내려가 매옥 언니를 구해주던 의협심, 아름드리 나무들을 가볍게 베어내던 그 엄청난 힘, 무섭기 그지없는 노구 아저씨와도 맞장 뜰 정도의 용기.

어린 미루의 생각에는 곽무한만 있으면 무슨 일이든지 다 해결될 것 같았다.

"맞아. 그는 다르지."

매옥은 곽무한을 떠올리며 은은한 미소를 지었다. 그러다가 순식간에 표정을 바꿔 진득한 한기를 피워 올렸다.

"그러나 난 날 건드리는 놈들을 절대 용서하지 않을 거야!"

"어, 언니?"

미루는 가슴이 덜컥 내려앉는 것 같았다.

매옥의 눈에서 흘러나오는 살기도 살기였지만 무엇보다 매옥의 손에 감춰진 쇳조각이 너무 무서웠기 때문이다.

아이들은 병장기는커녕 쇳조각조차 휴대할 수 없었다. 특별한 경우가 아니면 훈련 때도 목도나 쇠심줄 등으로 수련시킬 정도였다.

이런 상황에 매옥의 손에 감춰진 쇳조각. 그것도 양 끝이 화살 끝처럼 날카로운 병기 아미자(峨嵋刺)는 어른들에게 들키면 치도곤을 당할 위험한 물건이었다.

아마도 아미자의 크기가 한 자(尺:30㎝)밖에 되지 않아 약왕당을 뛰쳐나오던 매옥이 손쉽게 훔쳐 올 수 있었던 모양이다.

"미루, 이거… 절대 아무에게도 이야기하면 안 돼. 알았지?"

“으, 으응, 알았어.”

매옥의 다짐에 미루는 두려움에 떨며 고개를 끄덕였다.

잠시 후 매옥이 잠든 것을 확인한 미루는 조용히 밖으로 나왔다.

미루는 음산한 하늘을 밝히는 달을 쳐다봤다.

달 속에는 늠름한 모습의 무한 오빠가 자신을 보고 있었다.

‘무한 오빠, 빨리 돌아와. 매옥 언니가 너무 화났어. 무서운 일이 생길 것만 같아 미루는 너무 무서워. 하늘님, 무한 오빠를 빨리 돌아오게 해주세요.’

미루는 한참 달을 보며 기원했다.

“미루야, 안 자고 뭐 해?”

어깨 너머로 친오빠인 무견의 목소리가 들려왔다.

“응, 지금 자러 갈 거야.”

미루는 환한 달무리가 빛을 발하는 걸 보고서야 침실로 돌아갔다.

아이들의 피부는 동상이 번져 시퍼렇게 얼어 있었다.

“뛰어!”

차가운 목소리가 빙판에 깔렸다.

“으아아!”

아이들은 일제히 비명을 지르며 뛰었다. 그러나 맨발로 빙판을 뛰다 보니 넘어지고 자빠지고 난리였다.

“헉헉!”

미루와 매옥도 열심히 뛰었다.

컹컹!

섬뜩한 소리가 뒤통수를 따라온다.

“미루, 어서!”

매옥이 안타까운 표정으로 뒤를 돌아봤다.

“아아, 난 안 돼. 언니 먼저 가. 흑흑.”

미루는 너무 어리다 보니 남들 만큼 빠르게 뛸 수 없었다. 그러다 보니 끔찍한 고통이 따를 수밖에 없었다.

크와앙!

“악!”

고통의 주범은 흉광을 번뜩이는 개들이었다.

며칠을 굶긴 듯 군침을 흘리며 종아리를 물어뜯는 개들. 미루는 얼굴만은 물어뜯기지 않으려고 발버둥을 쳤다.

“미루야! 이 개새끼들아!”

무견이 달려와 동생의 몸을 덮치는 개들에게 목도를 휘둘렀다. 그러나 무견의 몸은 금방 달려드는 개들에게 둘러싸였다.

“위험해!”

매옥은 입술을 잘근 깨물다가 뒤돌아섰다.

“이익, 저리 가! 저리 가란 말이야!”

매옥은 악을 쓰며 미루에게 다가가 개들에게 마구 목도를 휘둘렀다.

크와앙!

개들은 미친 듯이 매옥과 무견에게 달려들었다.

멀리서 그 장면을 지켜보는 사람들이 있었다.

민대머리와 노구, 그리고 적호였다.

“너무 심하지 않나?”

보다 못한 적호가 한마디 건넸다.

“아닙니다. 굶주린 개 정도야 충분히 처리할 수 있는 애들입니다. 늑대를 풀어놔도 충분할 걸요?”

민대머리가 별거 아니라는 투로 대답했다.

“죽을 정도가 되면 말릴 생각입니다.”

노구도 옆에서 거들었다.

“으음…….”

적호는 침음성을 흘리며 돌아섰다.

노구와 민대머리가 기획한, 아이들에게 독기를 심어주는 훈련의 하나였다. 이날은 과자안과 철면노호가 출타하고 없는 날이기도 했다.

굶주린 개들과 싸우는 훈련.

그 모습을 바라보는 사람이 또 하나 있었다.

그는 그 모습을 보며 마구 분통을 터뜨렸다.

“으아아아! 개새끼들! 개새끼들!”

치미는 분노를 주체치 못해 주먹으로 땅바닥을 마구 두드리는 사람, 그는 바로 늑대 굴의 곽무한이었다.

해가 바뀌어선지 곽무한의 모습은 무척 변해 있었다.

육 척에 달하는 키에 곰처럼 우람한 어깨, 그리고 어깨 어림까지 내려온 머리카락에 번쩍이는 안광. 도무지 지금의 곽무한을 보고 열다섯 살짜리라고 생각할 사람은 없을 듯했다.

“크아아! 한 달이래 놓고! 한 달이래 놓고!”

곽무한은 피가 끓는 심정이었다.

한시바삐 돌아가 민대머리와 노구의 면상을 박살 내버리고 싶었다.

수채의 다른 사람은 몰라도 아이들은 자기 형제요 가족이었다.

처음 선실에서 만난 날부터 그런 느낌이 들었고, 미루가 던져 준 밥 한 덩어리가 그 느낌을 확신으로 굳혀놓았다. 그런 형제들이 수련이라는 핑계 하에 가혹하게 당하고 있으니 열불이 터지고 분통이 터지는 것이었다.

그러나 그래서 곽무한의 체벌 기간이 늘어나고 있었다.

과자안은 처음의 의도와는 달리 곽무한의 눈에서 분노의 불길이 꺼질 때까지는 꺼내줄 생각이 없었다.

그러니 그런 사실을 모르는 곽무한은 날이 갈수록 열만 뻗쳤다.

"으아아아아! 도대체 얼마나 더 기다려야 해!"

곽무한은 이제 땅바닥을 내려치다 못해 아무거나 손에 잡히는 대로 마구 휘둘렀다. 그러다 한 가지 사실을 발견하고는 깜짝 놀랐다.

"어라? 이럴 수가?"

공교롭게도 자신이 휘두른 것은 낚싯대였다. 그러나 분노로 낚싯대를 휘두른 결과는 스스로도 믿기지 않을 정도였다.

스스슷.

바람에 날리는 대나무 숲. 그중에서 굵기가 가는 놈들은 모두 두 동강이 나 있었다.

"어떻게 이럴 수가? 도대체 내가 어떻게 했기에?"

정신을 차리고 다시 휘둘러 보니 가당치도 않았다.

"뭘까? 뭐지? 왜 아까는 됐는데 지금은 안 되지?"

곽무한은 무공광답게 그 자리에서 의문에 빠져들었다.

"이게 된다면 낚싯대로 원거리 공격이 가능해. 알아내자. 알아내 보자, 곽무한."

곽무한은 홀린 듯 명상에 잠겼다.

일각이 지나고, 반 시진 지나고, 저녁놀이 지도록 명상에 잠겼다.

그러나 도무지 알아낼 수가 없었다.

"으아아! 왜 안 되냐고? 도대체 왜?"

결국 곽무한은 마구 분통을 터뜨리며 다시 낚싯대를 휘두르기 시작했다. 그러나 마찬가지였다. 밤이 이슥하도록 휘둘러도 마찬가지였다.

"미치겠네. 내 머리가 이렇게 나빴어?"

곽무한은 씩씩거리며 동굴로 돌아왔다.

허기가 너무 몰려와 견딜 수가 없었던 것이다.

"아이고, 미치겠네. 이거 먹고 어찌 살라고."

끼니 때마다 나오는 푸념이었다.

하루에 한 개씩 주어지는 주먹밥 한 덩이와 과일로는 도저히 버틸 수가 없었다.

사냥이라도 할 수 있으면 좋으련만 한겨울이라 날짐승들도 대부분 동면에 들었다. 그러니 오늘 같은 날 아침에 먹다 남겨놓은 주먹밥 반 덩이로는 간에 기별도, 아니, 혓바닥에 기별도 가지 않았다.

"춥고, 배고프고, 열받고. 오늘은 그야말로 최악이군. 빌어먹을!"

곽무한은 화도 나고 배도 고프고 해서 바닥에 벌렁 드러누웠다.

그러나 이때였다.

바스락바스락.

극도로 숨죽인 발자국 소리.

곽무한의 눈이 번쩍 빛났다.

'이게 웬 떡이냐?'

곽무한은 갑자기 온몸에 희열이 용솟음치는 것 같았다.

"반갑다. 어서 와라."

곽무한은 한 손으로 목도를 툭툭 치며 동굴 안쪽을 노려봤다.

크르르!

흡혈청랑을 필두로 한 늑대 떼.

사돈의 팔촌까지 끌어들였는지 이번에는 백 마리에 가까웠다.

"배도 고프고 울적하던 판에 잘됐다. 간닷!"

오늘의 곽무한은 어제의 곽무한이 아니었다.

바람처럼 날아 번개처럼 도를 휘둘렀다.

캐캐캥!

표홀한 보법에 쉴 새 없이 퍼부어지는 목도찜질.

늑대들은 구슬픈 비명을 지르며 하나둘 사지를 하늘로 향했다.

'크르릉! 저, 저 인간이 도대체 뭘 처먹었기에?'

청랑은 가슴이 철렁했다.

냄새로 보든 자신이 남긴 이빨 자국을 보든 아무리 봐도 그때 그놈이 분명한데 저토록 무섭게 변할 수가 있단 말인가?

"아다다다닷!"

곽무한은 늑대들이 눈물겹게 고마웠다.

신나게 화풀이할 상대가 돼줘서 고마웠고 허기를 메우게 해줘서 고마웠다.

여기서 허기를 메운다는 말은?

"어어? 어딜 달아나?"

청랑이 도저히 못 버티고 달아날 무렵 곽무한은 늑대들 뒤를 쫓는 시늉을 하다 앵돌아서 나자빠진 녀석들의 시체부터 챙겼다.

청랑은 두고 보자는 표정으로 뒤를 돌아보다 경악으로 턱이 빠질 뻔했다.

"가뜩이나 춥고 배고픈데 이건 신이 주신 선물이야, 선물. 룰루."

저 잔인하고 무식한 놈을 보라!

날카로운 돌멩이를 집어 든 곽무한. 휘파람을 불며 널브러진 수하들의 껍질을 벗겨내고 살을 발라내기 시작했다.

그러나 그 정도면 말도 안 한다.

사가각사가각.

녀석은 불까지 피우고 있었다. 그리고 한마디 내뱉는 말.

"꿀꺽. 맛이 어떨까?"

청랑은 기절초풍 정도가 아니라 눈앞이 새하얘지는 기분이었다.

'쿠오오오! 이 잔인한 인간, 절대 용서 못한다아아!'

청랑은 피눈물을 흘리며 복수를 다짐했다.

그러나 곽무한은 감격의 눈물을 흘리며 고기를 씹을 뿐이었다.

"아아, 고기가 좀 맵고 질기지만 먹을 만은 해. 적어도 보름 동안은 양식 걱정 없겠다. 고마운 일이야. 정말 고마운 일이야!"

곽무한은 진심으로 청랑이 고마웠다. 청랑이 아니었다면 이 엄동설한에 어디 가서 이런 고기 맛을 보겠는가 말이다. 게다가 이토록 따뜻한 가죽까지.

그날 곽무한은 정말 오랜만에 등 따시고 배부른 상태에서 푹 숙면을 취했다.

이제 양식 걱정이 없어진 곽무한.

다음날부터 낚싯대의 비밀을 푸는 데 전심전력했다.

"이 방법도 아니고… 저 방법도 아니고……."

웃는 사람이 있으면 우는 사람도 있기 마련인 게 인생사. 그와 비슷하게 웃는 곽무한이 있으니 우는 청랑이 있었다.

그날 청랑은 치미는 분노로 인해 잠도 한숨 못 자고 뼈를 에는 바람을 맞으며 계곡을 뒤졌다.

우우우우우우!

보복을 다짐하며 최후의 늑대 한 마리까지 불러 모으는 청랑의 울음소리는 새벽까지 계곡에 메아리쳤다.

웃고 울고 하는 사이에 시간이 흘렀다.

곽무한은 날마다 바빴다.

낮에는 복수를 결의하느라 바빴고 저녁에는 낚싯대의 비밀을 푸느라 바빴으며 한밤중에는 늑대들을 잡느라 바빴다.

청랑도 바빴다.

낮에는 복수를 결의하느라 바빴고 저녁에는 수하들과 작전 회의를 짜느라 바빴으며 한밤중에는 도망치느라 바빴다.

흐르는 시간은 언제나 결과를 낳는다.

곽무한에게도 몇 가지 결과가 있었다.

그 결과 중 하나는 더 이상 동굴에 양식을 놔둘 수 없다는 것이었다.

이제 양식이 차고 넘치다 못해 땅을 파고 보관해야 할 정도였다.

달리 말하면 늑대 계곡의 늑대들이 씨가 말랐다는 이야기다.

늑대 계곡이 이렇게까지 된 데까지는 긴 시간도 필요없었다.

어느 날 어느 시에 비장한 각오로 최후의 결전을 시도한 청랑 때문이었다. 결과론이지만 청랑의 각오는 대세에 아무런 영향도 끼치지 못했다.

"끼요오오!"

곽무한이 기성을 터뜨리며 몇 번 날아오르고,

캐캐캥!

몇 안 남은 수하들이 사지를 하늘로 쳐들며 뻗어버리고,

퍼퍼퍽!

청랑의 눈에 불이 번쩍한 게 종착점이었다.

굳이 후문(後聞)까지 알려고 든다면 복날 개 맞듯이 얻어맞은 청랑이 잠시 혼절했다 깨어난 순간,

"살집이 두툼해. 이놈이면 하루 종일 배부르겠는걸?"

불을 피우며 그놈이 자신에게 불쑥 던지는 말에 청랑은 가슴이 덜컥했다. 그러나 최후의 자존심만은 잃지 않으려 이빨을 드러내며 으르렁거렸다.

으르렁의 결과는 참혹했다.

"어쭈? 이놈 봐라?"

피식 웃으며 일어난 곽무한. 청랑의 꼬리를 덥석 잡더니 바닥으로 마구 패대기를 쳤다.

펑! 펑! 펑!

캥! 캥! 캥!

눈에 별이 튀어나오고 사지 육신이 부러져 나갔다.

머리는 금방이라도 깨질 듯했고 온몸엔 극심한 통증이 몰려왔다.

그러나 청랑은 혼신의 힘으로 다시 갈기를 세웠다.

'크르릉! 형제들이여, 나에게 힘을!

힘? 개뿔이었다.

"어? 성깔있네?"

곽무한은 오히려 재미있다는 표정으로 청랑에게 다가갔다.

"어디, 언제까지 으르렁거리나 볼까?"

곽무한은 옷을 찢어 청랑의 사지를 묶고 팔뚝만큼 굵은 대나무를 가

져와 바닥에 콱 꽂았다. 그리고는 그 끝에다 청랑을 달랑 매달아 버렸다.

낭창낭창.

대나무는 휘어질 뿐 부러지진 않는다.

픽!

출렁!

퍼픽!

추울렁!

곽무한은 대나무에 매달린 청랑을 권법 연습 도구로 취급했다.

캬오오!

청랑은 눈물 콧물을 흘리면서도 다시 이빨을 드러냈다.

"호오, 정말 성깔있군. 좋아, 좋아!"

곽무한은 오기가 발동했다.

"어디, 얼마나 견디나 보자!"

곽무한은 청랑의 수염을 톡 뽑아버렸다.

캬오옹!

청랑은 자기도 모르게 사지를 꼬았다. 어찌나 아팠던지 눈물이 핑 돌았다. 그러나 그게 시작이었다.

톡! 톡!

캐앵캐앵!

뭇 암컷들에게 흠모의 대상이었던 청랑의 수염은 순식간에 몽땅 뽑혀 나가고 말았다. 그러나 그게 끝이 아니었다. 코털 아니라도 털은 많았다.

티잉!

캐개갱! 캐개갱!

곽무한의 가벼운 손놀림에 의해 이젠 겨드랑이 털까지 몽땅 사라졌다. 청랑의 눈에서 찔끔찔끔 새어 나오던 눈물은 어느새 홍수로 변했다.

"흠, 이제 이 어르신네를 알아보겠지?"

기진맥진한 청랑의 입 안으로 곽무한이 슬쩍 손을 집어넣었다.

절호의 기회!

텁!

속았다. 맞부딪친 이빨만 아팠다.

"아직 멀었군."

퍼퍼퍼퍽!

쿠오오옹!

청랑은 고통에 몸부림치다 기절했다.

"쳇, 항복도 하지 않고 뻗어버려?"

곽무한은 기절한 청랑 대신 다른 놈으로 배를 채우고 잠을 청했다.

퍽!

출렁.

캬오옹!

곽무한은 잠버릇도 험했다.

다음날 아침.

"어, 잘 잤냐?"

톡!

캬앙!

이제 마지막 남은 엉덩이 쪽의 털이다.

“뭐야? 벌써 눈에 힘이 많이 빠졌네?”

토톡!

고로롱.

이젠 비명조차 제대로 나오지 않았다.

저녁나절.

청랑은 허기와 고통에 지쳐 자고 있었다. 그러나 놈은 마음 편히 자
도록 놔두지 않았다.

“쯧쯧, 이리도 대가 약해서야……. 좋아, 다리는 고쳐 줄게.”

뚜두둑!

청랑은 비명 지를 힘도 없었다.

다음날.

“다리 다 나았지? 심심한데 한판 붙자!”

‘오오!’

청랑은 마지막 전의를 불태웠다. 그러나,

투다다다닥!

‘치, 치사한 새끼, 풀어주지도 않고…….’

이제 눈물도 말라 버렸다.

사흘 뒤.

“어? 식량이 벌써 다 떨어져 가네?”

곽무한은 청랑의 털을 쓰다듬으며 불을 피웠다.

‘말도 안 돼! 저기 뒤에 쌓인 건 식량이 아니면 뭐야?’

청랑은 발버둥을 쳤다. 그러나 곽무한은 서걱서걱 날카롭게 돌을 갈
았다.

“조금씩 떼어내 아껴 먹어야지. 어디부터 잘라 먹을까? 어? 이게 맛

있게 생겼네?"

그 한마디로 그냥 상황 끝이었다.

곽무한의 눈이 향한 곳은 청랑의 자존심인 수컷의 상징이었다.

고로롱!

곽무한의 말에 혼비백산한 청랑은 그 즉시 꼬리를 흔들며 넙죽 엎드려 항복을 선언했다.

온몸의 털이란 털도 다 뽑혔는데 이제 또 남성을 떼이고 조금씩 살점이 발라지는 고통을 겪어야 한다니 도무지 견딜 재간이 없었다.

차라리 단번에 죽여주면 좋은데 며칠 겪어본 바로 이놈은 절대 그런 자비를 베풀 놈이 아니었다.

"흠, 뭐, 체력 하나는 좋은 놈이니 사냥개 역할이나 시켜볼까?"

곽무한이 다른 놈을 꼬치에 꿰는 걸 보고 청랑은 영원한 충성을 맹세했다. 결국 청랑이 자존심을 잃지 않으려고 한번 으르렁댄 결과는 당할 만큼 당한 뒤 사냥개 신세로의 전락이었다.

그러나 이미 숙인 몸, 한번 머리를 숙인 자에겐 절대 복종하는 늑대들의 심리 구조상 청랑은 이제부터 영원한 곽무한의 쫄따구가 될 수밖에 없었다.

흐르는 시간이 곽무한에게 준 두 번째 결과물은 대나무를 잘라 버린 낚싯대의 비밀이었다.

"와하하하하! 드디어 풀었다!"

모처럼 터져 나온 웃음소리. 근 열흘간의 고심참담 끝에 곽무한은 낚싯대의 비밀을 푼 것이다.

그 비밀은 무의식에 있었다.

절체절명의 위기에 빠진 사람들이 초인적인 힘을 발휘하는 것과 비숫한 현상이었다.

　'마음을 비우고 의식도 비우고 자연스레 낚싯대와 내가 하나가 되면…….'

　스스슷!

　가늘디가는 낚싯줄에 의해 허리를 내주고 마는 대나무들.

　검이라면 신검합일(身劍合一)이요 도라면 신도합일(身刀合一). 대나무이니 신죽합일(身竹合一)의 경지였다. 이 경지에 내공까지 실린다면 곽무한의 이름은 산천초목을 떨게 만들리라.

　곽무한에게 주어진 마지막 결과는 성정의 변화였다.

　매일같이 형제들의 참상에 분노하며 복수를 다짐한 시간들.

　매일같이 늑대 떼와 싸우며 피와 죽음을 본 시간들.

　매일같이 낚싯대를 휘두르며 무리를 연구한 시간들.

　이런 시간들이 누적된 결과로 곽무한의 성정은 섬뜩한 차가움과 잔인함, 그리고 냉철함의 혼재였다.

　빠르게 흘러간 시간은 이제 겨울의 끝 자락으로 몰아가고 있었다.

　얼마 남지 않은 생이 억울했던 듯 겨울은 마지막 몸부림으로 사나운 한파를 몰고 왔다. 그 한파를 맞으며 먼 곳으로 출타했던 철면노호와 과자안이 돌아왔다.

　두 사람이 돌아오고 난 뒤부터는 무슨 이유에선지 수채에 진득한 긴장감이 감돌았다. 그리고 아이들의 훈련 강도는 상상을 초월할 정도로 심해졌다.

　그러던 어느 날, 수채 입구에서 조용한 움직임이 있었다.

　"이제부터 여기가 너희들의 보금자리다!"

노구의 으름장에 몸을 떠는 아이들.

십여 명의 아이가 다시 적호채에 팔려왔다.

그리고 아이들의 뒤를 이어 얼굴에 흉터 가득한 사내들이 따라왔다.

그들은 팔려온 것 같지 않았다.

그들의 진득한 얼굴에는 저마다 사선을 넘어본 관록이 엿보였다.

그들은 모두 과거 철면노호의 수하들로 금사상채 출신의 수적들이었다.

제9장
잠룡의 귀환

잠룡의 귀환

휘우웅.

잔뜩 찌푸린 하늘이 눈발을 토해냈다.

몸부림치듯 일 주야 동안 쏟아진 폭설은 천지를 새하얗게 만들어놓고서야 그쳤다.

늑대 굴 앞.

댓잎에 쌓인 눈이 찬바람에 못 이겨 풀썩 눈밭으로 떨어졌다.

떨어진 눈송이 바로 옆,

눈사람 하나가 덩그러니 서 있다.

컹컹!

눈발로 입구가 막힌 늑대 굴에서 적막을 깨는 울부짖음이 들렸다. 그리고 잠시 후 눈밭이 들썩이며 뭔가가 금을 긋듯 눈사람 가까이로 다가왔다.

파아앗!

하얀 눈들이 사방으로 튀어 올랐다.

크르르.

새하얀 입김을 뿜으며 나타난 건 다름 아닌 청랑.

한땐 수백 마리의 수하를 거느리며 위세를 자랑하던 청랑이었지만 지금은 왠지 풀이 죽은 모습이었다.

힐끔힐끔! 킁킁!

청랑은 눈사람 주변을 맴돌며 쉼없이 눈알을 굴리고 코를 킁킁거렸다.

'크릉! 호흡이 없다. 온기가 없다. 그렇다면?'

청랑 상식으로 숨도 안 쉬고 온기가 없는 것은 시체뿐.

'쿠오오! 드디어 해방인가?'

압제와 설움의 날이 그 얼마였던가?

우오오오오!

청랑은 자기도 모르게 기뻐 날뛰며 환호성을 내질렀다.

그 바람에 꼬리가 눈사람에게 닿고 말았다.

투투툭.

쌓인 눈송이가 떨어졌다.

청랑은 잔뜩 숨을 죽이고 눈사람을 쳐다봤다.

일각, 이각……

움직임이 없다.

쿠워워워워!

정말 죽었다. 왜인지는 모르겠지만 이놈이 미쳤나 보다.

멀쩡한 정신으로 몇 날 며칠 멀거니 서 있더니 폭설에 파묻혀 죽고 말았다. 청랑은 정말 눈물이 날 정도로 기뻤다.

투투툭!

갑자기 아까보다 훨씬 더 많은 눈송이가 떨어져 내렸다.

청랑은 자신의 꼬리를 쳐다봤다.

'어라? 닿지도 않았는데?'

청랑이 고개를 갸웃거리는 순간 눈사람이 쩍쩍 갈라졌다. 정확히 말하면 뭉쳐진 눈들이 후드득 떨어져 내린 것이다.

"휴우우우!"

눈사람의 얼굴 부위에서 숨소리가 토해졌다.

캑!

청랑은 심장이 튀어나올 정도로 놀라 후다닥 엎드렸다.

"운기조식을 너무 오래했더니 배가 고프군."

이제 눈사람은 완전한 곽무한으로 바뀌었다.

어느덧 열다섯의 마지막 겨울을 맞은 곽무한은 얼굴에 잔뜩 드리웠던 곰보 자국이 희미하게 옅어지고 있었고 눈가의 상처도 희미했다. 대신 짙은 눈썹과 형형한 눈빛, 굵은 목과 우람한 어깨는 누가 봐도 건장한 청년이라고 생각할 정도였다.

"어이, 청랑! 밥 가져와!"

변성기를 맞은 탓인지 곽무한의 목소리는 거칠고 컬컬했다.

'맙소사!'

청랑은 속으로 비명을 지르며 애처로운 표정을 지었다.

자기 키보다 높이 쌓인 눈으로 인해 사냥할 엄두를 못 냈다. 게다가 저 인간이 며칠 동안 움직이지도 않기에 죽었나 살았나 눈치 보느라 사냥할 생각조차 안 했다.

"없… 어?"

잔뜩 깔린 목소리.

끼깅! 낑낑!

가슴이 덜컥한 청랑이 눈물로 호소했지만 어림 반푼어치도 없었다.

"이런 게을러 터진 사냥개를 봤나! 주인이 쉰다고 너도 같이 쉬어? 에라이!"

꼬리를 달랑 잡는다.

쿠어어! 쿠어어!

청랑은 사색으로 변해 사지를 버둥거렸다. 그러나,

퍽! 퍽! 퍽!

캥! 캥! 캐애앵! 꼴까닥!

한동안 조용하나 싶더니 또 패대기다. 이번엔 전력으로 패대기친 모양이다. 청랑은 비명조차 제대로 못 지르고 기절하고 말았다.

화르륵! 탁탁!

무슨 소리에 눈을 뜨니 활활 타오르는 모닥불이 보인다.

"쩝, 날 너무 원망하지 마라. 산 입에 거미줄 칠 순 없지 않느냐."

저 끔찍한 소리. 청랑은 숨도 못 쉬고 덜덜 떨었다.

그러나 하늘은 무심치 않았다. 땅바닥에서 비릿한 냄새가 풍겨왔다.

끼잉! 끼기깅!

청랑은 연신 땅을 가리키며 앞발로 박박 긁어댔다.

"음? 뭐가 있다고?"

백사였다. 겨울잠을 자고 있었던 모양이다.

"이걸로 양에 찰까 몰라?"

휙 돌아오는 눈동자.

청랑은 혼비백산해 연신 손짓 발짓을 해댔다.

"어라? 굴이 있었군. 많네? 다섯 마리는 되겠어."

청랑은 한 끼 식사 거리가 될 뻔한 위기를 간신히 넘겼다.

우걱우걱!

마파람에 게 눈 감추듯 다섯 마리의 백사를 먹어치운 곽무한.

허기 때문에 잠시 잊고 있었던 게 생각났다.

"휴우, 별 성과가 없어."

곽무한은 긴 한숨을 내쉬었다.

채에 무슨 일이 생겼는지 과자안이 발걸음 끊은 지 오래.

결국 홀로 수련에 몰두했다.

그 결과로 노도세는 이제 눈 감고도 펼쳐 낼 수 있을 정도였고 뇌전폭풍세도 구성에 이르렀다. 그러나 항상 마지막에서 막혔다.

뇌전폭풍세를 극성으로 펼치려고만 들면 난리법석을 쳐대는 기(氣).

"주화입마는 안 돼!"

결국 도법에는 손을 놓고 말았다. 대신 하루 종일 심법 수련에 매달렸다. 그러나 아무리 마음을 가라앉혀도 요동치는 기를 억누를 순 없었다. 마지막 수단으로 일 주야 동안 서서 운기를 해봤지만 결과는 마찬가지.

"젠장, 이걸 넘겨야 남들보다 빠르게 발전한댔는데……."

울컥! 스스로에게 화가 치민 곽무한은 신경질적으로 낚싯대를 휘둘렀다.

썽둥!

낚싯줄은 이제 굵은 대나무를 가볍게 베어버린다.

"휴우, 그나저나… 도대체 언제 풀어줄 생각이지?"

철창이 한 손에 잡혔다.

철컹! 철컹!

기를 폭출시키면 어찌해 볼 수도 있을 것 같았다. 그러나 망설여졌다.

"주화입마로 폐인이 될 순 없지……."

곽무한은 끌어올리던 힘을 스르르 풀어버렸다.

폭설 때문에 훈련도 중지 상태인지 아이들의 얼굴도 보이지 않았다.

곽무한은 쓸쓸히 발길을 돌렸다.

지난 폭설을 마지막으로 겨울이 지나고 봄이 왔다.

요새처럼 성벽으로 둘러싸인 적호채, 그 중심부의 회의실에는 진득한 긴장감이 감돌았다.

"…그래서 자초지종을 알아본 결과……."

눈자위에 지렁이가 붙은 듯 흉측한 검상(劍傷)을 입은 자가 상석을 바라보며 보고를 하고 있었다. 상석에는 심각한 표정의 철면노호와 적호, 묵호와 독호가 앉아 있었다.

"소문이 사실이었습니다. 놈들이 상류 쪽 요지인 보도하(普渡河)와 우란강(牛欄江)을 복속했습니다."

지렁이의 보고가 시작되자마자였다. 민대머리가 탁자를 쾅 후려치며 벌컥 화를 냈다.

"말도 안 돼! 보도하와 우란강은 악머구리 같은 놈들이 모인 곳이야! 우리 때도 칠 엄두를 내지 못했던 곳이라구! 혈두타 그 새끼가 무슨 힘이 있어 그곳을 장악했단 말이야?"

민대머리가 불신의 표정을 지을 만했다.

금사강(金沙江)은 서장의 초원과 운남의 밀림을 흐르며 장강으로 이어지는 강으로 무려 팔백오십 리에 이르는 긴 강이었다.

그만큼 긴 강이다 보니 물동량은 풍부했고 관의 단속은 허술했다.

그래서 금사강 상류에는 항상 수적들이 우글거렸다.

보도하와 우란강은 그런 금사강 상류 중에서도 노른자위였다. 사천에서 운남의 성도인 곤명으로 흐르는 강이었기 때문이다. 그래선지 수적 패거리들 중에서 가장 악질들만 모여 있었다. 그런데 고작 배신자에 불과한 혈두타가 그놈들을 복속시켰다니 도무지 믿어지지가 않는 것이다.

"으음……."

철면노호 역시 믿기지가 않는 듯 침음성만 흘리고 있었다.

좌중의 분위기가 급속도로 싸늘해지자 지렁이는 보고를 멈춘 채 머쓱하니 서 있었다.

"일단… 계속해 봐."

철면노호가 표정을 굳히며 말했다.

"예, 혈두타 쪽에서 태상채주님에 대해 탐문… 을 벌이고 있는 것도 사실로 확인됐습니다. 장강 입구인 의빈 땅에 정체를 알 수 없는 자들이 돌아다니고 있음을 저희 눈으로 확인했습니다."

"하, 탐문까지? 혈두타 이 새끼가 갑자기 노망이 났나? 죽으려고 악쓰지 않은 이상 제 발로 대형을 찾아?"

"다 듣고, 다 듣고 이야기해."

철면노호는 또다시 끼어드는 민대머리의 말을 차갑게 끊었다.

보고는 계속 이어졌다.

"예, 마지막 소식은 민강(岷江) 이야깁니다."

“민강?”

“예, 민강수채의 채주인 흑수교(黑手鮫) 호불태(扈不怠)가 환갑 기념으로 수중호걸연(水中豪傑宴)과 잠룡연(潛龍宴)을 벌인다는 소식입니다.”

“음? 수중호걸연과 잠룡연?”

철면노호의 눈에 이채가 어렸다.

“예, 말 그대로 저희 수중호걸들을 위한 축제를 벌인답니다. 수중호걸연은 각 수채별로, 혹은 단체 자격으로도 참가가 가능한데 수중공부(水中功夫)와 용선(龍船) 경기를 겨룬답니다. 우승을 하게 되면 엄청난 상금을 준다는군요. 그리고 잠룡연은 이십 세 미만만 참가가 가능한데 잠룡연의 우승자에겐 놀랍게도 채주의 사위가 될 자격을 준다고 하더군요.”

“채주의 사위? 세 번째 부인에게서 얻었다는, 호불태가 금이야 옥이야 끼고 다닌다는 그 딸의 사윗감으로 말인가?”

철면노호의 눈이 번쩍 했다.

“예, 그렇답니다.”

“으음, 알았다. 물러가라.”

노호는 지렁이를 내보내고 뭔가를 궁리하는 듯 턱을 괴었다. 그 바람에 회의실에는 한동안 침묵이 흘렀다. 그러나 과자안이 그 침묵을 깼다.

“저… 대형.”

“음?”

철면노호는 상념에서 깨어나 과자안을 쳐다봤다.

“혈두타 말입니다. 아무래도 뭔가가 있는 것 같습니다.”

“아무래도 그런 것 같지?”

두 사람의 눈빛이 교환됐다.

"예, 옛날에 탈출할 때는 정신이 없어 몰랐는데 이제와 곰곰이 생각해 보니 틀림없이 뒷배를 봐주는 곳이 있는 것 같습니다."

"그렇지?"

"예, 그렇지 않고서야 말이 안 됩니다. 보도하와 우란강 쪽은 운남 북부의 패자인 비월문(飛越門)에서 뒤를 봐주는 곳입니다. 그런 곳을 고작 이, 삼류 떨거지들이 모인 혈두타 쪽에서 복속한다? 지나가던 개가 웃을 일입니다. 결국……."

"결국?"

"저희들이 무너진 이유는 보이지 않는 손이 움직인 결과입니다. 확실합니다."

과자안은 잠시 말을 끊었다가 확신에 찬 표정으로 말했다. 그러자 모두의 표정이 딱딱하게 굳어버렸다.

"흐으… 흐으… 누가, 누가 나를?"

철면노호의 입에서 굶주린 늑대에게서나 나올 괴성이 터져 나왔다.

"그날 형님이 산공독(散功毒)에 당하셨을 때 제가 형님을 모시고 혈로를 뚫었지요. 이제 와 돌이켜 보니 제 앞을 막아섰던 놈들의 무공은 절대 혈두타 떨거지들이 쓸 수 있는 무공이 아니었습니다. 그걸로 미루어봤을 때……."

"미루어봤을 때?"

갈증, 갈증……. 모두 목이 타는 듯한 표정으로 과자안을 쳐다봤다. 그러나 과자안의 대답은 즉시에 나오지 않았다. 옛 기억을 더듬는 듯 몇 번이고 손짓 발짓을 하며 고개를 갸웃거리다가 한참 뒤에야 고개를 끄덕이며 자리에 앉았다. 그리고 좌중을 돌아보며 말했다.

"그날 저와 부딪친 놈들의 무공은 정종이었습니다. 그러나 정종 속에 사이함이 감춰져 있어서 못 알아봤어요. 정파의 무공이면서 편벽괴이한 문로를 갖춘 곳! 제가 아는 한 세 군데뿐입니다. 귀주의 웅풍산장(雄風山莊), 무창의 표가장(表家莊), 그리고 구파일방 중 하나인 공동파(崆峒派)!"

꽈꽝!

천둥 벼락이 장내를 덮친 것 같았다.

"웅풍산장… 표가장… 공동파……?"

"그들이… 그들이 왜 자기들 스스로 진흙탕이라며 경원시하는 장강에 뛰어든단 말인가?"

모두 아연한 표정으로 신음성만 흘렸다. 그럴 만도 했던 것이, 과자안이 꼽은 문파들은 하나같이 엄청난 곳이었다.

이들 중 가장 약하다고 생각되는 표가장만 해도 호북성의 성도(省都)인 무창을 주름잡는 문파였다. 좀 더 객관적으로 말하자면 장강에 숟가락을 걸어놓은 수많은 수채들 중 무창 근처의 한수채와 양자채가 유명했다. 그 수채들은 예전 철면노호가 이끌던 금사상채보다 적어도 다섯 배 이상 강하고 날랜 수채다. 하지만 이 두 채가 연합해도 표가장 무사들 중 반만 검을 뽑아 들면 황급히 꼬리를 말 정도였다. 그러니 모두 아연실색할 수밖에 없었다.

"공동파는 절대 아냐!"

그 와중에 가장 먼저 냉정을 회복한 건 철면노호였다.

"그렇습니다. 구대문파가, 그것도 감숙성에 있는 문파에서 이곳을 눈독 들일 이유가 없지요."

과자안이 고개를 끄덕였다.

"그렇다면?"

철면노호는 한참 동안 아득한 표정을 지었다가 서서히 흉광을 빛냈다.

"아, 씨발, 답답해 죽겠네. 서로 눈만 주고받지 말고 속 시원히 좀 털어놔 보슈!"

민대머리가 가슴을 펑펑 치며 끼어들었다. 그러자 침중한 표정의 과자안이 대답했다.

"웅풍산장, 귀주의 전설이라는 웅풍산장이다."

"컥! 우, 웅풍산장?"

그저 짐작만 할 때와 직접 피부로 와 닿을 때의 느낌은 하늘과 땅 차이였다.

웅풍산장!

벽록색 피풍의와 만도(彎刀)로 대변되는 그들은 밀림을 떠도는 도깨비조차 덜덜 떤다는 피와 공포의 대명사, 귀주의 전설이었다.

"그, 그들이 왜?"

"귀주는 차와 약초의 산지다. 그러나 산과 골이 너무 깊어 물산을 움직이기 힘들다. 유일하게 뻗은 통로가 이곳 사천. 그들이 욕심을 낼 만하다. 다른 쪽으로는 세력을 뻗칠 수도 없고 환경도 안 된다. 운남으로 뻗치자니 비월문과 점창파가 있고 호남으로 가자니 사파(邪派)의 최대 세력인 수라성(修羅城)이 있다. 남쪽으로는 오지에 불과한 광서 땅. 그러나 장강의 물길만 휘어잡으면 대륙 어디로든 뻗칠 수 있다. 대답이 됐느냐?"

"으으으… 하지만 그들은 정파……."

"그러니 전면에 나서지 않고 뒤에서 움직이는 것이다."

신음 같은 민대머리의 질문에 과자안이 딱딱한 음색으로 대답했다.

“하, 하필이면 혈두타 새끼와······.”

“으으… 장강에 곧 피바람이 몰아치겠군.”

민대머리와 적호는 마주 보며 몸을 떨었다. 특히 적호의 안색은 눈에 띄게 창백해졌다. 자칫 잘못했다간 피땀이 깃든 자신의 수채가 한방에 무너질 판이니 말해 뭣하랴? 그러나 철면노호의 비위를 거스르지 않기 위해 최대한 표정을 관리했다.

“음, 그렇다면 민강 채주가 그래서······.”

“그렇습니다. 놈들이 나타난 의빈이 바로 민강의 앞마당이니 그런 흐름을 눈치 챘겠죠. 민강 채주는 미연의 사태를 방지할 겸 세력도 확대할 겸 해서 수중호걸연과 잠룡연을 계획하고 있는 모양입니다.”

“그렇겠지. 예전에 우연히 만나봤지만 민강 채주는 절대 만만한 사람이 아니지. 야심도 크고. 단순한 세력 확대만이 아니라 중소 수채를 아우르는 수로연합을 하려는 게야. 분명해!”

“수로연합! 그렇군요. 최종 목표는 그것이겠군요.”

철면노호와 과자안의 머리는 빠르게 돌아갔다.

“언제 열린다고?”

“여름이랍니다.”

“좋아, 우리도 참가한다.”

“헉! 대형, 미쳤소? 놈들이 눈에 불을 켜고 찾고 있다는데? 그것도 이젠 혈두타가 아니라 웅풍산장이라는데?”

민대머리가 펄쩍 뛰었다. 아니, 민대머리뿐만이 아니었다. 과자안도 흠칫 놀라는 표정이었고, 적호는 아예 사색으로 변해 버렸다.

“바보 같은 놈, 머리는 뒀다 어디다 쓸래?”

“예?”

철면노호는 민대머리를 보며 혀를 찼다.

"앉아서 당할래?"

"아뇨."

"그럼 우리에게 한 손을 빌려줄 사람을 찾아 움직여야겠지?"

"그건 그렇지만… 가면 우리의 정체가……."

"바보 녀석, 이제껏 뭘 들었냐?"

"다 들었는데요?"

민대머리는 여전히 고개를 갸웃했다. 그 모습에 철면노호는 그만 울화통이 터져 버렸다.

"야, 독호! 너, 내 설명이 끝날 때까지 입 다물고 있어! 알겠냐?"

"혀, 형님……."

"입 다물라니깐, 이 돌머리가!"

퍽!

콰당탕!

급기야 민대머리의 턱을 날려 버린 철면노호는 좌중을 돌아보며 설명했다.

"놈들이 이곳을 찾기 전에 조치를 취해야 해. 가장 좋은 방법이 뭐라고 생각하나? 우리 대신 싸워줄 놈들이지? 그래서야. 동맹을 맺는 거지. 그러나 우리 정체를 들키면 안 되겠지? 그 해법이 뭘까? 그건 바로 잠룡연이야."

"잠룡연이오?"

사색이 되어 있던 적호가 물었다.

"그래, 잠룡연! 흑수교 호불패의 진정한 포석이 거기 있지."

"진정한 포석이오?"

“호호호, 그래. 잠룡연의 우승자를 사위로 삼는다. 중소 채주들에게 이것보다 더 좋은 미끼가 어디 있어? 민강 채주의 사위가 된다는 말은 달리 말해 채의 후계자가 될 수 있다는 말이야. 중소 수채에서 군침을 흘릴 만한 먹이지. 특히 똘똘한 자식새끼들이 있다면 그야말로 손 안 대고 민강을 잡아먹을 수 있는 기회이지.”

“그, 그렇군요. 그런데 우리 아이들 중에서 우승할 만한 애가?”

적호가 고개를 갸웃거렸다. 그 순간 약속이나 한 듯 모두의 눈이 모였다.

“곽무한!”

동시에 튀어나온 이름.

“그래, 그놈이면 충분히 가능하지.”

철면노호가 고개를 끄덕이며 과자안을 돌아봤다.

“좋아, 그 녀석을 이제 풀어줘. 그리고 특수 훈련을 시켜.”

“…예.”

과자안은 급전직하한 상황에 나직한 한숨을 쉬며 대답했다.

“녀석이 달아나면?”

민대머리가 물었다.

“입 다물랬지!”

쾌지끈!

“컥! 혀, 형님, 저는 걱정이 돼서…….”

민대머리가 터진 입술을 부여잡으며 볼멘소리를 했다.

“제발 머리를 좀 써라. 애들을 이용하면 되잖아.”

“아, 그, 그렇군요.”

그제야 민대머리가 이마를 쳤다.

과자안은 왠지 모르게 불안감이 엄습했다. 마치 폭풍 직전의 먹장구름이 덮쳐 오는 기분이었다. 아무리 생각해도 애들을 이용해 곽무한을 충동질하는 것은 아니란 생각이 들었다. 그러나 지금 상황에선 달리 반박할 말도 없었다.

과자안은 긴 한숨을 내쉬며 늑대 굴로 향하기 위해 밖으로 나갔다.

과자안이 나가자 민대머리도 밖으로 나갔다.

이제 철면노호와 적호 둘만 남은 회의실.

"아무래도 인원을 더 늘려야겠어."

"저어… 형님, 저번에 형님 옛 수하들 데려오느라 돈을 많이 썼습니다."

적호가 당황한 표정으로 대답했다.

"음… 그래?"

철면노호의 눈빛이 차갑게 가라앉았다.

적호는 전전긍긍하며 고개를 숙였다.

"그럼 주변 선착장 마을을 먼저 칠밖에."

"혀, 형님, 그곳은 다 저희들이 돌봐주는 곳인데……?"

적호가 고개를 번쩍 들며 만류했다.

"어쩔 수 없어. 달리 방법이 없잖나. 흑수교 호불태에게 보낼 예물도 준비해야 하고."

"아무리 그래도 저희가 돌봐주는 마을을 저희가 친다는 게……."

적호의 말은 중간에서 끊기고 말았다.

"새꺄, 까라면 까!"

이글거리며 노려보는 철면노호의 눈빛엔 살기까지 감돌았다.

적호는 입도 벙긋 못하고 고개를 숙이고 말았다.

'아무리 그래도 내가 채주인데 이렇게 노골적으로 무시할 수가……'

고개 숙인 적호의 입술은 어찌나 세게 이를 깨물었는지 피가 흐르고 있었다.

"뛰어!"

차가운 목소리가 들렸다.

미루는 눈물을 흘리며 뛰었다.

"됐어. 거기 서!"

미루는 잔뜩 겁먹은 얼굴로 걸음을 멈췄다.

"모두 쏴!"

퓨퓨퓨퓻!

무수한 화살이 일제히 미루의 몸에 꽂혔다.

비록 살촉은 제거했다지만 워낙 가까운 거리라 자칫 잘못 맞으면 눈알이 빠지거나 치명상을 입을 수도 있는 거리였다.

"으와앙!"

급기야 귀가 찢어져 피가 흘렀다.

미루는 통증과 공포에 못 이겨 울음을 터뜨렸다.

"이익, 너무한 거 아녜요? 미루는 이제 겨우 열 살이라구요! 더구나 오늘이 처음이잖아요!"

보다 못한 매옥이 나섰다.

오늘 갑자기 활 쏘기 연습을 시작하고선 제대로 쏘지 못한다며 잔인한 처벌을 내리는 게 도저히 이해가 되지 않았기 때문이다.

“이년이?”

매옥이 나서자 노구의 눈이 핵 돌아갔다. 동시에 솥뚜껑 같은 노구의 손이 매옥의 뺨을 거세게 후려쳤다.

“아악!”

쿠당탕!

매옥은 피를 흘리며 몇 바퀴나 뒹굴었다.

“다시 쏴!”

노구는 다시 명을 내렸다.

“안 돼요! 제발……!”

이번엔 무견이 동생의 앞을 막아섰다.

“뭐 하나? 쏴!”

노구는 차가운 미소를 지으며 재차 명을 내렸다.

아이들은 다시 활을 들었다.

그때였다.

“야, 이 개자식아!”

매옥이 뛰어들었다. 이번엔 그냥 뛰어든 게 아니었다.

언제 갈았는지 날카롭게 갈린 화살이 노구의 얼굴을 정면으로 겨냥하고 있었다.

“어쭈? 이년 봐라?”

“언니, 안 돼!”

“매, 매옥……!”

몇 개의 목소리가 동시에 터져 나왔다.

노구는 싸늘한 비웃음을 흘리고 있었고, 미루와 무견의 얼굴은 당황과 안타까움에 물들어 있었다. 아이들은 급변한 사태에 어찌할 바를 몰라 모두 활을 아래로 내렸다.

"개자식, 널 죽여 버릴 거야!"

노구를 향해 활을 겨눈 매옥의 얼굴에는 한기가 풀풀 날렸다.

노구는 처음엔 어이없다는 표정이었다. 그러다가 입꼬리를 씰룩이더니 급기야 잔뜩 흥분하기 시작했다.

"이런 미친년을 봤나!"

노구는 흉광을 터뜨리며 매옥에게 걸어갔다.

매옥의 입매가 순간적으로 꽉 깨물린다 싶더니 화살이 날았다.

시이잇!

뾰족이 갈린 화살은 노구의 목을 향해 날았다. 그러나 노구의 신형은 바람처럼 빨리 움직였다.

"이년, 이 육시랄 년!"

노구는 정말 열받아 버렸다.

감히 화살을 겨누다니? 그것도 정면으로!

"아예 죽여주마, 이년!"

콰지직! 우두둑!

섬뜩한 소리. 뼈 부러지는 소리까지 터져 나왔다.

"아아악!"

매옥의 비명 소리는 곧 숨이 넘어갈 듯했다.

"언니, 매옥 언니, 오빠, 놔. 이것 놔!"

매옥에게 달려가려던 미루는 오라비의 팔뚝에 몸이 묶였다.

"우와앙! 어떡해! 언니 어떡해!"

미루는 너무 무섭고 분해서 몸부림을 치며 울었다.

다른 아이들은 멀거니 구경만 했다.

“무한 오빠, 무한 오빠가 있었다면! 엉엉엉!”

매옥은 금방이라도 숨이 넘어갈 것 같았다. 미루는 엉엉 소리 내어 울며 곽무한을 불렀다.

“예전부터 늑대 소리가 그렇게 들렸는데 살아 있을 리가 없지. 죽어도 벌써 죽었을 거야.”

뒤에서 수군거리는 소리가 미루의 가슴을 후벼 팠다.

“아냐! 무한 오빤 안 죽어! 절대 안 죽어! 매옥 언니도 안 죽어! 우와앙!”

무슨 힘이 솟았는지 미루는 무견의 팔을 뿌리치고 노구의 등 뒤로 달려가 목을 와락 물어뜯었다.

“이 쌍년이!”

퍼퍽!

미루는 노구의 발길질에 피를 뿜으며 나동그라졌다.

“으아아! 이년들이 오늘 단체로 죽고 싶은 모양이구나!”

노구는 혼절한 매옥을 뒤로하고 미루의 몸을 마구 짓밟았다.

“미루!”

무견이 달려왔지만 노구의 발길질 한 방에 그만 기절하고 말았다. 그러나 그 바람에 노구는 더 열받고 말았다.

“이것들이 이 노구 어르신네를 우습게 봐? 좋아좋아, 두 번 다시 대들지 못하게 아예 병신을 만들어주마!”

화가 머리끝까지 치솟은 노구는 옆에 있던 몽둥이로 미루의 다리를 향해 거세게 내려쳤다. 노구가 휘두른 몽둥이가 막 미루의 다리를 부러뜨리려는 찰나,

턱!

뭔가가 몽둥이를 잡았다.

"뭐야?"

깜짝 놀란 노구가 고개를 돌리는 순간 뭔가가 번쩍 얼굴로 날아들었다.

콰지끈!

"크아악!"

노구는 처절한 비명을 지르며 얼굴을 감싸 쥐었다. 마치 쇠몽둥이에 얻어맞은 기분이었다. 그러나 고통은 그때부터 시작이었다.

퍼억! 으지직!

갑자기 거대한 철 기둥이 복부를 쑤셔왔고 턱이 산산이 부서져 나가는 것 같은 끔찍한 고통이 뒤를 따랐다.

"어버버, 어버버!"

노구는 정신없이 비명을 지르며 바닥을 뒹굴었다. 그러나 숨 돌릴 틈도 없었다.

콰드득!

뭔가가 목줄을 짓이길 듯 밟아왔다.

"컥! 커커컥!"

노구는 여기가 이승인지 지옥인지 분간이 안 갈 정도였다. 그저 혼비백산한 상태로 몸부림만 치고 있는데 미루의 목소리가 귀를 파고들었다.

"무한 오빠!"

맙소사! 그놈이다!

노구는 정신이 아득해졌다.

'굴 속에 처박혀 있어야 할 놈이 갑자기 어떻게!'

놈의 이글거리는 눈빛을 보니 기세가 장난이 아니었다.

예전의 치기 어린 모습은 어디론가 사라지고 숨 막힐 듯 강렬한 기도가 뿜어져 왔다.

'이, 이러다 정말 골로 가겠다!'

노구는 안간힘으로 자신의 목을 밟고 있는 곽무한의 다리를 비틀었다. 그러나,

콰드득!

놈은 더 힘껏 밟아온다. 오히려 목에 고통만 가중되었다.

"끄윽! 끄르륵!"

숨이 막 넘어가려는 찰나 구원의 목소리가 들려왔다.

"그만 해라."

과자안이었다. 노구는 희색을 내비쳤다.

그러나 이 독종 새끼는 귓구멍이 막힌 모양이었다.

콰드득!

이젠 아예 밟아 비틀고 있었다.

"끄으으! 끄으! 사, 살려……!"

애원해 봤지만 놈의 눈빛은 요지부동이었다.

그때 갑자기 호통 소리가 들려왔다.

"이런 망종을 봤나!"

옆에서 훈련하고 있던 철면노호의 옛 부하들인 친위대였다.

'오오!'

노구는 희망을 느꼈다.

자신조차 기가 죽을 정도로 하나같이 거친 놈들이다. 아마 어린 녀석이 자신을 다루는 걸 보고 분 김에 달려왔으리라.

‘끄르륵, 이젠 네놈도 끝장이다!’

노구는 희색이 만연한 표정을 지으며 정신을 잃고 말았다.

여담이지만 노구가 정신을 잃은 건 정말 잘한 일이었다. 왜냐하면 서슬 푸른 곽무한의 신위에 오줌을 싸지 않아도 되었기 때문이다.

그런 사실을 증명하듯 곽무한의 입에서 섬뜩한 목소리가 터져 나왔다.

“네놈들은 뭐야?”

“요 싹수없는 새끼 보게?”

분명히 열다섯, 여섯으로 들었다. 그러나 저 체격에 저 얼굴을 보고 누가 열다섯, 여섯 살이라고 하겠는가? 게다가 저런 관록 어린 말투라니? 적어도 스물다섯은 되어 보였다.

“적호채 놈들이 우릴 놀린 모양이군.”

몇 놈은 그렇게 말할 정도였다.

“경고하는데, 꺼져!”

곽무한은 놈들이 어안이 벙벙한 표정을 짓거나 말거나 차가운 목소리로 경고했다.

“이 자식이!”

철면노호의 친위대들은 산전수전 다 겪은 진짜 수적들이었다.

곽무한의 위세에 기가 죽을 놈들이 아니었다. 그걸 증명이라도 하듯 두 놈은 벌써 철퇴를 휘둘러 왔다.

피식!

철퇴가 머리를 으깨기 직전이었다. 그런데도 곽무한은 웃었다.

“웃어?”

눈썹 옆에 커다란 점을 박은 녀석 점박이는 기가 찼다. 그러나 어이

없다고 해서 철퇴를 휘두르는 손에 힘을 뺄 정도의 바보는 아니었다.

"잘 가거라, 애송아!"

점박이는 점잖은 충고까지 곁들이며 오히려 힘을 더 가했다.

휘익!

'휘익?'

이상했다. 마땅히 전해져야 할 감각이 오지 않았다.

점박이는 자기도 모르게 뒤로 몸을 빼려 했다. 그러나,

으지직!

턱에서 극렬한 통증이 느껴졌다.

점박이는 하늘이 빙글 도는 느낌을 받으며 뻣뻣이 넘어지고 말았다.

넘어간 건 점박이뿐만이 아니었다.

콰직!

광대뼈가 툭 튀어나온 녀석 역시 무너져 내린 콧등을 감싸 쥐며 바닥으로 나뒹굴고 말았다.

"저 새끼가? 모두 쳐!"

친위대들은 한꺼번에 달려들었다.

곽무한은 또다시 웃음을 지으며 손가락을 까딱거렸다. 그러자,

크와앙!

가슴 철렁한 포효성과 함께 곽무한의 등 뒤에서 파란 물체가 튀어나왔다.

"처, 청랑이다!"

역시 관록이 풍부한 놈들이었다. 한눈에 청랑을 알아보고는 잔뜩 긴장한 표정들이었다.

"알아서 처리해. 못하면 알지?"

크와앙!

곽무한의 말이 떨어지기 무섭게 청랑이 힘찬 도약을 시작했다.

"막아!"

놈들은 혼비백산한 표정으로 도를 휘둘렀다.

그러나 청랑이 누구인가?

비호처럼 날랜 몸에 황소조차 한입에 찢어버리는 괴물이 아닌가?

캬오오!

난무하는 병장기들을 요리조리 피하며 빛살처럼 공격해 대는 청랑.

장내는 삽시간에 아수라장으로 변해 버렸다.

친위대를 청랑에게 떠넘긴 곽무한은 노구에게로 다가가 다시 멱살을 거머쥐었다.

"이놈을 어떻게 해줄까?"

이미 축 늘어진 노구를 끌고 가 힘껏 땅바닥에 패대기쳐 버린 곽무한이 미루와 매옥에게 물었다.

"죽여 버려요!"

"그럴까?"

곽무한은 눈물을 글썽이며 하는 매옥의 말에 선선히 고개를 끄덕였다.

"오, 오빠?"

곽무한이 조금의 망설임도 없이 노구의 목을 향해 목도를 겨누자 미루는 깜짝 놀랐다. 그러나 곽무한은 눈도 깜짝 않고 노구의 목을 향해 도를 내리찍었다.

바로 그때,

"이런 미친 자식!"

쐐애액!

호통성과 함께 곽무한의 손을 노리고 비도가 날아들었다.

손목을 비틂으로 비도를 쳐낸 곽무한은 빠르게 고개를 돌렸다.

훼방꾼은 수채를 발칵 뒤집는 소란에 놀라 득달같이 뛰어나온 민대머리였다. 민대머리는 피떡이 되어 쓰러져 있는 노구를 보고 한눈에 상황을 파악했다.

"이노옴!"

민대머리는 대성노갈을 터뜨리며 곽무한에게 도를 휘둘렀다.

카카칵!

"막지 말아요! 난 이놈을 죽여 버릴 거야!"

곽무한은 민대머리의 도를 막으며 차갑게 말했다.

"하! 기가 막히는군, 정말 기가 막혀! 형님, 막지 마쇼! 이런 쌍놈의 새끼는 애시당초 싹을 잘라 버려야 해요!"

민대머리는 뒤로 물러나 있는 과자안을 돌아보며 말했다. 그러나 바로 그 순간 곽무한의 몸이 날았다.

번쩍!

콰지직!

"크아! 이 개놈의 새끼가?"

순간적인 기습으로 옆구리를 얻어맞은 민대머리는 콧김을 씩씩 뿜으며 도를 휘둘러왔다.

시이잇!

섬뜩한 칼바람 소리.

곽무한은 몸을 젖힘으로 간단히 흘려 버렸다.

"도, 도대체?"

민대머리가 깜짝 놀란 표정을 지었다. 그 순간 곽무한의 신형이 땅을 박찼다.

"헛!"

곽무한이 뛰어오른 높이는 키의 두 배가 넘는 일 장. 때문에 민대머리는 순간적으로 곽무한의 모습을 놓쳐 버렸다. 가슴이 철렁한 민대머리는 본능적으로 허공으로 도를 휘두르며 앞으로 몸을 날렸다.

파파팡!

흙먼지가 자욱이 피어올랐다.

만약 앞으로 몸을 날리지 않았다면 또다시 한칼을 허용했으리라.

고작 열여섯 살짜리한테 두 번이나 당할 뻔하다니…….

"음, 조금만 더 빨랐으면 됐는데 아깝다."

더구나 저 밉살스런 말이라니?

"요 후레새끼! 요 꼽추 같은 새끼! 어흥!"

수치감에 몸을 떨던 민대머리는 도저히 참을 수 없어 전력을 다해 도를 휘둘렀다. 자신의 절기, 팔방을 자르는 뇌전 같은 도법 팔방자뢰(八方刺雷)의 초식을 펼친 것이다.

쐐쐐쐐쐐!

목도가 아닌 진짜 칼에서 뿜어지는 살기. 그러나 곽무한은 피하지 않았다.

"타하압!"

오히려 기합성을 지르며 목도를 뻗었다. 정면 승부를 택한 것이다.

"저런 무모한!"

과자안은 깜짝 놀라 몸을 날렸다. 그러나 한발 늦고 말았다.

카카칵!

둔중한 소리가 장내에 울려 퍼졌다.

"이, 이럴 수가!"

"으음……."

과자안은 몸을 날리던 자세 그대로 굳어버렸다.

민대머리는 자기 도를 내려다보며 입을 딱 벌렸다. 이십 년 공력이 실린 자신의 칼과 열여섯 살짜리의 목도가 부딪쳤는데 목도가 멀쩡하다니! 도저히 믿어지지가 않았다.

"쿨럭! 제기랄!"

격돌의 충격 탓인지 한번 기침을 터뜨린 곽무한은 나직한 욕설을 내뱉으며 목도를 아래로 늘어뜨렸다.

'노도세를?'

과자안은 가슴이 철렁했다. 저걸 선보이면 절대 안 된다. 노도세부터는 내공을 폭발적으로 싣는 초식이다. 만약 철면노호가 알기라도 하는 날이면 끝장이었다.

"그만둬!"

과자안은 급히 경고성을 발했다.

"싫어요!"

맙소사! 돌아오는 저 대답이라니!

과자안은 곽무한의 대답에 기가 막혔다. 게다가 저 떨리는 목도의 끝이라니! 벌써 놈은 공력을 쏟고 있었다.

"바보 같은!"

과자안은 대노하여 두 사람 사이를 가로막았다.

"비키쇼, 형님!"

점입가경이었다. 민대머리의 눈은 이미 돌아갈 대로 돌아가 있다.

"비켜요. 끝장을 볼래요!"

맙소사! 곽무한 이놈까지!

"크아아! 이 곰보 새끼가!"

과자안이 잠시 머뭇거리는 사이 탁탁 받아치는 곽무한의 말에 꼭지가 확 돈 민대머리가 괴성을 지르며 몸을 날렸다.

"와랏!"

곽무한 역시 두 발을 굳건히 하며 눈을 빛냈다.

두 사람이 격돌하려는 찰나, 동시에 과자안이 두 사람을 말리려는 찰나,

"뭣 하는 짓들이냐!"

고막을 쩌렁쩌렁 울리는 고함 소리가 터져 나왔다 .

"대, 대형……!"

민대머리가 허공에서 몸을 뒤집으며 돌아섰다.

두 사람을 찍어가던 과자안 역시 손을 내리며 뒤를 돌아봤다.

저벅저벅.

묵직한 발걸음 소리. 이글이글 피어나는 강렬한 기파.

곽무한은 본능적으로 움츠러드는 느낌이었다.

"설명하라! 도대체 무슨 짓들이냐?"

잔뜩 화가 치민 듯 철면노호의 눈은 거센 불길을 담았다.

"저놈이 또 하극상을 일으켰습니다."

민대머리가 씩씩대며 곽무한을 가리켰다.

"하극상?"

곽무한을 쳐다보는 철면노호의 눈이 스산하게 변했다.

"그게 아니라 저 새끼가 애들을 죽이려 했어요."

곽무한은 노구를 가리켰다.

"끄응… 아닙니다. 저 계집애가 먼저 활로 절 쏘려 했습니다."

혼절에서 겨우 깨어난 노구가 매옥을 가리키며 말했다.

노구의 지적을 받은 매옥의 얼굴이 사색으로 변했다.

철면노호는 천천히 모두를 둘러봤다.

"어찌 됐든 하극상은 절대 용납 못한다! 저놈과 계집을 모두 죽여라!"

"대형?"

과자안의 얼굴색이 백지장처럼 변했다.

"배신자는 절대 용서 못한다! 그 누구라도!"

'마, 맙소사!'

광기로 이글거리는 철면노호의 눈빛에 과자안은 순간적으로 어찌할 바를 몰랐다.

캬오오!

때마침 주인의 분위기가 이상해 곁으로 다가온 청랑의 울음소리가 아니었다면 계속 멍한 표정만 짓고 있었을 것이다.

"대형, 선처를……."

과자안은 얼른 고개를 조아렸다. 그리고 곽무한의 팔을 잡아 이끌며 고개를 숙이라는 눈짓을 보냈다. 그러나 곽무한은 오히려 막 나가고 있었다.

"누구라도 동생들 몸에 손만 대봐!"

갑자기 주변 공기가 싸늘해졌다.

철면노호의 안색이 급격하게 굳으며 눈에서 붉은 광망이 흐르기 시작했다.

우우웅!

철면노호의 주위에서 공기의 파동이 일어나기 시작했다.

'휴우, 미안하지만 어쩔 수 없구나.'

과자안은 한숨을 내쉬며 곽무한의 마혈을 쿡 찍어버렸다.

"윽? 아저씨?"

혈도를 점하는 것은 일반 무예와는 차원이 다른 고급 공부였다.

곽무한은 생전 처음 당해보는 점혈. 그것도 철석같이 믿어왔던 과자안의 암수에 혼백이 달아날 듯 놀랐다.

"대형, 잠룡연을 생각하시고 제발……."

곽무한의 혈도를 짚음으로 일단 일촉즉발의 상황을 잠재운 과자안은 철면노호에게 다시금 고개를 조아렸다.

"으음……."

묵호 과자안은 절대 고개를 숙이는 사람이 아니다. 그런 그가 오늘은 두 번이나 고개를 숙였다. 철면노호는 서서히 눈빛을 가라앉혔다.

"좋아, 대사(大事)를 위해 이번 한 번만 용서하지."

푸스슷!

말이 끝남과 동시에 과자안의 발 밑에서 노란 연기가 피어올랐다.

'천지독패공(天地獨覇功)!'

과자안은 조금 전 철면노호가 정말로 곽무한을 죽여 버리려 했다는 걸 깨달았다. 그것도 생사의 위기가 아니면 좀체 안 쓰는 비기까지 동원해서.

"대신 저 계집애는 죽여 버려!"

"안 돼요!"

마혈을 짚여 나무토막처럼 뻣뻣해져 버린 곽무한. 안간힘으로 고함을 질렀다.

"안 돼? 왜 안 돼?"

철면노호가 싸늘히 물었다.

"그건… 그건…….'

그냥 '당신에게 아이들을 죽일 권리는 없어!' 라고 말하면 될 것을 갑작스런 질문에 당황한 때문인지 곽무한은 말을 더듬었다.

철면노호는 그런 곽무한을 노려보다 휙 몸을 돌렸다.

"죽어!"

명을 받은 지렁이녀석이 도를 치켜들었다.

"오, 오라버니…….'

매옥은 처연한 표정으로 곽무한을 바라봤다.

곽무한은 억장이 무너지는 것 같았다.

지금 이 순간 자기가 할 수 있는 게 아무것도 없다는 사실이 너무나 충격이었다. 자괴감이 들어 미칠 것만 같았다.

"익, 이익!"

곽무한은 피가 나도록 입술을 깨물며 억지로 마혈을 풀려고 애썼다.

그러자 단전이 미친 듯이 요동치기 시작했다.

웅웅웅!

구멍 난 둑에 물살이 뿜어지듯 단전에서 솟구친 진기는 곽무한의 의념에 따라 거세게 질주를 시작했다.

퍼퍼퍽! 퍼퍼퍽!

곽무한의 진기는 막힌 혈도들을 뚫으며 노도처럼 밀고 올라갔다.

기로 막힌 혈도를 뚫는다? 일반 무림인이 봤으면 코웃음을 칠 일이었다. 무림인의 상식으로 기를 이용해 혈도를 뚫는 진기타통(眞氣打通)

은 이 갑자 이상의 내공이 없으면 꿈도 못 꿀 일이었다. 그런데도 곽무한은 지금 그걸 해내고 있었다. 구엽음양과의 효능으로도 설명이 되지 않을 일이었다.

퍼퍼퍽! 퍼퍼퍽!

이제 마지막 하나, 목 뒤쪽의 천주혈만 남았다. 그러나 안타깝게도 이미 집행이 시작되려 하고 있었다. 지금 혈도를 뚫는다 하더라도 늦었다. 방법이 없었다.

"제발… 제발……."

결국 곽무한은 운기를 멈추고 애원을 하고 말았다.

철면노호는 잠시 손을 들어 집행을 멈췄다.

"이 계집을 살리고 싶으냐?"

철면노호가 뒤돌아선 자세 그대로 질문을 던져 왔다.

곽무한은 고개를 끄덕이려 했다. 그러나 목이 움직이지 않았다.

"그… 렇습니다."

곽무한은 한스런 목소리로 대답했다.

"좋아, 그럼 앞으로 수채에서 시키는 명에 절대 복종하겠느냐?"

"…예."

곽무한은 다시금 피가 나도록 입술을 깨물며 대답했다.

"지켜보마."

철면노호는 등을 돌린 채 다짐을 받았다. 그리고는 뒤도 돌아보지 않고 본채로 돌아가 버렸다.

"제기랄!"

민대머리 역시 투덜거리며 본채로 돌아갔다.

"이만하길 다행이다. 앞으로 두 번 다시는 이런 일을 벌이지 마라.

안 그러면 정말로 공력을 폐지해 버리겠다.”

과자안은 달램 반 위협 반인 한마디를 남기고는 혈도를 풀어주었다.

“크윽!”

수적들이 모두 사라지자 통분을 못 이긴 곽무한이 바닥을 후려쳤다.

“오라버니, 저 때문에… 저 때문에… 흑흑흑.”

매옥은 자기 때문에 자존심을 꺾은 곽무한을 보니 한없이 미안했다.

또한 자기 신세를 생각하니 설움이 밀물처럼 밀려왔다. 그래서 곽무한이 있든 말든 눈물을 펑펑 쏟고 말았다.

“난 괜찮아. 울지 마.”

울고 있는 매옥을 보자니 가슴이 저려왔다. 곽무한은 매옥의 어깨를 부드럽게 두드려 주고 돌아서다 매옥의 몸에 남겨진 상처를 봤다.

양팔은 부러져 덜렁거리고 있고 두 눈자위는 시퍼런 멍 자국이 생긴데다 뺨과 입술은 터졌는지 피가 줄줄 흐르고 있었다. 게다가 다리도 부러졌는지 도무지 일어서지를 못하고 있었다. 곽무한은 다시금 분노가 치밀어 올랐다.

“으드득! 노구 이 자식! 두고 보자!”

아예 그놈을 매옥에게 끌고 오지 말고 그냥 죽어 버릴 걸 그랬다.

그러나 이미 지나간 일. 곽무한은 치솟는 분노를 억지로 삼키며 매옥의 팔을 잡았다.

“참아.”

매옥이 무슨 말인가 하여 눈을 끔뻑이는 순간,

뚜두둑!

곽무한이 부러진 팔을 맞춰주었다.

“아악!”

매옥은 너무나 끔찍한 고통에 기절하고 말았다.

"이런이런, 이 녀석은 잘도 참던데……."

곽무한은 잔뜩 낭패한 표정으로 청랑을 쳐다봤다.

캥?

청랑은 겁먹은 얼굴로 후다닥 꼬리를 말았다.

자기도 얼마나 아팠었는데 이 멍청한 인간은 아파서 우는 거랑 화나서 우는 거랑 구분을 못한다.

"무한 오빠, 이 늑대는 뭐야?"

미루가 기절한 매옥의 손을 잡고 있다가 겁먹은 얼굴로 물어왔다.

"음? 이 녀석? 사냥개."

곽무한이 청랑의 목을 덥석 집어 미루의 발 밑에 놓았다.

"사냥개라구? 그 말을 듣고 보니 좀 멍청하게 생기긴 했다."

"그렇지? 좀 모자라는 녀석 맞아."

캥!

청랑의 표정이 확 일그러졌다.

청랑의 일그러진 표정을 본 미루가 다시 겁먹은 얼굴로 물었다.

"혹시… 물지 않을까?"

"물어? 이놈이? 죽으려면 무슨 짓을 못해?"

대답과 함께 곽무한은 청랑의 귀를 확 당겨 손을 입에 넣어버린다.

'크르릉! 이걸 확 물어, 말어?'

청랑은 순간적으로 유혹을 느꼈다. 그러나 예전의 그 뼈저린 고통을 잊어버리기엔 시간이 너무 짧았다. 결국 청랑은 눈물을 머금으며 힘없이 꼬리를 내리고 말았다.

"와아! 정말 안 무네? 그럼 소개시켜 줘."

"그러지 뭐."

곽무한은 천진한 미루의 부탁에 손가락을 까닥였다. 그러나 눈은 잔뜩 부라려져 있었다.

끼깅.

청랑은 결국 꼬리를 흔들며 순한 사냥개 흉내를 내고 말았다.

아이들은 그 모습을 보며 모두 홀린 듯한 표정이 되고 말았다.

특히 신입들의 눈은 몽롱하게 풀려 있었다.

흉악한 아저씨들과도 맞장뜨던 저 무시무시한 늑대가 곽무한 앞에선 순한 양이 되어버리다니? 거기다가 저승사자보다 더 무섭던 노구와 민대머리, 한 걸음 더 나아가 염라대왕보다 더 무서운 태상채주와도 맞장을 떠버리다니? 아이들 눈에는 곽무한이 사람같이 보이지 않았다.

그런 아이들의 눈빛엔 아랑곳없이 곽무한은 매옥을 깨웠다.

"약왕당으로 가자."

"싫어요!"

매옥은 사시나무 떨듯 하며 비명을 질렀다.

"왜? 이대로 두면 상처가 덧나."

곽무한은 이해가 되지 않았다.

이대로 두기엔 상처가 너무 심각했다. 그걸 알 만한 앤데도 도리질을 치니 곽무한으로선 도무지 이해가 되지 않았다.

"약왕당엔 인간 같지 않은 놈들만 있어요."

결국 추궁에 못 이긴 매옥이 얼마 전에 당했던 이야기를 하자 곽무한은 꼭지가 돌아버렸다.

"같이 가자."

곽무한은 매옥이 뺨을 붉히거나 말거나 상관없이 덥석 그녀를 안아

들고 약왕당으로 향했다.

"뭐 하냐? 주인이 가면 쫄따구도 따라와야지."

곽무한은 아이들의 기를 죽이려고 으르렁거리고 있는 청랑의 엉덩이를 걷어차 앞장세웠다.

끼기깅.

청랑은 잔뜩 풀 죽은 모습으로 앞장섰다.

덜컹!

문이 거칠게 열렸다.

마작패를 돌리고 있던 약왕당 패거리는 깜짝 놀라 고개를 돌렸다.

"어라? 뭐야, 이 자식은?"

혹시나 채주나 부채준가 싶어 놀랐던 가슴이 분노로 변했다.

놈들은 후원에 처박혀 있느라 조금 전의 소동을 알지 못했다.

"다쳤습니다. 치료 좀 해주세요."

기가 막혔다. 비록 체격은 놀랄 정도로 커졌지만 익히 알고 있는 얼굴. 사고를 치고 늑대 굴에 갇혔던 곽무한이다.

"너 이 자식, 용케 살아남았다?"

"어쭈? 늑대도 끌고 다니네?"

그러고 보니 초라하게 꼬리를 내리고 있는 늑대의 모습도 눈에 들어왔다. 잔뜩 풀이 죽은 청랑의 모습에서 흉포하기로 소문난 흡혈청랑임을 알아차리기란 불가능했다.

"이 싸가지없는 녀석, 어디 겁도 없이 문을 확 밀치고… 어? 매옥이 잖아?"

놈들은 기가 막히다는 표정으로 곽무한을 노려보다 곽무한의 팔에 축 늘어져 있는 매옥을 보고는 눈을 빛냈다.

"흠, 많이 다쳤군. 저리로 눕혀."

책임자인 애꾸녀석이 잘됐다는 표정으로 침상을 가리켰다.

"넌 이제 나가봐."

"싫어요."

"싫어? 이 자식 봐라?"

애꾸가 눈을 부라리는 순간,

크르르.

청랑이 갈기를 세웠다. 꼬리를 말고 있을 땐 몰랐는데 갈기를 세우니 보통 무서워 보이는 게 아니었다.

"조, 좋아, 구석에 조용히 앉아 있어."

결국 곽무한을 밖으로 내보내지 못하고 구석으로만 몰아넣었다.

"보자아~"

녀석은 매옥의 손을 어루만지며 약통을 꺼내 들었다.

"양 팔이 부러졌고 갈비뼈에 금이 갔군. 자자, 치료를 할 테니 눈을 감아라."

애꾸는 군침을 흘리며 매옥의 상의를 슬금슬금 걷어 올렸다.

녀석의 손에 의해 매옥의 희고 고운 속살이 조금씩 드러나기 시작했다. 배꼽을 지나 봉곳한 젖무덤으로 옷을 치켜 올리려는 찰나,

크와앙!

청랑이 눈에 불을 켜며 날아올랐다.

"꾸웨에엑!"

처절한 비명 소리와 함께 바닥에 붉은 피가 뚝뚝 떨어졌다.

"으아아! 맙소사! 하초를 물렸어!"

약왕당 패거리는 일제히 기겁한 표정을 지었다.

크르르!

애꾸의 하초를 집어삼킨 청랑은 피 묻은 이빨을 드러내며 약왕당 패거리를 노려봤다.

"으으… 어떻게… 어떻게 좀 해봐!"

녀석들은 저마다 몽둥이와 철퇴를 집어 들었지만 불길이 뚝뚝 흐르는 눈동자에 갈기를 바짝 세운 청랑을 보고는 오금이 저려 아무런 행동도 취하지 못했다.

"흐으으… 흐으으… 사람… 살려……. 끄으으."

비몽사몽 지경인 애꾸의 신음 소리만 약왕당을 가득 메우고 있을 때,

"또 무슨 소란이야?"

민대머리가 달려나왔다.

"이, 이 빌어먹을 녀석!"

민대머리는 눈앞에 벌어진 참경에 치를 떨었다.

곽무한을 향해 돌아서는 민대머리의 눈엔 광기가 줄줄 흘렀다.

민대머리의 눈길을 받은 곽무한은 의외로 태연했다.

"제가 안 그랬어요."

곽무한이 일어서며 가볍게 내뱉은 말이었다.

"컥! 네, 네가 안 그랬다고?"

민대머리는 전혀 예상치 못한 대답이라 기가 턱 막혀 버렸다.

"이, 이 늑대는… 늑대는 네가 기르는 놈이 아니냐?"

너무 혈압이 뻗쳐 말도 제대로 나오지 않았다.

"아닌데요. 녀석이 좋다고 그냥 졸래졸래 따라오던데요?"

"커컥!"

천연덕스런 곽무한의 말에 민대머리는 숨이 넘어가는 것 같았다.

그러나 녀석이 늑대를 데리고 나타난 건 오늘이 처음이다. 먹이를 주고 키우는 걸 눈으로 보지 못한 이상 반박할 건더기가 없었다.

"늑대, 흐그그… 늑대……."

더 가관인 것은 혼백이 다 달아난 애꾸의 숨 넘어가는 목소리.

애꾸는 본의 아니게 자신을 해친 흉수가 곽무한이 아니라 늑대라는 것을 온몸으로 웅변하고 말았다.

민대머리는 한심하다는 눈빛으로 애꾸를 노려보다가 천천히 고개를 돌렸다.

"그래… 그렇단 말이지? 그렇다면!"

혼잣말하듯 중얼거리던 민대머리가 한순간 공간을 압축하며 청랑을 덮쳤다. 청랑이 방심한 틈을 노린 공격이었다.

번쩍!

잠시 전 곽무한과 자웅을 겨루던 팔방자뢰의 초식이 그물처럼 청랑에게로 쏟아졌다.

캬앙!

깜짝 놀란 청랑은 기묘한 각도로 허리를 틀며 겨우 칼날을 피했다

"호오? 이놈 봐라?"

민대머리는 붉은 헛바닥으로 잠시 칼날을 핥더니 다시 도를 뿌렸다.

쐐액! 쐐쐐쐐액!

번쩍이는 칼 빛은 청랑을 점점 궁지로 몰아넣었다. 그러나 이미 청랑과 지겹도록 싸워본 곽무한은 그게 반격을 위한 녀석 특유의 몸짓이란 걸 알아차렸다.

과연 예측은 틀리지 않았다.

민대머리의 칼날이 아래에서 위로 사선을 그리며 비껴 나간 순간,

콰아앙!

녀석은 천지를 무너뜨릴 듯한 포효성을 지르며 날아올라 민대머리의 얼굴과 허벅지를 할퀴곤 팔뚝을 물어갔다. 그 순간 민대머리의 눈빛이 번쩍 빛났다. 순간적으로 불길함을 느낀 곽무한은 재빨리 경고성을 발했다.

"안 돼! 피해!"

민대머리의 팔꿈치가 청랑의 턱을 후려갈긴 것과 민대머리의 허벅지를 할퀸 청랑이 팔뚝을 물어뜯으려다 곽무한의 목소리에 놀라 고개를 돌린 것은 거의 동시에 일어난 일이었다.

캬아앙!

"으흑!"

타격음과 비명성이 동시에 터져 나왔다.

곽무한은 가슴이 철렁해 청랑을 쳐다봤다.

천만다행이었다. 청랑이 고개를 돌리는 바람에 뒤통수만 스쳤다.

만약 턱을 정통으로 맞았으면 그 자리에서 즉사했으리라.

"흐으으… 이 빌어먹을 개잡종이!"

민대머리는 도저히 청랑을 용서할 수 없었다. 한낱 미물 따위가 자신의 허벅지에 상처를 남기다니…….

"어홍! 죽인다아아!"

화가 머리끝까지 치솟은 민대머리는 아직도 어질어질한 머리를 흔들고 있는 청랑에게 재차 달려들었다. 그러나 한발 늦고 말았다.

캥!

후다닥!

어느새 곽무한의 눈짓을 받은 청랑은 약 올리듯 달아나고 말았다.

"크아아! 저, 저, 저 때려죽일 놈의 늑대새끼!"

민대머리가 길길이 날뛰며 거품을 물었지만 이미 달아나고 없는 녀석에게 아무리 욕한들 무슨 소용이 있으랴.

결국 분노는 곽무한에게로 향했다.

증거는 없었지만 뭔가 곽무한에게 희롱당했다는 느낌이 들어 견딜 수가 없었다.

"뿌드득! 이노옴, 훈련 때 두고 보자!"

민대머리는 허벅지의 상처를 감싸며 씹어뱉듯 말했다.

"훈련요?"

곽무한은 이가 갈릴 정도로 능청스러웠다. 조금 전까지만 해도 꼬리에 불붙은 망아지였는데 갑자기 달라져 보였다.

"그래, 훈련! 우리의 복수가 걸린 훈련."

민대머리는 으스스한 눈빛으로 잠룡연에 대해 설명하기 시작했다.

"…그러니 결국 최종 승부는 절벽 입수(入水)와 외줄 격투, 그리고 수중 대련에서 결판난다."

곽무한은 들으면 들을수록 어이가 없었다.

"아니, 수영이라면 몰라도 한 번도 해보지 않은 절벽 입수라니요? 거기다가 절벽에 걸린 외줄에서 어떻게 격투를 벌여요?"

곽무한의 질문에 민대머리는 음험한 미소로 대답했다.

"그래서 우리가 널 지옥 훈련을 시키는 거지."

"우리?"

"그래, 우리. 입수는 노구가 전문이고 외줄 격투는 묵호 형님이, 그리고 수중 대련은 내가 가르친다."

곽무한은 그제야 민대머리가 음험한 미소를 짓는 이유를 알았다.

생전 보지도 듣지도 못한 훈련이니 누구의 제재도 받지 않고 합법적으로 괴롭힐 수 있기 때문이었다.

"명심해! 우승 못하면 너나 이년은 죽은 목숨인 줄 알아!"

민대머리는 손가락으로 목을 그어 보이며 차갑게 웃었다.

곽무한은 앞으로 갈굼을 당하며 지낼 생각을 하니 긴 한숨이 나왔다.

"오라버니……."

얼결에 잠룡연에 대한 설명을 듣게 된 매옥은 얼굴도 제대로 들지 못할 지경이었다.

"걱정 마. 넌 상처나 잘 다스려."

곽무한은 매옥을 달래주고 떠났다.

물론 떠나기 전에 약왕당 패거리 앞에서 탁자를 두 조각 내버리는 무력 시위를 보여준 뒤에.

제10장
기연

훈련이 시작되었다.

곽무한이 처음 시작한 훈련은 외줄 격투 훈련이었다.

올려다보기에도 아찔한 절벽. 그 가운데 밧줄 하나를 걸어놓고 그 위에서 격투를 벌이는 훈련이었다.

처음엔 일 장 높이에서 시작했다.

과자안은 의외로 권법부터 시작했다.

권법의 원리는 도법과 비슷했다. 자신을 버리고 상대를 따르며 상대의 힘을 역이용해 자신의 공격을 극대화시키는 게 요체였다.

곽무한은 왜 권법부터 시작하는지 처음에는 이해를 하지 못했다.

"외줄 격투에서는 무기를 사용하지 못하나요?"

종내는 궁금증을 이기지 못하고 질문을 던지고야 말았다.

돌아온 대답은 간단했다.

"진짜 고수는 권가(拳家)에 있다."

그 한마디로 끝이었다. 그러나 곽무한은 시간이 흐르면서 그 말의 속뜻을 알 수 있었다.

출렁출렁!

"어, 어?"

빠칵!

"아이코!"

풍덩!

끊임없이 출렁이는 밧줄 위에서는 큰 동작이 무의미했다. 순식간에 뻗쳐 오고, 뛰어오르고, 빗겨 치며 틈을 파고드는 권법이 더 무서웠다.

"으으, 차라리 권법으로 싸우는 게 낫겠네요."

하루에도 수십 번 떨어져 이제 강물을 마시는 데 이골이 난 곽무한이 볼멘소리로 투덜거렸다.

"꼭 그런 것만은 아니다. 네 도법이 더 빨라지고 날카로워진다면 손장난이 다 무슨 소용이겠느냐? 그러나 알아야 방어를 하든 대처 방법을 생각해 내든 할 수 있다. 이번 훈련은 도검을 쓰는 무인이 가장 소홀하게 여기기 쉬운 짧고 빠른 공격과 틈을 주지 않는 빠른 공수 전환, 그리고 어떠한 상황에서도 중심을 빨리 잡을 수 있는 방법에 대한 훈련이라고 생각해라."

과자안은 웃으며 대답했다.

곽무한은 권법을 익히면서 오히려 도법에 대해 많은 것을 깨달을 수 있었다. 그리고 권법을 배우면서 가장 기뻤던 점은 드디어 혈도에 대해 알게 되었다는 것이다.

"내가 곁눈질로 배운 권법은 주먹을 강하게 단련하지 않아도 되고

긴 거리도 필요로 하지 않는 북파의 권법이다. 그 요체는 타격법에 있다. 물에 젖은 솜을 생각해 봐라. 그 솜에 물을 빼내려고 할 때 굳이 망치로 칠 필요가 있느냐? 손바닥으로 눌러도 되지 않느냐? 사람의 몸도 마찬가지다. 기와 혈, 그리고 물만 흩트리면 된다. 그 가장 좋은 방법이 바로 혈도를 가격하는 것이다.”

과지안은 시범과 함께 설명을 곁들였다.

“인체에는 짚이면 바로 죽는 사혈(死穴)과 몸에 마비가 오는 마혈(痲穴), 그리고 정신을 잃는 훈혈(暈穴)과 순간적으로 벙어리가 되는 아혈(啞穴)이 있다. 사혈에는 머리의 정수리 부위인 백회혈(百會穴)과 목 아래쪽의 오목한 부분인 기문혈(氣門穴)…….”

곽무한은 며칠 전 어이없이 나무토막이 되어버린 상황을 통분히 여기고 있던 터라 귀를 활짝 열고 집중했다.

밧줄 위에서의 훈련은 날마다 곽무한을 물에 젖은 솜처럼 노곤하게 만들었다.

빠칵!

“어이쿠!”

풍덩!

자칫 떨어질 때 실수라도 할라 치면 강물 위로 드러난 바위에 머리를 찧기 예사였다. 거기다가 날마다 코로 물이 들어가니 머리가 멍할 지경이었다. 그러나 그걸로 끝이 아니었다.

“헉… 헉……!”

훈련은 지독했다.

수십, 수백 번 물속으로 곤두박질친 몸을 이끌고 천 길 절벽을 기어

올라야 했고 바위산을 뛰어야 했다. 체력과 인내를 기른다는 명목이었다. 게다가 수면 시간은 하루 두 시진도 못 되었다. 그러니 매일같이 입에서 단내가 나고 머리가 어질할 지경이었다.

그러나 곽무한은 지독했고 대단했다. 정해진 순서대로 악착같이 다 이행해 냈다.

시간이 흐르자 밧줄의 높이도 점점 높아졌다.

이십여 일이 지나자 어느새 밧줄의 높이는 오 장이 넘어갔다.

이젠 밧줄에도 익숙해진 곽무한. 그러나 도무지 밧줄에서 떨어질 때의 충격만은 견디기 어려웠다. 높이가 높아질수록 더 그랬다.

첨벙!

"크윽!"

잘못 빠지면 머리가 어질하고 배가 아파왔다.

결국 곽무한은 쓸데없는 요령만 늘어났다.

"자, 오늘이 마지막 훈련이다."

과자안이 날듯 다가와 교묘하게 손을 찔러왔다.

"웃차!"

곽무한은 유연하게 허리를 젖혀 과자안의 손을 피하고는 겨드랑이 사이로 무릎을 찍어 넣었다. 그 순간 과자안이 무릎 안쪽으로 어깨를 집어넣어 벌떡 일어나 버렸다.

"우웃!"

곽무한은 허공으로 날아오르다 팽이처럼 몸을 회전시켜 발등에 밧줄을 걸었다.

"이놈!"

과자안이 발등을 걸어차면 재빨리 발등을 팅겨 옆으로 이동해 두 손으로 줄을 잡고 공중 회전으로 다시 제자리에 올라섰다.

"되었다. 이젠 밧줄에서만큼은 원숭이도 널 못 따르겠다."

예상은 했었지만 불과 이십여 일 만에 과자안의 모든 밑천이 거덜나버렸다. 과자안은 쓸쓸한 미소를 지어 보이며 사라졌다.

문제는 다음 훈련부터였다.

노구가 떡하니 목걸이를 걸고 나타났다.

"이, 이 자식!"

목걸이를 보자마자 눈이 뒤집힌 곽무한은 재빨리 목걸이를 잡았다. 그러나 의외로 노구는 태연자약했다.

"호호, 꼬마야, 내가 예전에 말했었지? 수중호걸은 승부로 결정 낸다고!"

"승부? 힘이 아니었나?"

곽무한은 피식 웃으며 목걸이를 잡아채려 했다.

"또 하극상이냐? 매옥이가 힘들 텐데?"

노구는 매옥을 들먹이며 빈정댔다.

"끄으으음……."

곽무한은 목걸이를 잡은 손에 힘을 잔뜩 주다가 확 놓아버렸다.

"캑캑, 개자식! 곰보 주제에 무식하게 힘만 늘었군."

목걸이 줄에 조인 흉터를 매만지며 노구가 한 가지 제안을 해왔다.

"이봐, 곰보. 이 목걸이를 가지고 싶다면 나랑 내기를 하자."

"무슨 내기?"

"내가 널 가르치는 종목. 절벽에서 뛰어내리기."

노구의 눈빛이 교활하게 빛났다.

"으음……."

곽무한은 망설였다.

오 장 높이에서 떨어져도 배가 아프고 머리가 아픈 판인데, 노구 녀석은 절벽 입수를 가르치는 놈이니 얼마나 높은 곳에서 뛰어내리자고 할지 몰랐다.

"음… 난 지금 걸 게 없는데?"

곽무한은 슬쩍 빼봤다. 그러나 노구는 예전부터 노리고 있었던지 냉큼 대답했다.

"저놈이 있잖아."

노구가 가리킨 손끝에는 청랑의 모습이 보였다.

민대머리의 눈을 피해 한 번씩 나타나 미루와 매옥을 태우고 다니며 아이들의 눈길을 한눈에 받고 있는 청랑.

놈은 철면노호의 친위대조차 겁내지 않는 청랑이 탐난 모양이었다.

"좋아. 언제?"

"흐흐, 지금 당장!"

노구의 눈은 사악하게 빛나고 있었다.

"으음, 좋아. 그런데 어떻게 승부를 가려?"

"당연히 얼마나 높은 데서 뛰어내리느냐지. 남자의 배짱을 가리는 승부야."

"좋아!"

곽무한은 선선히 고개를 끄덕였다.

"역시 겁이 없어. 흐흐흐."

노구는 징그럽게 웃으며 툭 튀어나온 절벽 중간을 가리켰다.

"저기서부터."

곽무한은 노구의 손가락을 따라가다가 굳어버렸다.

얼핏 봐도 십 장(30m)은 넘어 보였다. 그러나 이 밉살스런 놈 앞에서 겁먹은 모습을 보이긴 싫었다.

두 사람은 가파른 절벽을 기어올랐다.

"녀석, 팔 힘이 좋은데?"

노구는 씨익 웃음을 지어 보이며 튀어나온 바위 가장자리에 섰다.

까마득한 시야 아래에 푸르게 흐르는 강물.

곽무한은 오금이 다 저려왔다.

"자, 이 몸이 먼저 뛰어내리마. 잘 구경하라구. 타핫!"

노구는 앞 동네 산보 가듯 가볍게 바위를 차고 올랐다.

쉬우욱! 빙글!

아래로 곧장 떨어져 내려가던 노구는 중간쯤에서 서너 바퀴 공중 회전을 하더니,

풍덩!

하얀 물보라를 일으키며 입수에 성공했다.

"이봐, 겁쟁아! 뛰어내려 봐!"

노구가 밑에서 이를 내보이며 손을 흔든다.

곽무한은 심호흡을 하고 가장자리에 섰다.

빙글빙글.

바람 탓인가, 높이 탓인가? 내려다보자니 눈이 어질어질했다.

곽무한은 주먹을 불끈 쥐었다가 이내 풀어버렸다.

"청랑, 너 가져!"

곽무한은 그냥 내려왔다.

다음날.

“크아아!”

노구는 비명을 지르며 방울 소리 나도록 달렸다.

캬오오!

불똥이 뚝뚝 떨어지는 눈빛의 청랑이 엉덩이를 물려고 혈안이 되어 따라오고 있었기 때문이다.

“쯧쯧, 줘도 주체를 못하는 주제에…….”

곽무한은 절벽 위에서 팔짱을 낀 채로 내려다보다가 아래로 뛰어내렸다.

풍덩!

하얀 포말이 사방으로 튀어 올랐다.

“끄으윽! 우웩! 웩!”

곽무한은 코피를 줄줄 흘리며 기어나왔다.

곽무한이 뛰어내린 절벽의 높이는 고작 칠 장이었다. 그것도 내기에 이겨 기분이 흐뭇해진 노구의 배려 덕분이었다. 그러나 그런 가벼운 훈련은 오늘로서 끝일 게다, 저렇게 청랑에게 쫓겨 도망다니는 꼴을 보면.

“얼른 뛰어내려, 이 자식아!”

예측은 빗나가지 않았다.

그날 오후 노구는 씨근덕거리는 표정으로 훈련 시작을 알렸다.

훈련 시작 지점은 예전의 그 십 장 높이의 절벽.

‘이 난관을 어쩐다?’

곽무한은 차마 못 뛰어내리겠다는 말은 못하고 전전긍긍했다.

불알 찬 사내로서 어찌 무섭다는 말을 한단 말인가? 그러나 노구의 서슬을 보니 피할 방법도 없다.

"얼른 안 뛰어내려, 이 사기꾼 자식아!"

오늘따라 더 길길이 날뛰는 이유는 청랑이 달아나 버렸기 때문이다.

그것도 간만에 배급된 돼지고기를 먹여가며 어떻게든 길들여 보려고 조심조심 쓰다듬던 팔까지 깨물어 버리고.

곽무한은 어찌할까 하다가 하나의 생각이 떠올라 억지로 잡은 엉거주춤 입수 자세를 풀며 휙 돌아섰다.

"다시 내기를 하자."

"이 자식이 지금 불난 데 부채질하나?"

노구로서는 당연한 말이다. 예전 같으면 주먹부터 날아갔겠지만 며칠 전 호되게 당하고 보니 함부로 주먹을 날리기가 껄끄러웠다. 그러니 이젠 곽무한이 대놓고 말을 놔도 그러려니 하는 판이었다.

"부채질이 아니고… 잘 봐."

곽무한은 노구의 눈길을 정면으로 보다가 고개를 돌려 휘파람을 불었다.

휘이웃!

휘파람 소리는 절벽에 부딪치며 메아리를 만들었다. 그러자 저쪽 늑대 굴 쪽에서 시퍼런 늑대 청랑이 나타났다.

까닥!

그 먼 거리에서도 곽무한의 손가락이 보였을까? 청랑은 꽁지 빠지게 뛰어왔다.

"앉아!"

청랑이 도착하자마자 곽무한이 명령조로 말했다.

털퍼덕.

청랑이 다소곳이 앉았다.

"일어서!"

당연히 일어나고.

"물구나무서!"

캥?

확 일그러지는 얼굴. 그러나 곽무한의 부라린 눈에 마지못해 끙끙거리며 물구나무를 서려 애쓴다.

"어때? 이렇게 길들여 주지."

노구는 당연히 희색이 만면.

"흐흐, 조건은?"

"보름의 말미, 그리고 상대가 원할 때까지 계속."

"흐흐흐, 정말이지?"

"그럼!"

"혹시 태상채주께서 아시면?"

유일한 걸림돌이다. 잠룡연에 대비한 훈련이니 성과가 없으면 죽어나는 건 곽무한만이 아니다.

"최악의 경우에라도 무조건 뛰어내려 보이지. 죽기 아니면 까무러치기니깐."

"흐흐흐, 좋아. 네 입으로 약속한 거다?"

노구는 청랑을 곁눈질하며 헤벌레한 표정이었다.

곽무한은 그런 노구를 차가운 눈빛으로 지켜보다 몸을 돌렸다.

'말미는 얻었지만 고민이군. 어떻게 저 자식을 꺾고 엄마의 목걸이를 되찾는다?'

곽무한은 고민에 휩싸였다. 그러나 세상에 왕도는 없는 법. 결국 결론은 연습밖에 없었다.

'조금씩 높이를 높여 나가 보자.'

곽무한은 그날부터 적당한 높이의 외진 절벽을 찾아다녔다.

'저긴 너무 높고… 저긴 너무 낮고…….'

수채 부근을 샅샅이 돌았다. 그러다 문득 폭포 소리가 들려 그쪽으로 걸음을 옮겼다. 가까이 다가가니 쏟아지는 폭포 아래 한 사내가 웃통을 벗고 앉아 있었다.

'음? 텁석부리?'

곽무한은 깜짝 놀라 수풀에 몸을 숨겼다.

콰콰콰콰콰!

거세게 쏟아져 내리는 폭포 소리는 어린 시절 납치당했을 때의 그 끔찍한 기억을 떠올리게 만들었다. 철면노호의 모습 역시 마찬가지였다.

"후아아아압!"

한참 동안 폭포수를 맞고 있던 철면노호가 기합을 터뜨리며 위로 솟구쳤다. 거세게 쏟아져 내리는 폭포를 뚫고.

'엄청난 내공에 무서운 몸놀림이다!'

곽무한은 가슴이 철렁했다.

삼십여 장 높이에서 떨어지는 폭포는 가만히 맞고만 있어도 충격이 느껴질 판인데 그 압력을 뚫고 솟아오르다니, 보통 내공으로는 엄두도 못 낼 경지였다. 그러나 진정 놀라운 장면은 그 이후에 나왔다.

"천지독패공! 파(破)!"

폭포 속에서 다시 우렁찬 기합 소리가 들리더니 폭포 줄기를 뚫고 노란 빛이 번쩍였다.

꽈르르릉!

소리는 한참 뒤에 나왔다.

처음엔 무슨 소린가 궁금했으나 알고 보니 절벽 끝에 있던 바위가 부서져 내리는 소리였다.

'마, 맙소사! 장풍(掌風)?'

곽무한은 숨이 턱 막혀왔다.

만약 자신이 철면노호와 맞선다면?

지금으로서는 자신이 없었다.

무엇보다 자신은 과거의 그 끔찍한 기억 때문인지 몰라도 저 폭포를 뚫을 자신이 없었다.

"후우웁! 거기 누구냐?"

심호흡으로 기를 가다듬던 철면노호가 갑자기 날카로운 호통성을 질러왔다. 곽무한은 가슴이 철렁했다. 철면노호의 눈빛이 향한 곳은 바로 자신이 숨은 곳이 아닌가?

그때 수풀 옆에서 호탕한 웃음소리가 터져 나왔다.

"하하하, 형님! 드디어 내상이 다 나으셨군요."

나타난 사람은 민대머리였다. 그러나 뜻밖에도 장직과 함께였다.

"태상채주님을 뵙습니다."

장직은 철면노호를 보자마자 넙죽 인사부터 했다.

"이놈이 보기보다 재능이 있더라구요. 그래서 형님께 데려왔습니다."

"재능?"

철면노호가 상의를 걸치며 물었다.

"곽무한 그놈 이후를 대비해야 할 것 아닙니까? 이 머저리새끼야,

아홉 번 절하라니깐!"

민대머리는 장직의 뒤통수를 후려치며 말했다.

"그놈 이후라……."

철면노호의 눈에서 언뜻 살기가 스쳐 가더니 묵묵히 장직의 절을 받았다.

"이놈은 비도술(飛刀術)을 배우고 싶답니다. 비도술 하면 형님 아닙니까? 흐흐흐."

민대머리의 목소리는 곽무한의 뒷걸음질을 따라 점점 폭포 소리에 묻혀갔다.

'쳇, 등신 자식. 텁석부리에게 고개를 숙이다니…….'
곽무한은 공연히 부아가 치밀었다.

한참 애꿎은 돌멩이를 걷어차며 걸어가다 문득 한 가지 말이 마음이 걸렸다.

"곽무한 그놈 이후를 대비해야 할 것 아닙니까?"

민대머리의 으스스한 목소리가 기괴한 웃음과 함께 귀에 맴돌았다.
'쳇, 내 이후가 뭐 어쨌다고? 꼭 죽는 사람 말하듯 하고 있어.'
곽무한은 왠지 기분이 나빠졌다.
'두고 봐. 난 방바닥에 똥칠할 때까지 살 테니까.'
어린 시절, 마을 노인들이 주로 하던 말이다. 그게 무슨 뜻인지도 모르고 그저 오래 산다는 얘기겠거니 하면서 주먹을 불끈 쥐어 보이던 곽무한은 문득 자신이 낯선 곳에 와 있음을 느꼈다.
'얼래? 어쩌다 여기까지 온 거야?

퍼뜩 정신을 차리고 눈을 들어보니 사방이 온통 깎아지른 절벽들인
데, 특이한 것은 절벽마다 태고의 세월을 이긴 흔적인 양 노란 이끼를
입고 있다는 것이다. 석양에 비친 모습이 환상적이었다.

'후와, 죽이는 곳이군. 좋아, 연습 장소를 여기로 정하자.'

곽무한은 석양빛 때문에 황금색으로 보이는 절벽들이 너무 마음에
들었다. 다만 한 가지 옥에 티라면 눈 아래 보이는 강물에 거대한 소용
돌이가 맴을 돌고 있다는 사실이었다.

'오히려 좋은 기회라고 생각하자. 나중에 수채를 빠져나가려면 어차
피 폭류를 이겨내야 돼. 미리 연습하는 셈 치지 뭐.'

곽무한은 나름대로 긍정적으로 생각하며 위로 오르기 시작했다.

그러다가 중간쯤에 이르러 소스라치게 놀랐다.

'헉! 웬 관들이 절벽에?'

어찌나 놀랐던지 하마터면 낭떠러지 아래로 떨어질 뻔했다.

지금 곽무한이 본 것은 고대 남북조 시대에 사천 오지에서 유행했던
현관(懸棺)이었다. 현관은 높은 절벽에 관을 만들어놓으면 죽은 사람의
영혼이 하늘로 올라간다는 풍장의 습속이었다.

'배짱을 기르기엔 오히려 더 나을지도……'

절벽 중턱에 박혀 있는 관들은 살풍경했다. 그러나 곽무한은 다시
한 번 이를 악물며 위로 기어올라 갔다. 한참을 오르니 적당한 높이의
바위가 눈에 들어왔다. 십 장 높이였다.

'후우우웁!'

곽무한은 쿵쿵 뛰는 가슴을 억누르며 아래를 내려다봤다.

콰아아! 콰콰콰!

물소리가 절벽을 타고 올라왔다. 하지만 십 장 높이여서 그런지 소

용돌이는 생각보다 작아 보였다.

"저 정도도 못 이겨내면 곽 영웅이 아니지. 타핫!"

곽무한은 이를 악물고 뛰어내렸다.

쌔애애애액!

바람이 귓전을 찢어발기는 것 같았다.

푸른 물결은 삽시간에 눈앞으로 다가왔다.

피는 머리끝으로 몰렸고 눈은 어지러웠다.

풍덩!

수면과 부딪친 충격은 역시 장난이 아니었다. 머리가 어질어질했다.

"어푸어푸!"

곽무한은 멍한 정신으로 허겁지겁 물살을 가르려 했다.

그러나 거칠게 맴을 도는 소용돌이는 위에서 볼 때완 또 달랐다.

콰아아! 콰콰콰!

마치 성난 용이 똬리를 트는 것처럼 거셌고 격렬했다.

"꿀꺽꿀꺽! 으아아아!"

곽무한은 순식간에 소용돌이에 휘말려 아래로 끌려 내려갔다.

쿨렁쿨렁.

귀가 먹먹해 왔고 눈앞이 캄캄했다. 그러나 물살은 계속해서 곽무한을 끝없는 무저갱으로 끌고 내려갔다.

'안 돼애애애!'

곽무한은 무의식 속에서도 사력을 다했다.

웅웅웅!

어떻게나 발버둥을 쳤는지 단전이 미친 듯이 요동치기 시작했다.

그 때문인지 손과 발에 다시 힘을 불어넣어 다소나마 끌려 내려가던 기세를 늦출 수 있었다. 그러나 수압은 계속해서 몸을 옥죄어왔다.

벌써 눈알은 충혈되다 못해 터져 나가기 직전이었고 귀에서도 이상한 공명음이 울려왔다. 곽무한은 서서히 절망감에 빠져들었다.

'내 운명이 겨우 여기서 끝이란 말인가?'

정신을 풀어버리고 나니 온몸이 나른했다. 몸도 마음도 끝없는 늪 속으로 빠져드는 것 같았다.

바로 그때였다.

<u>고오오오오!</u>

소용돌이 사이로 희미한 빛이 보였다. 동시에 기이한 울음소리가 귀를 파고들었다. 아까 느꼈던 그 기이한 공명음이었다.

'저곳으로!'

곽무한은 마지막 사력을 다했다.

일 장… 이 장…….

곽무한의 몸은 점점 빛을 향해 움직이기 시작했다.

웅웅웅웅!

곽무한의 움직임 때문인지 단전이 다시금 깨어났다. 서서히 피어오르던 기는 어느 순간 거센 폭포수처럼 미친 듯이 전신을 휘돌았다.

그리고 어느 순간,

꽈꽈꽈꽝!

곽무한은 머리에서 거대한 폭발이 이는 것을 느끼며 정신을 잃고 말았다.

햇빛도 비치지 않는 깊은 강물 속.

콰우우웅!

사나운 물보라가 바닥의 흙모래를 퍼 올리며 용오름마냥 거칠게 소용돌이를 일으키고 있었다. 소용돌이가 시작되는 바닥 옆에는 조그만 동굴이 있었다. 신기하게도 그 동굴에서는 붉은 빛이 흘러나오고 있었는데, 그 때문인지 물보라가 접근하지 못했다.

거대한 원을 이루는 동굴 안,

한 사람이 잔잔한 물살과 은빛 모래 중간에 쓰러져 있었다.

잔잔한 물살 너머에는 이 동굴의 입구인 듯한 구멍이 있었고, 구멍 밖으로는 보기에도 무시무시한 물보라가 일렁이고 있었다.

"으으음……."

발을 적시는 잔잔한 물살을 맞으며 곽무한은 희미한 신음을 흘렸다.

우우우웅!

아직 비몽사몽간인 곽무한의 의식에 한 사람의 영상이 맺혔다.

환상인가, 꿈인가? 아련한 얼굴이었다.

삼단 같은 머릿결을 휘날리며 응시하던 까만 눈동자, 그리고 살포시 미소 짓는 앵두같이 귀여운 입술.

―바보, 여기가 아닌데…….

가슴 시원한 목소리와 함께 다가오는 유난히도 작고 하얀 손.

"헉?"

곽무한은 귓가를 맴도는 환청에 벌떡 몸을 일으켰다.

'물귀신이었을까? 너무 귀엽고 아름다웠어.'

자신이 혼절하기 직전에 나타난 영상이었다.

곽무한은 멍한 얼굴로 환상 속의 얼굴을 떠올리다가 천천히 주변을 둘러봤다.

시간이 흐를수록 사물이 점점 또렷하게 보였다.

가장 먼저 눈에 들어온 것은 일 장 넓이의 하얀 모래, 그 다음으로 들어온 것은 거대한 원을 이루는 이 동굴의 전체 모습, 마지막으로 눈에 들어온 것은 모래밭 너머 붉은 빛이 흘러나오는 조그만 동굴이었다.

'여기가 어디지? 이승인가, 저승인가?'

곽무한은 자신의 허벅지를 힘껏 꼬집었다.

"아얏! 아이고, 아파라."

눈물이 핑 돌 정도로 아팠다. 그러나 죽지 않고 살아 있다는 사실이 너무 기뻤다.

"정말 운이 좋았구나. 하늘이 도우신 모양이다."

곽무한은 저 건너 반대편 구멍 너머의 회오리치는 물보라를 보며 잠시 몸서리치다 동굴 안을 돌아다니기 시작했다.

동굴은 이십 장 정도의 크기였다. 한 바퀴를 도니 금방 제자리였다.

"젠장, 나가는 길이 없네? 어쩌지?"

이마를 찌푸리며 고민하다가 붉은 빛이 나오는 조그만 동굴을 쳐다봤다.

"음? 저긴 뭐지? 혹시 나가는 길이 아닐까?"

곽무한은 조심스레 동굴 안쪽으로 들어갔다.

퐁. 퐁. 쪼르룽.

청아한 울림.

동굴 천장에 붙어 있던 물방울들은 아래로 떨어지며 천상의 음률을 만들어냈다.

"세, 세상에!"

곽무한의 눈에 비친 동굴 내부는 천고의 절경이었다.

동굴 천장에는 팔뚝만한 종유석들이 주렁주렁 달려 있었는데 그 끝

에 달린 물방울들이 떨어져 내려 맑고 고운 샘물을 만들었다. 그 샘물
은 천장에 박힌 야명주의 빛에 반사되어 사방을 황홀하게 물들이고 있
었다.

"우와! 죽이는 곳이네?"

곽무한은 눈을 휘둥그레 뜨며 동굴 안을 돌아다녔다.

샘물에는 투명한 물고기들이 춤추듯 돌아다니고 있었고 샘물 옆에
는 하얀 버섯들이 바닥을 뚫고 나와 소담스레 자라고 있었다.

"먹어도 될까?"

곽무한은 버섯을 뜯어 입에 넣어보았다.

"후와! 맛있어! 정말 맛있어!"

버섯은 입 안 가득 향기를 남기며 눈 녹듯 사르르 녹아들었다.

"앞으로 내 비밀 처소로 해야겠다."

곽무한이 신이 나 입을 벌리고 있는데 예의 그 공명음이 다시 들려
왔다.

"무슨 소리지?"

곽무한은 조심조심 동굴 안으로 걸어 들어갔다.

자기 몸집만한 종유석을 돌아서자 붉은 광채가 눈을 환하게 비춰왔
다.

곽무한은 눈을 휘둥그레 떴다.

반원형으로 된 동굴. 그 중앙에는 하얀 대리석이 놓여 있고 대리석
위에는 검은 목관이 안치되어 있었다. 그리고 목관 뒤쪽에는 위패 대
신 황금색 손잡이의 거대한 도가 대리석에 절반 넘게 꽂혀 있었다.

우우우우웅!

붉은 광채와 기이한 공명음은 황금색 손잡이의 거대한 도에서 흘러

나오고 있었다. 그것들은 곽무한의 심혼을 마구 뒤흔들고 있었다.

곽무한은 도를 향해 홀린 듯 걸어갔다. 그리고 천천히 손을 뻗어 도의 손잡이를 덥석 움켜쥐었다.

『장강수로채』 2권에 계속…